미라마르

아메르 와그디

드디어, 알렉산드리아다. 알렉산드리아, 이슬의 여인. 새하얀 비구름의 꽃. 하늘의 물에 젖어 빛나는 가슴. 꿀과 눈물에 젖은 향수(鄕愁)의 중심.

거대하고 낡은 건물이 다시 한 번 내 앞에 서 있다. 어찌 몰라보겠는가? 나는 이곳을 언제나 잘 알았다. 하지만 이 건물은 우리가 함께한 과거 따위는 없다는 듯 나를 바라본다. 축축한 습기 때문에 칠이 벗겨진 건물은 혀처럼 쑥 튀어나온 땅, 야자수와 잎이 무성한 아카시아들이 심겨 있고 지중해로 돌출되어 사냥철이 되면 산탄총 소리가 끊임없이 들리는 땅을 내려다보며 우뚝 솟아 있다.

보잘것없고 구부정한 내 육신은 이렇게 젊고 거센 바깥바람을 맞으며 서 있지 못한다. 이제 더 이상은.

마리아나, 나의 사랑스러운 마리아나, 당신은 우리가 언제라도 찾을 수 있는 곳에 아직 남아 있기를. 이제 남은 시간이 별로 없으니. 세상은 빠르게 변해 가고, 하얗게 세어 점점 더 성기어지는 눈썹 아래 자리한 내 쇠약한 눈은 그 안에 비치는 것을 더 이상 이해하지 못한다.

알렉산드리아, 내가 왔다.

4층으로 올라가 초인종을 울린다. 작은 문구멍이 열리고 마리아나의 얼굴이 보인다. 정말 많이 변했구려, 마리아나! 층계참이 어두워서 그녀는 나를 알아보지 못한다. 마리아나의 하얀 얼굴과 금빛 머리카락이 뒤편 어딘가의 열린 창을 통해 들어오는 빛을 받아 반짝인다.

「미라마르 펜션입니까?」

「그런데요, 무슈?」

「빈방 있습니까?」

문이 열리자 청동 성모상이 나를 반긴다. 이곳 공기에는 내가 줄곧 잊지 못했던 향기가 감돈다.

마리아나와 내가 서로를 마주하고 선다. 금발에 키가 크고 날씬한 마리아나는 건강해 보이지만 어깨가 약간 굽었고 머리카락은 염색을 한 것이 분명하다. 손과 팔뚝의 살갗 아래로 정맥이 비치고 입가의 주름은 나이를 말해 준다. 적어도 예순다섯 살은 되었겠지요, 마리아나. 하지만 아직도 예전처럼 황홀한 매력이 아직 남아 있군요. 나를 기억하는지요.

마리아나가 나를 본다. 처음에는 찬찬히 훑어보더니 곧 파란 눈이 깜빡인다. 아, 기억하는군요! 나는 잃었던 나 자신을 되찾는다.

「어머! 당신이시군요.」

「마담.」

「세상에나! 아메르 베이!¹ 무슈 아메르!」 우리는 따뜻하게 악수를 나누고 마리아나는 감격해서 소리 내어 웃으며(안푸 시의 생선 장수 아낙네들처럼 길고 여성스러운 그 웃음!) 겉치레 따위는 모조리 잊어버린다. 성모상 아래 놓인 긴 흑단 의자에 그녀와 같이 앉자 책장의 유리문에 우리 두 사람의 그림자가 어른거린다. 장식에 불과하지만 이곳 로비에 항상 서 있던 책장이다. 나는 주위를 둘러본다.

「여기는 하나도 안 변했군요.」

「어머, 하지만 변한걸요.」 그녀가 항변한다. 「여러 번 다시 꾸몄답니다. 새로 들여온 물건도 많아요. 샹들리에랑 칸막이, 라디오도요.」

「당신이 아직 여기 있어서 정말 기뻐요, 마리아나. 건강해 보이니 정말 다행이군요.」

「당신도 마찬가지예요, 무슈 아메르. 이런 행운이 계속되길 빌어요.」

「난 별로 건강하지 않아요. 대장염에다가 전립선에도 문제가 있지요. 그래도 여전히 신께 감사를!」

「왜 이제야 오셨어요? 휴가철은 지났는데.」

「머무르러 왔지요. 얼마나 되었지요? 마지막으로 본 지가.」

「글쎄요…… 언제였더라…… 〈머무르러〉 오셨다고요?」

「그래요, 마리아나. 20년은 된 것 같군요.」

「맞아요. 그 긴 세월 동안 한 번도 오지 않으셨죠.」

---

1 *bey*. 원래는 높은 계급을 지칭하는 말이지만 이집트, 터키 등지에서 존칭으로 사용된다.

「바빴어요.」

「그래도 알렉산드리아에는 자주 오셨겠지요.」

「가끔. 하지만 너무 바빴어요. 기자 생활이 어떤 건지 당신도 잘 알 거예요.」

「남자들이 어떤지도 잘 안답니다.」

「마리아나, 내게는 〈당신이〉 바로 알렉산드리아예요.」

「물론 결혼은 하셨겠죠?」

「아니, 아직입니다.」

「그럼 언제 결혼할 생각이신가요, 무슈?」 마리아나가 놀리듯 묻는다.

「나는 아내도, 가족도 없소. 그리고 은퇴도 했지요.」 나는 다소 성급하게 대답한다. 「이제 나는 끝났소.」 마리아나가 손짓을 하며 다음 말을 재촉한다. 「고향이 나를 부르는 것 같더군요. 알렉산드리아가. 하지만 친척이 없으니 이 세상이 내게 남겨 준 유일한 친구를 찾아올 수밖에요.」

「이렇게 외로울 때 친구를 만나면 정말 좋죠.」

「좋았던 옛 시절을 기억해요?」

「전부 지난 일이에요.」 마리아나가 꿈꾸듯 말한다.

「하지만 우리는 계속 살아가야 하지요.」 내가 중얼거린다.

그러나 방세를 홍정할 때가 되고 보니 마리아나는 변함없이 매섭고 능숙하다. 그녀에게는 펜션이 전부이며, 겨울에는 끔찍한 학생들이라도 받아야 한다고 했다. 게다가 학생들을 받으려면 호텔 웨이터와 중개인들에게 의지할 수밖에 없다고. 마리아나는 자존심을 다쳐서 슬프다는 표정을 지으며 이런 이야기들을 늘어놓은 다음, 나에게 바다가 보이지 않는 방 가운데 가장 안쪽에 있는 6호실을, 적당한 가격으로 내준다. 하지만 여름에도 이 방에서 지내려면 휴양객들에게 부과되는 성수기 특별 요금을 내야 한다.

우리는 의무적으로 제공되는 조식을 포함하여 모든 흥정을 단 몇 분 만에 끝낸다. 마리아나는 달콤한 추억 같은 것은 신경 쓰지 않는, 변함없이 훌륭한 사업가다. 내가 역에 짐을 두고 왔다고 말하자 그녀가 웃는다.

「마리아나를 찾을 거라는 확신이 별로 없으셨군요. 이제는 저와 여기서 계속 지내시는 거예요.」

내 손을 내려다보니 카이로의 이집트 박물관에 전시된 미라가 생각난다.

내가 묵을 방은 충분히 쾌적하다. 예전에 묵던 바다가 내려다보이는 방들만큼이나 훌륭하다. 필요한 가구는 다 있다. 편안하고 예스러운 의자들도. 하지만 책은 넣어 둘 곳이 없으므로 상자 안에 넣어 놓고 한 번에 조금씩 꺼내는 것이 좋겠다. 이 방은 채광이 별로 좋지 않아 늘 해 질 녘 같다. 창문을 열면 바로 커다란 환기통이 있고, 직원용 계단이 코앞인 까닭에 길고양이들이 쫓아다니는 소리, 요리사들과 청소부들이 일하는 소리가 다 들린다.

나는 예전에 여름이면 와서 묵었던 방을 전부 둘러보았다. 분홍색 방, 보라색 방, 파란색 방, 지금은 모두 비어 있다. 이런 방들을 빌려서 여름 한 철, 혹은 그보다 오래 머물 때도 있었다. 낡은 거울과 두꺼운 양탄자, 은으로 만든 램프, 모양을 새긴 유리로 만든 샹들리에는 전부 사라졌지만 천사들로 장식된 높은 천장과 벽지를 바른 벽에는 빛바랜 기품 같은 것이 서려 있다.

마리아나가 한숨을 쉬자 의치가 보인다.

「여긴 상류층이 모이는 펜션이었는데 말이에요.」

「〈남은 자에게 영광이 있으리니.〉」

「요즘 겨울 손님은 거의 다 학생이에요. 또 여름엔 아무나 받고요.」

「아메르 베이, 내 이야기를 좀 잘 해주겠소?」

「각하, 그 사람이 그렇게 유능하지는 않지만 독립 운동으로 아들을 잃었으니 그 자리를 주셔야 합니다.」 내가 파샤[2]에게 말했다.

파샤는 내 제안을 받아들였다. 신께서 그의 영혼을 편히 쉬게 하시길. 나의 위대한 스승이었던 그는 나를 사랑했고, 날카로운 관심을 가지고 내가 쓴 글을 전부 읽었다.

언젠가 그가 내게 말했다. 「자네는 이 나라의 칼브[3]일세.」

파샤는 ─ 신께서 그의 영혼을 편히 쉬게 하시길 ─ 깔브를 칼브라고 발음했고, 이 말은 우스갯거리가 되어 계속 사람들의 입에 오르내렸다. 국민당[4]의 옛 동료들은 이 이야기

---

2 *pasha*. 총독이나 장군 등 높은 계급에 붙이는 칭호.
3 *kalb*. 〈개〉라는 뜻. 〈심장〉이라는 뜻의 〈깔브*qalb*〉를 파샤가 잘못 발음한 것이다.

를 듣고 늘 나에게 〈안녕하신가, 칼브!〉라고 인사했다. 대단한 시절이었다. 국가와 독립, 독립 운동을 위해 일하는 영광! 아메르 와그디는 정말 대단한 사람이었고 친구들에게는 호의가 넘쳤지만 적들에게는 두려워하며 피해야 하는 인물이었다.

방에서 나는 회상에 잠기거나 책을 읽거나 잠을 잔다. 로비에 가면 마리아나와 이야기를 나누거나 라디오를 들을 수 있다. 다른 오락거리를 즐기고 싶으면 아래층에 미라마르 카페가 있다. 트리아농 카페에 가도 아는 사람을 만날 확률은 대단히 낮다. 친구들은 모두 세상을 떠났다. 좋았던 옛 시절은 이제 끝이 났다.

알렉산드리아, 나는 겨울의 너를 안다. 해 질 녘이면 너는 사람들을 쫓아 버리고 거리와 광장을 고독과 비바람 속에 남겨 두지만 집 안에는 온기와 담소가 넘친다.

「〈……노아의 홍수 때부터 입었을 법한 검은 정장으로 미라처럼 바싹 마른 몸을 가린 노인.〉 지루하고 장황한 표현은 제발 그만 좀 쓰세요!」 상상 속에서 전형적인 요즘 편집자가 말했다. 「요즘 같은 제트기 시대의 여행자가 읽을 만한 걸 쓰시라고요.」

4 1907년 이집트 민족주의 지도자 무스타파 카밀Mustafa Kamil(1874~1908)이 결성한 정당. 1978년 안와르 사다트Anwar Sadat(1918~1981)가 창당한 국민 민주당National Democratic Party과는 다르다.

제트기 시대의 여행자라. 바보 천치 꼭두각시 같으니, 네가 뭘 아느냐. 글이란 생각하고 느낄 수 있는 사람들을 위한 것, 아무 생각 없이 나이트클럽이나 술집 따위를 돌아다니면서 쾌락을 좇는 사람들을 위한 게 아니다. 이제 우리는 이런 어정뱅이들, 서커스에서 훈련받은 다음 재주를 피울 만한 곳을 찾다가 언론계로 흘러 들어온 것이 분명한 이런 광대들과 함께 일해야 하는 저주를 받았다.

나는 실내복 차림으로 안락의자에 앉아 있고 마리아나는 성모상 아래 흑단 의자에 기대앉아 있다. 유럽 방송에서 댄스 음악이 흘러나온다. 다른 음악을 듣고 싶지만 마리아나를 방해하고 싶지는 않다. 그녀는 예전처럼 음악에 푹 빠져서 박자에 맞춰 고개를 끄덕거린다.

「우리는 늘 친구였지요, 마리아나.」

「네, 언제나요.」

「하지만 사랑을 나눈 적은 없지요, 단 한 번도.」

「당신은 통통한 시골 여자들을 좋아했잖아요. 아니라고 하지는 마세요.」

「딱 한 번만 빼고. 기억해요?」

「네, 당신이 프랑스 여자를 데려왔을 때 제가 숙박부에 아메르 부부라고 적어야 한다며 고집을 피웠죠.」

「당신을 흠모하는 귀족들이 너무 많아서 내가 용기를 내지 못했던 겁니다.」

마리아나의 얼굴이 기쁨으로 빛난다. 마리아나, 우리 두 사람 중에서 내가 먼저 세상을 떠나면 좋겠소. 더 이상 옮겨 다니기는 싫어. 당신은 내가 위대한 스승과 함께 지내던 시절부터 바로 지금까지, 과거가 환상이 아니었다는 살아 있는 증거로 거기 있소.

「편집장님, 작별 인사를 하고 싶습니다.」 그는 언제나처럼 조급함을 굳이 감추려 하지도 않고 나를 보았다. 「나이가 나이인 만큼 은퇴를 해야겠습니다.」

「물론 당신이 그리울 겁니다.」 그가 안도감을 채 숨기지 못하고 대답했다. 「하지만 즐겁게 지내시길 바랍니다.」

그것으로 끝이었다. 작별의 말도 없이, 환송회도 없이, 심지어는 신문 하단에 제트기 시대에 어울리는 기자가 쓴 자투리 기사 하나 없이 신문의 역사 한 페이지가 넘어갔다. 아무것도 없었다. 멍청이들! 축구라도 하지 않으면 그들에게는 아무런 가치도 없다.

나는 성모상 아래 앉은 마리아나를 보면서 말한다.

「전성기의 헬레네[5]도 이렇게 아름답지는 않았을걸요!」

그녀가 웃는다. 「당신이 오시기 전까지 전 혼자 여기 앉아서 누가, 내가 아는 사람 중 누구라도 저 문으로 들어오기를 기다리고 있었어요. 저는 항상 두려웠어요……. 신장이 완전히 망가질까 봐서요.」

---

5 Helene. 그리스 신화에 나오는 스파르타의 왕 메넬라오스의 아내. 뛰어난 미모로 트로이 전쟁의 발단이 되었다.

「그것 참 가엾군요. 친구들은 다 어디 있나요?」

「가버렸어요, 전부 다요.」 마리아나가 입을 꾹 다물자 주름이 잡힌다. 「전 떠날 수 없었어요, 어딜 가겠어요? 전 여기서 태어난걸요. 아테네는 본 적도 없어요. 그리고 어쨌든, 누가 이렇게 작은 펜션까지 국유화하려고 들겠어요?」

「우리 말에 진실하고 우리 일에 헌신하며 인간과 인간 사이의 일을 법이 아닌 사랑으로 다스립시다.」 지금 우리를 보십시오. 신께서 당신에게 죽음을 내리신 것은 친절을 베푸신 것입니다. 이제는 몇 개의 동상만이 남아 당신을 기리고 있습니다.[6]

「이집트가 당신 고향이에요. 그리고 알렉산드리아만 한 곳은 어디에도 없지요.」

바깥에서 바람이 뛰놀고 어둠이 소리 없이 밀려온다. 마리아나가 자리에서 일어나 샹들리에 전구 두 개를 밝히고 다시 자리로 돌아온다.

「저는 귀부인이었어요. 모든 의미에서 말이에요.」

「당신은 아직도 귀부인이에요, 마리아나.」

「예전처럼 술을 많이 드세요?」

「저녁 식사 때 딱 한 잔 마십니다. 식사도 조금만 하지요.

---

6 아메르 와그디는 와프드Wafd당을 조직하여 영국의 지배에 반대하며 이집트 독립 운동을 이끌었던 사드 자글룰Saad Zaghlul(1859~1927)을 회상하고 있다. 사드 자글룰이 죽은 후 정부는 카이로와 알렉산드리아에 그의 동상을 세웠다.

그러니 이렇게 움직일 수 있는 겁니다.」

「무슈 아메르, 어떻게 알렉산드리아만 한 곳은 어디에도 없다고 말씀하실 수 있죠? 전부 변해 버린 걸요. 요즘 거리에는 〈서민들〉이 들끓어요.」

「마리아나, 알렉산드리아는 민중들의 손으로 돌아가야 해요.」 내가 위로하려 하지만 그녀는 날카롭게 쏘아붙인다.

「하지만 알렉산드리아를 만든 건 〈우리 그리스인〉이에요.」

「지금도 예전처럼 술을 마셔요?」

「아뇨! 한 방울도 안 마셔요. 신장이 좋지 않거든요.」

「우리 두 사람 다 박물관에나 어울리겠군요. 하지만 나보다 먼저 가지 않겠다고 약속해 줘요.」

「무슈 아메르, 첫 번째 혁명[7]으로 제 첫 남편이 죽었어요. 두 번째 혁명[8]은 내 재산을 빼앗고 친구들을 쫓아냈지요. 왜 그런 거죠?」

「그래도 당신은 신께 감사를 드릴 만큼 충분히 많은 걸 가지고 있어요. 이제는 〈우리가〉 당신 친구입니다. 이런 일이 도처에서 일어나고 있어요.」

「정말 이상한 세상이군요.」

「라디오를 아랍 방송에 맞춰 줄래요?」

---

[7] 1919년 사드 자글룰의 지도하에 일어난 영국에 대한 이집트의 독립 운동을 말한다.
[8] 1952년 7월 23일 가말 압델 나세르Gamal Abdel Nasser(1918~1970)를 필두로 하는 자유장교단이 일으킨 혁명. 이 혁명으로 국왕과 영국군을 몰아낸 나세르는 지주의 토지를 무토지 농민에게 나눠 주고 일부 산업을 국유화했다.

「안 돼요. 움 쿨툼[9] 독창회 때만 돌릴 거예요.」

「당신 마음대로 해요, 마리아나.」

「말해 보세요, 사람들은 왜 서로를 해칠까요? 그리고 우리는 왜 나이를 먹을까요?」

나는 미소를 지으며 아무 말 없이 마리아나의 역사가 새겨진 벽을 둘러본다. 먼저 구레나룻을 기르고 성장(盛裝)을 갖춘 대위의 사진이 있다. 마리아나의 첫 남편인 대위는 그녀의 첫사랑이자 아마도 유일한 사랑일 것이다. 그는 1919년 혁명 당시 목숨을 잃었다. 다른 벽면의 책장 위에는 교사였던 노모의 사진이 있다. 로비 반대쪽 끝 칸막이 뒤에는 두 번째 남편의 사진이 걸려 있다. 그는 〈이브라히미야의 성〉이라는 커다란 식료품점을 소유한 부유한 〈캐비어 왕〉이었지만 사업이 파산하자 자살했다.

「언제 이 펜션을 시작했지요?」

「언제 이 하숙집을 열 수밖에 없게 됐냐는 말씀이시죠? 1925년이요. 암울한 해였죠.」

「나는 이렇게 내 집에 갇혀 있는데 위선자들은 줄을 서서 왕에게 아첨을 하고 있군.」

「모두 거짓말입니다, 각하.」

「혁명이 그들의 나약함을 고쳐 준 줄 알았더니.」

---

9 Umm Kulthum(1898~1975). 이집트 출신의 유명 여가수. 1930년대 초반부터 1972년까지 40여 년 동안, 10월부터 이듬해 6월까지 첫 번째 목요일마다 그녀의 독창회가 라디오에서 생방송되었다.

「이 나라의 진정한 중심 세력은 각하의 편입니다. 내일 발표될 사설을 읽어 드릴까요?」

마리아나가 자리에 앉은 채 레몬 조각으로 얼굴을 마사지한다.
「나는 귀부인이었어요, 무슈 아메르. 안락하게 살면서 그런 삶을 사랑했죠. 빛과 사치, 좋은 옷, 큰 파티들. 모임은 내가 참석하는 것만으로도 빛이 났어요. 태양처럼요.」
「나도 그 시절의 당신을 봤지요.」
「절 집주인으로만 생각하셨죠.」
「그래도 태양 같았어요.」
「제 손님들은 엘리트들이었어요. 하지만 그 사실도 제가 몰락했다는 사실을 위로하지는 못했죠.」
「당신은 지금도 귀부인이에요. 그 어떤 의미에서든 말입니다.」
마리아나가 고개를 젓는다. 「와프드당의 옛 친구분들은 모두 어떻게 되었나요?」
「운명대로 되었지요.」
「왜 한 번도 결혼하지 않으셨어요, 무슈 아메르?」
「순전히 운이 나빠서지요. 가족이 있으면 좋겠군요. 당신도 마찬가지겠지요!」
「두 남편 모두 제게 아이를 주지 못했어요.」
아이를 가질 수 없었던 건 당신이었겠지요. 딱하기도 하지, 사랑스러운 마리아나. 우리 존재 자체의 목적은 이 세상에 아이를 낳아 주는 것 아니오?

카이로의 한 자페르 거리에 위치한 그 커다란 저택은 서서히 호텔로 바뀌었다. 저택은 작은 성 같았고 오래된 안마당은 지금의 한 알할릴리 시장으로 이어지는 길에 자리하고 있었다. 그곳의 이미지, 주변의 오래된 집들과 낡은 클럽은 내 기억과 마음속에 새겨져 있다. 황홀한 첫사랑의 기념비. 불타는 사랑. 깨지고 좌절된 사랑. 터번과 흰 수염, 〈안 되네〉라고 말하는 잔인한 입술은 맹목적이고 광신적인 일격을 날려 사랑을, 믿음이 생기기 훨씬 전부터 수백만 년 동안 우리와 함께해 온 사랑의 힘을 말살한다.

「따님께 청혼해도 되겠습니까?」 침묵. 우리 두 사람 사이에는 커피 한 잔이 손도 안 댄 채 놓여 있다. 「저는 기자고 수입도 괜찮습니다. 제 아버지는 시디 아부 알아바스 알무르시 사원을 관리하셨습니다.」

「경건한 사람이었지, 신께서 그의 영혼을 편히 쉬게 하시길.」 그가 묵주를 들고 말했다. 「자네도 우리와 같은 편이었지. 한때는 알아즈하르[10]에서 공부했고. 하지만 자네가 쫓겨났다는 사실을 잊지 말게나.」

그렇게 오래된 이야기를 꺼내다니, 언제쯤 되어야 사람들이 그 일을 잊을까?

「어르신, 그건 이미 오래전 일입니다. 그들은 아무것도 아

---

10 Al-Azhar. 이집트 카이로에 있는 국립 종합 대학. 세계에서 가장 오래된 대학으로 970~972년경 개교했다.

닌 일로 사람을 쫓아냅니다. 영혼이 충만하다고, 오케스트라에서 연주를 한다고, 아니면 단지 순진무구한 질문을 했다고 말입니다.」

「현자들이 자네가 끔찍한 범죄를 저질렀다고 고발했었네.」

「우리 영혼을 꿰뚫어 보시는 분은 신밖에 없는데, 누가 한 사람의 믿음을 판단할 수 있겠습니까?」

「신의 말을 지침으로 삼는 자들은 판단할 수 있네.」

젠장! 누가 자기 믿음을 확신할 수 있단 말인가? 한때 신께서 예언자들에게 모습을 드러내셨음에도 우리는 더욱더 그분을 보려고 한다. 세계라는 이 거대한 집에서 우리가 있어야 할 곳이 어디인지 생각하노라면 현기증이 나기 시작한다.

게으름을 조심하자. 햇빛이 찬란한 오전에는 산책을 하는 편이 좋다. 〈팔마〉나 〈스완〉 같은 식당에서 따뜻한 낮 시간을 보내면 정말 즐겁다. 수많은 가족들 틈에서 나만 혼자라 해도 말이다. 아버지는 신문을 읽고, 어머니는 바느질을 하고, 아이들은 주변을 뛰논다. 누군가 외로운 사람들과 대화를 나누어 주는 기계를, 우리와 함께 주사위 놀이를 해줄 로봇을 발명해야 한다. 아니면 새 눈을 주어 이 땅의 초목이나 색색으로 변하는 저 위의 하늘을 더 잘 볼 수 있게 해주든지.

나는 오래 살았고, 파란만장한 변화들을 많이 보아 왔다. 옛 친구 아흐마드 샤피끄 파샤처럼 내가 목격한 사건들에 대한 글을 써볼까 숱하게 생각했지만 너무 오랫동안 미루어 온 까닭에 의지력이 증발해 버렸다. 이제는 너무 늦었다! 내 손은 너무나 힘이 없고 기억은 흐려졌으며 예전의 의지는 간곳 없고 그저 좌절감만 남았다. 〈알아즈하르의 기억들〉, 〈위대한 음악가 셰이크 알리 마무드, 자카리야 아마드, 사예드 다르위시와의 대화〉, 〈민족당에 대한 찬반양론〉, 〈와프드당과 위대한 혁명〉, 모두 기억 속에 묻힐지니. 내가 결국 차갑고 무의미한 중립으로 돌아서게 만든 당내의 불화. 마음에 들지 않았던 무슬림 형제단[11]과 이해되지 않았던 공산주의. 그때까지의 모든 정치적 흐름을 담고 있었던 7월 혁명[12]과 그 의미. 나의 사랑과 무함마드 알리 거리. 결혼하지 않겠다는 나의 굳은 결심.

그렇다, 나의 회고록은 근사한 책이 될 것이다. 쓰기만 한다면 말이다.

나는 향수에 젖어 아테네우스와 파스토루디스, 안토니아디스 같은 식당을 찾아가 보았고 세실 호텔과 윈저 호텔 로비에 한참 동안 앉아 있기도 했다. 예전에 파샤들과 외국 정치가들이 만나던 곳, 새로운 소식을 가장 듣기 쉬운 장소들이었다. 아는 사람은 하나도 없었고 서양과 동양에서 온 몇몇 외국인들만이 보였다. 나는 집으로 돌아오면서 마음속으로 두 가지 기도를 드렸다. 내가 신앙의 품으로 돌아가도록 신께서 도와주시기를…… 그리고 내가 곧장 죽기를!

---

11 강력한 대중적 지지 기반을 가진 종교적 사회 운동 단체로 자유장교단과 대립했다.
12 1952년 나세르의 자유장교단 혁명을 말한다.

젊음과 생명이 넘치는 사랑스러운 사진이다. 오른쪽 무릎을 의자에 얹고 왼쪽 발을 바닥에 살짝 올려놓은 젊은 여인이 의자 등받이에 양쪽 손을 올리고 카메라를 향해 몸을 숙인 채, 자신의 아름다움을 자랑스럽게 여기며 미소 짓고 있다. 어깨를 드러내는 사치스러운 옛 드레스 때문에 우아한 목선과 대리석처럼 하얀 가슴이 드러나 있다.

마리아나는 예약한 진료를 받으러 갈 요량으로 검은 외투와 군청색 스카프 차림으로 시간을 기다리고 있다.

「혁명 때문에 돈을 잃었다고 했나요?」

연필로 그린 마리아나의 눈썹이 올라간다. 「주식 시장이 붕괴되었다는 이야기 못 들어 보셨어요?」 마리아나가 내 눈에서 모르겠다는 표정을 읽는다. 「제2차 세계 대전 때 번 돈을 그때 다 잃었어요. 정말이지, 용기를 낸 덕분에 번 돈이었는데. 다른 사람들은 모두 카이로나 시골로 달아났지만 저는 알렉산드리아에 남았어요. 독일의 공습은 전혀 무섭지 않았죠. 저는 창유리를 파란색으로 칠한 다음 커튼을 내리고 촛불을 밝혀서 사람들이 춤을 추게 해주었어요. 영국 장교들처럼 후한 사람들도 없었는데!」

마리아나가 나가고 나는 홀로 앉아 그녀의 첫 남편의 눈을 들여다본다. 도금을 한 액자 안에서 그가 나를 바라본다. 누가, 어떻게 당신을 죽였소? 당신은 세상을 떠나기 전에 나의 동 세대들을 얼마나 많이 죽였소? 희생에 있어서는 그 누구보다도 뛰어났던 우리 세대를. 하지만 모두 지난 일이다. 너무 많은 사람들이 죽었다.

외국 노래가 끊임없이 흘러나온다. 나 혼자 있을 때는 그것이 최악의 시련이다. 진료를 받고 돌아온 마리아나는 뜨거운 물로 목욕을 했다. 이제 그녀는 염색한 머리를 틀어 올려 컬을 만들어 주는 흰색 금속 핀 여남은 개를 꽂고, 흰색 목욕 가운을 입고 로비에 앉아 있다. 마리아나가 음악이 겨우 들릴 정도로 라디오 음량을 낮추더니 이야기를 시작한다.

「무슈 아메르, 당신은 분명히 돈이 많겠지요.」

「뭐 생각 중인 계획이라도 있어요?」 내가 조심스럽게 묻는다.

「아뇨, 하지만 당신이나 저 정도의 나이가 되면 ― 물론 차이가 많이 나기는 하지만요 ― 가난과 질병이 최대의 적이잖아요.」

「항상 필요한 만큼은 가지고 있었고 이제는 마음 편히 죽고 싶습니다.」 나는 여전히 경계를 풀지 않는다.

「당신이 인색하게 굴던 기억은 없네요.」

내가 웃으며 말한다. 「내가 저축해 둔 돈이 나보다 오래 살아남기를 바랄 뿐이지요.」

마리아나가 무심코 손을 흔들며 말한다. 「오늘은 의사 선생님께서 무척 용기를 주셨어요. 그래서 저도 걱정을 전부 버리겠다고 약속했죠.」

「잘됐군요.」

「그러니까 우리 12월 31일에 뭔가 재미있는 일을 해요.」

「그럽시다. 우리 심장이 견딜 수 있다면.」

「아, 옛날 파티들은 정말 대단했었는데!」 마리아나가 얼굴을 빛내며 옛날을 떠올리더니 고개를 젓는다. 「옛날 기억은

꺼지지도 않는 불씨라니까요.」 그녀가 꿈을 꾸듯 말한다.

「대단한 사람들 여러 명이 당신을 사랑했지요.」

「제가 정말로 사랑에 빠졌던 건 딱 한 번뿐이었어요.」 마리아나가 대위의 초상을 가리키며 말한다. 「어떤 학생의 손에 죽었죠. 그런데 이제는 제가 학생들을 위해서 노예처럼 일하다니요! 여기는 수준 있는 펜션이었어요. 요리사도 있었고 보조 요리사, 웨이터, 세탁부, 하인도 두 명 있었죠. 하지만 이제는 일주일에 한 번 오는 가정부밖에 없어요.」

「지금도 수많은 〈높으신 분들〉이 당신을 질투할 거예요.」

「놀리지 마세요, 무슈 아메르.」

나는 머뭇거리며 말한다. 「정말 그럴 거예요. 당신을 안다면 말입니다.」

마리아나의 얼굴이 심각해지는 바람에 나는 그녀가 기운을 차리게 하려고 일부러 웃는다.

> 자비로우신 그분은
> 이 코란을 가르쳐 주셨다.
> 그분은 인간을 창조하시고,
> 인간에게 설명할 수 있는 재주를 가르쳐 주셨다.
> 태양과 달은 정해진 계산에 따라 운행되고,
> 별과 수목은 엎드려 절한다.
> 하늘을 높이 들어 올려 저울을 설치한 것은……[13]

---

[13] 『코란』 55장 1~7절.

나는 쿠션에 발을 올리고 커다란 의자 깊숙이 앉아 알아즈하르에 다니던 시절 이후로 줄곧 소중하게 여겨 온 자비의 장을 읽고 있다. 바깥에는 폭우가 쏟아지고 빗방울이 환기통의 철제 계단을 요란스럽게 내리친다.

땅 위에 있는 것은 모두 멸망한다.
그러나 지고하시고 거룩한 분이신 당신의 주님의 그 모습만은 영원히 계시리라.[14]

복도에서 목소리가 들린다. 손님일까, 새로운 투숙객일까? 낯선 사람과 이야기하는 것 치고는 마리아나의 목소리가 지나치게 따뜻하다. 옛 친구가 틀림없다. 웃음소리도 들리는데, 둔탁한 남자의 목소리다. 누굴까?

지금은 이른 오후이고 빗줄기가 아직 거세다. 구름이 몰고 온 어둠 때문에 방 안은 한밤중 같다. 램프를 켜려고 몸을 일으키지만 스위치를 누르는 순간 번개가 치면서 덧문이 번쩍이고 천둥이 우르릉거린다.

오, 진[15]과 인간들이여, 너희가 하늘과 땅의 경계를 뛰어넘을 수 있다면 넘어 보아라. 어떠한 권위도 없는 너희가 뛰어넘을 수 있는 것이 무어냐.[16]

14 『코란』 55장 26~27절.
15 *jinn*. 이슬람교에서 말하는, 인간에 대해 초자연적인 힘을 갖는 정령이나 귀신.
16 『코란』 55장 33절.

그는 땅딸막하고 볼이 포동포동하며, 턱은 두 개이고, 피부색이 어둡지만 눈은 파랗다. 과묵하고 오만한 귀족이 분명하다. 말을 할 때의 손짓은 계산을 한 것처럼 정확하다. 저녁에 마담이 그를 톨바 베이 마르주끄라고 소개한다.

「이분은 영구 양도 재산부의 차관이자 대지주셨어요.」

더 자세한 소개는 필요 없다. 나는 기자라는 직업 덕분에 정치 분쟁과 정당 분쟁 시절부터 그를 잘 알았다. 톨바 마르주끄는 왕의 앞잡이였고, 따라서 와프드당의 적이었다. 나는 1년 전에 그가 토지를 가압류당하고 모든 재산을 압수당하여 이제는 일반 수당밖에 남지 않았다는 사실을 기억해 냈다. 마리아나는 기분이 아주 좋다. 그녀는 두 사람의 우정이 얼마나 오래되었는지 여러 번 이야기한다. 마리아나가 그를 〈옛날 애인〉이라고 부르는 것을 보니 그녀가 친밀하게 대하는 것이 이해가 된다.

「예전에 쓰신 글을 아주 많이 읽었습니다.」 톨바 마르주끄가 말한다. 내가 날카롭게 웃자 그도 그렇게 웃는다. 「당신 글은 나쁜 대의를 따르는 좋은 작가의 전형적인 예였지요.」 그가 다시 웃었지만 나는 논쟁에 휩쓸리지 않을 작정이다.

「톨바 베이는 예수회 학교 졸업생이랍니다.」 마담이 자랑스러운 듯 말한다. 「우리 다 같이 라디오로 프랑스 노래를 들어요. 이분도 우리 펜션에서 쭉 지내려고 오셨대요.」 그녀가 환영의 의미로 두 손을 넓게 벌리며 덧붙인다.

「잘됐군요.」

「이분은 땅이 정말 많았답니다. 돈 같은 건 아무것도 아니었지요.」 그녀가 향수에 젖어 말한다. 「어린애 장난 같은 거였어요.」

「이젠 장난이 아니오.」 그는 자존심이 상한 것이 분명하다. 「따님은 어디 계신가요, 톨바 베이?」

「쿠웨이트에 있소. 사위가 하는 사업 때문에.」

내가 들은 바에 따르면 톨바 베이는 현금을 해외로 밀반출하려 했다는 의심을 받았지만 그는 이것을 간단히 설명한다.

「순간적으로 저지른 어리석은 짓에 대가를 치러야 했소.」

「조사를 받으셨습니까?」

「그들은 내 돈을 원했소. 그것뿐이오.」 그가 경멸 조로 말한다.

마리아나는 생각에 잠겨 그를 유심히 살핀다. 「정말 많이 변하셨어요, 톨바 베이.」

「발작을 일으켰었지.」 그가 통통한 뺨에 파묻힌 작은 입으로 미소를 짓는다. 「거의 죽을 뻔했지. 하지만 이제 괜찮소. 위스키도 적당히 마실 수 있는 정도니까.」

톨바 마르주끄는 빵을 차에 적신 다음 천천히 씹었다. 새로운 틀니가 아직 익숙지 않은 것이 분명했다. 그와 나는 단둘이 아침 식사를 했다. 며칠이 지나자 우리는 더 가까워졌다. 어떤 종류의 동료애가 대립적인 성향으로 인한 뿌리 깊은 반감과 과거의 정치적인 차이를 이겼지만, 가끔씩 묻어 두었던 차이가 표면으로 떠올라 추한 적대감을 다시 일깨우기도 했다.

「정녕 무엇이 우리의 이 모든 불행을 초래했는지 아시오?」

「무슨 불행 말입니까?」 나는 깜짝 놀라서 물었다.

「늙은 여우 같으니! 내 말 뜻이 뭔지 아주 잘 알잖소!」 그가 회색 눈썹을 찡그렸다. 「그들은 당신 당의 이름과 당을 따르는 신봉자들을 뿌리 뽑았소. 내 돈을 압수한 것처럼 말이오.」

「2월 4일[17] 이후로 내가 와프드당과 정당 정치를 떠났다는 걸 잊으셨군요.」

「상관없소. 그들은 우리 세대의 자부심에 상처를 입혔소.」

나는 말싸움을 할 생각이 없었다. 「좋습니다. 그래서요?」

「이 일에 책임이 있는 사람이 한 명 있소.」 그는 깊은 경멸을 담아 찬찬히 말했다. 「우리의 목을 조여 오는 이 사슬에 대한 책임 말이오. 그런데 참 이상하게도 아무도 그 사람의 이름을 입에 올리지 않더군.」

「그게 누굽니까?」

「사드 자글룰.」

너무나 터무니없는 대답이었기에 나는 그의 면전에서 웃어 젖혔다.

「하지만 그의 책임이 맞소!」 그가 날카롭게 쏘아붙였다. 「자글룰이 이 모든 말썽을 만들었소. 계급 문제니 뭐니 하는 것들 말이야. 그 뻔뻔한 태도하며, 왕에게 계속 시비를 걸면서 대중을 농락한 것은 시작이었을 뿐이오. 자글룰이 악의

---

17 1942년 2월, 영국은 무력을 앞세워 파루크Faruk 왕이 와프드당의 나하스 파샤Nahhas Pasha를 수상에 임명하게 했다. 나하스 파샤는 강력한 친영 내각을 조직하여 영국에 협력했다.

씨앗을 심었소. 이제 그것이 암처럼 퍼져서 우리 모두를 끝장낼 거요!」

 팔마에는 손님이 별로 없었다. 톨바 마르주끄는 마무디야 운하를 따라 천천히 흐르는 나일 강을 바라보며 앉아 있었다. 나는 다리를 쭉 펴고 의자에 깊숙이 앉아 순수한 햇살을 들이마셨다. 우리는 이 조용한 피난처를 찾아 바람이 강한 해안 지구에서 도시 동쪽 끝까지 왔다. 꽃과 나무가 무성하고 화창한 날이면 햇살이 따스하게 비치는 쾌적한 곳이었다.
 톨바 마르주끄는 사납고 공격적이었지만 나는 그를 동정하지 않을 수 없었다.
 예순이 넘은 나이로 다시 힘겹게 새로운 삶을 시작해야 하다니! 그는 더없이 행복한 망명 생활을 즐기는 딸을 질투했고 이상한 꿈을 가지고 있었다. 톨바는 자신의 개인적 불행을 역사적 필요로 정당화할 수 있는 사회 이론은 그것이 무엇이든 참지 못했다. 그에게 있어 자기 재산을 빼앗으려는 것은 전부 신과 자연의 법칙에 어긋나는 것이었다.
「사실, 당신이 펜션에 머물고 있다는 이야기를 듣고 그냥 가려고 했소.」
「아니, 왜요?」
「미라마르를 택한 것은, 그 외국 여자 말고는 나밖에 없을 거라고 생각해서였거든.」
 그렇다면 왜 마음을 바꿨을까?
「여든이 넘어서도 남을 밀고하는 사람이 있다는 얘기는 못 들어 봤소.」

 나는 이 말에 무척 큰 흥미를 느꼈다. 정부 요원을 두려워할 까닭이라도 있나?

「아니, 없소. 하지만 가끔은 다른 사람과 대화를 나누면서 위안을 찾아야 하지 않겠소. 게다가 난 시골에서는 못 사니까.」 그는 점점 화를 내기 시작했다. 「그들이 내 집을 빼앗아 갔소. 그리고 카이로에서는 끊임없이 굴욕을 느껴야 했지. 그래서 옛 정부(情婦)를 떠올렸소. 이렇게 생각했지. 〈그녀는 한 차례 혁명으로 남편을 잃었고 또 한 차례 혁명으로 재산을 잃었어. 나와 잘 어울리는 한 쌍이 되겠군.〉」

 잠시 후 톨바 마르주끄는 나를 보고 나이도 많은데 건강해서 다행이라고 인사치레를 하더니 같이 영화관이나 실내 카페에 들어가자고 했다. 그가 불쑥 물었다. 「신께서는 왜 자기 힘을 더 이상 사용하지 않으실까?」 내가 무슨 말인지 이해하지 못하자 그가 다시 말했다. 「왜일까? 홍수도, 재앙을 퍼붓는 폭풍도 없고 ─」

「대홍수가 히로시마 폭탄보다 더 많은 사람을 죽였을까요?」

「이 위선자! 공산주의자 선동 같은 말은 집어치우쇼! 미국이 원자 폭탄의 비밀을 독점했다면 전 세계를 손에 넣었을 거요. 그들이 정세를 관망한 것은 끔찍한 실수였소.」

「말도 안 되는 소리 집어치우고 털어놔 봐요. 마리아나와 예전 관계로 돌아가는 겁니까?」

「정신이 나가셨군.」 톨바 마르주끄가 쏘아붙였다. 「난 이제 늙었소. 나이도 먹었고 정치 때문에 완전히 파멸했지. 그 여자와 내가 잘되려면 기적이라도 일어나야 할 거요. 게다가 마리아나가 여자라는 것은 추상적인 관념일 뿐이야. 당신은 어떻소? 예전의 분별없는 장난은 전부 잊었소? 30년대 황색 신문은 당신 이야기로 가득했지. 무함마드 알리 거리에서 치마만 두르면 다 쫓아다녔던 당신 얘기 말이오.」

나는 웃기만 할 뿐 아무 말도 하지 않았다.

「다시 신앙의 품으로 돌아가셨소?」 그가 물었다.

「당신은 어떻습니까? 나는 가끔 당신이 그 무엇도 믿지 못할 것 같다는 생각이 듭니다.」

「내 어찌 신을 부인할 수 있겠소? 신이 만드신 지옥에 이렇게 깊숙이 들어와 있는데!」 그가 화를 내며 말했다.

「너 같은 놈은 지옥에나 가야 해! 나가! 신께서 네가 하는 일을 하나도 축복해 주시지 않을 거다! 이 성스러운 집에서 당장 나가! 신의 은총도 못 받고 쫓겨난 이블리스[18] 같으니라고!」

‥‥

로비의 시계가 밤 12시를 알렸다. 환기통에서 쉭쉭 바람 소리가 났다. 나는 따뜻한 안락의자에 깊이 파묻힌 채 침대까지 가는 것도 귀찮아서 〈여든이 넘어서 후회를 한들 무슨 소용일까?〉라고 외로이 생각하고 있었다. 노크도 없이 불쑥 문이 열리더니 톨바 마르주끄가 서 있는 것이 보였다.

「미안하오. 불빛이 보여서 아직 깨어 있을 거라 생각했소.」

18 Iblis. 이슬람교에서 말하는 악마.

나는 깜짝 놀라 그를 쳐다보았다. 술에 취한 것이 틀림없었다.

「비타민, 호르몬, 향수, 크림 — 기타 등등 내가 약값으로만 한 달에 얼마씩 썼는지 아시오?」그는 항목을 하나씩 이야기할 때마다 고개를 내둘렀다.

나는 이어질 말을 기다렸지만 그는 말을 하느라 지쳤다는 듯 눈을 감곤 밖으로 나가서 문을 닫았다.

천막에 사람들이 가득 들어찼고 주변 광장은 마치 심판의 날 같았다. 하늘에서 불꽃놀이 폭죽이 터져 밤을 대낮처럼 밝히며 예언자의 탄생일을 알렸다. 롤스로이스 한 대가 천천히 다가오더니 천막 앞에 멈춰 섰다. 디미르다시야[19] 동료들이 톨바 마르주끄 차관을 맞이하기 위해 달려 나오고 그가 차에서 내렸다. 신성한 길을 따르는 자들, 마호메트에 대한 사랑과 영국 총독에 대한 사랑을 어떻게든 조화시킨 사람들이었다. 롤스로이스의 주인인 또 다른 각하가 군중 속의 나를 보더니 등을 돌렸다. 그리고 톨바여, 그날 밤 그들은 당신이 그리 될 거라고 말했지요. 오늘 밤처럼, 술에 취할 거라고 말입니다. 그런 다음 위대한 가수가 천막 한가운데로 불려와 「오, 더없이 높으신 하늘이여」를 부르면서 저녁을 열었다. 밤이 지나 새벽이 될 때까지 여자는 계속 노래했고 마침내 「내 눈이 매일 당신을 볼 수 있을까요」를 불러 우리 모두를 황홀경에 빠뜨렸다.

[19] Dimirdashiyya. 알디미르다시 성인을 내세우는 정통 회교 당파.

멋진 추억이다. 언제인지 정확히 기억할 수 없지만, 분명 위대한 스승 사드 자글룰이 세상을 떠나기 전이다. 그렇지 않다면 내가 그렇게 즐거워했을 리가 없다.

펜션에 혼자 앉아 있는데 초인종이 울렸다. 마담이 항상 그러듯이 문구멍을 열자 예쁜 얼굴에 자리한 두 눈이 보였다. 펠라하[20]가 쓰는 검은색 스카프를 두른 까맣게 탄 얼굴은 풍부한 개성을 담고 있고 왠지 모르게 마음을 울리는 기대에 찬 표정을 짓고 있었다.

「누구십니까?」

「저는 조라예요.」 그녀는 내가 그 이름을 당연히 알 거라는 듯 그렇게만 대답했다.

「무슨 일이오, 조라 양?」 나는 미소를 지으며 물었다.

「마담 마리아나를 만나러 왔어요.」

문을 열자 그녀가 작은 보따리를 들고 들어왔다. 나는 내 자리로 돌아갔다. 강인하고 우아한 몸매에 어리고 매력적인 얼굴이었다. 나는 조라와 대화를 나눠 보려고 애썼다.

「이름이 조라요?」

「네, 조라 살라마예요.」

「어디서 왔소?」

「베헤이라의 자야디야에서요.」

「마담과 약속을 했소?」

「아뇨, 그냥 만나러 왔어요.」

20 *fellaha*. 시골 여자를 가리키는 말.

「물론 마담은 당신을 알겠지?」

「아, 네.」

나는 그녀를 물끄러미 바라보았다. 조라는 매력적이었다. 이렇게 기분이 좋아진 것은 아주 오랜만이었다.

「이곳에서 오래 살았소?」

「알렉산드리아에서 산 적은 없지만, 아버지가 살아 계실 때 종종 같이 왔었어요.」

「마담은 어떻게 알게 된 건지?」

「아버지가 마담에게 치즈와 버터, 닭고기 같은 걸 파셨는데, 저도 가끔 따라왔거든요.」

「그렇군. 아버지의 사업을 물려받았소?」

「아뇨.」 그녀는 칸막이로 시선을 돌렸다. 더 이상 이야기하고 싶지 않다는 것을 알 수 있었다. 나는 조라의 생각을 존중하기로 하고 더 이상 질문을 하지 않았다. 조심스러운 모습 때문에 그녀가 한층 더 좋아져서 말없이 감탄하며 그녀를 바라보았다.

나는 그녀의 가늘고 낭창낭창한 손에 입을 맞추었다.

「당신의 축복 덕분에 이제 나는 당신이 자랑스러워할 만한 남자가 되었소. 나와 함께 카이로로 갑시다.」 내가 말했다.

「신께서 당신에게 열 배의 성공을 더해 주시기를 빌어요.」 그녀가 나를 따뜻하게 바라보았다. 「하지만 저는 집을 떠날 수 없어요. 그게 제 삶의 전부예요.」 오래되고 낡은 집, 얼룩덜룩 벗겨진 벽들. 바람에 시달려 돌 사이사이에 소금기가 맺히고 안푸시 해안에 쌓인 생선 냄새가 나는 집.

「하지만 여기서는 당신 혼자잖소.」

「밤과 낮을 만드신 분이 늘 저와 함께하신답니다.」

초인종이 울리자 조라가 나가서 문을 열었다.

「조라구나! 깜짝이야!」 마리아나가 소리쳤다. 조라는 마리아나의 손에 입을 맞췄고 마리아나의 얼굴은 따뜻한 환영으로 빛났다. 「만나서 정말 반갑구나. 신께서 네 아버지의 영혼을 편히 쉬게 하시길. 결혼했니?」

「아니요!」

「말도 안 돼!」 웃으면서 조라를 안으로 데리고 들어오는 길에 마리아나가 내 쪽을 보았다. 「이 아이의 아버지는 정말 좋은 사람이었답니다, 무슈 아메르.」

내가 조라의 아버지가 된 듯한 따뜻한 감정이 내 안에서 솟구치는 것 같았다.

....

「이제 저도 편히 쉴 수 있어요.」 그날 저녁 마담이 톨바와 나에게 말했다. 「조라가 절 도와주기로 했어요.」

나는 기쁨과 불안이 뒤섞인 감정에 사로잡혔다. 「그 애가 하녀로 일하러 온 겁니까?」

「네. 그게 뭐 어때서요? 어쨌든 여기서 지내는 게 조라한테도 더 나아요.」

「그래도 —」

「그래도 뭐요? 그 애는 땅을 반 페단[21] 빌려서 직접 농사를 지었대요. 그건 어때요?」

「괜찮지요. 그런데 왜 마을을 떠났답니까?」

마리아나는 한동안 나를 물끄러미 바라보았다. 「도망쳤대요.」

「도망?」

「사람들이 개한테도 봉건주의자라고 그랬답니까?」 톨바가 낄낄거리며 말했다.

「할아버지가 어느 노인이랑 결혼시키려고 했대요. 간병인으로나 쓸 셈이었겠죠. 그 뒤에 어떻게 됐는지는 짐작이 되시죠.」

「하지만 그 애한테는 무척 중대한 일이에요. 마을 사람들이 용서하지 않을 겁니다.」 내가 근엄하게 말했다.

「조라한테는 할아버지랑 결혼한 언니밖에 없어요.」

「여기 있는 걸 가족들이 알아내면 어떻게 합니까?」

「알아낼지도 모르죠. 하지만 그런들 무슨 상관이에요?」

「두렵지 않아요?」

「조라는 어린아이가 아니에요. 제가 뭘 어쨌게요? 그 애를 받아 주고 정직한 일자리를 준 것뿐이에요.」 마리아나가 단호하게 말을 맺었다. 「무슈 아메르, 제가 저 아이를 지키겠어요.」

「나는 살아 있는 한 의무를 지키겠습니다. 무력은 옳지 않습니다. 그들은 그들의 최선을 다하도록 내버려 둡시다.」[22]

---

21 *feddan*. 면적을 재는 단위. 1페단은 약 4천2백 제곱미터에 해당한다.
22 사드 자글룰이 했던 말.

····

마리아나는 조라에게 할 일을 가르쳐 주었고 조라는 일을 빨리 배우는 것 같았다. 마리아나는 기뻐했다.

「쟨 참 대단해요.」 마리아나가 행복한 듯 내게 말했다. 「튼튼하고 똑똑하고, 뭐든지 한 번만 말해도 다 알아요. 전 정말 운이 좋아요.」

잠시 후 그녀가 나에게 의논을 해왔다. 「어떻게 생각하세요? 숙식과 옷을 제공하고 한 달에 5파운드 정도면 될까요?」

나는 그 정도면 적당하다고 말했지만 조라에게 요즘 많이들 입는 도시적인 옷을 입히지는 말아 달라고 부탁했다.

「왜요? 조라가 그 농부 같은 누더기를 입고 다니길 바라시는 건 아니죠?」

「마리아나, 저 아이는 무척 예뻐요. 생각해 봐요 —」

「제가 잘 지켜볼게요. 착한 아이예요.」

그렇게 해서 발목까지 오는 갈라비야[23] 아래 몸매를 숨기고 있던 조라는 매력적인 몸매에 딱 맞춰 재단한 면 드레스를 입고 나타났다. 머리카락은 등유로 감은 다음 가운데 가르마를 타서 두 갈래로 땋아 뒤로 드리웠다. 톨바가 그녀를 한참 동안 바라보더니 이렇게 속삭였다. 「내년 여름이면 제네부아즈나 몬테카를로 같은 나이트클럽에서 볼지도 모르겠소.」

---

23 *gallabiya*. 손으로 짠 직물로 만든 헐렁하고 긴 옷. 지중해 아랍 국가들에서 서민들이 주로 입는다.

「오, 제발 그런 말 말아요.」 내가 말했다.

톨바는 문을 향해 걸어가다가 그녀 곁을 지나치면서 농담처럼 물었다.

「선조 중에 프랑스인 없니, 조라?」

조라는 톨바를 의심스럽게 바라보았다. 그를 좋아하지 않는 것이 분명했다.

「그냥 농담한 거란다. 칭찬으로 생각하렴.」 조라가 나를 보자 나는 이렇게 말한 다음 미소를 지으며 덧붙였다. 「나도 널 보면서 감탄하는 사람들 중 하나란다.」

그러자 조라도 부드럽게 미소를 지어 보였다. 그녀가 나를 좋아하고 믿는다는 사실을 알 수 있어 기뻤다. 나는 그녀에게 친절하게 대했고 우리는 곧 친구가 되었다.

조라가 일을 끝내자 마담이 우리를 부르며 다 같이 라디오 근처에 앉아 이야기를 나누자고 했다. 조라는 우리와 약간 거리를 두고 칸막이 근처에 자리를 잡고 앉아 우리의 대화에 열심히 귀를 기울였다. 어느 날 저녁, 조라는 우리가 마담에게서 사연을 다 들은 줄 모르고 자기 이야기를 들려주었다.

「형부가 절 속이려 해서 제가 제 땅에다 직접 농사를 지었어요.」

「힘들지 않았니, 조라?」

「아뇨. 신께 감사하게도 저는 무척 튼튼하거든요. 저보다 일을 잘하는 사람이 없었어요. 밭에서든 시장에서든.」

「하지만 남자들은 다른 것에도 흥미가 있는 법이지.」 톨바가 웃으며 말했다.

「필요하다면 남자 못지않게 맞설 수도 있어요.」

나는 훌륭한 자세라고 진심으로 생각했다.

「조라는 순진하지 않아요.」 마리아나가 말했다. 「아버지를 따라서 여러 곳을 다녀 봤거든요. 그분은 조라를 무척 좋아했어요.」

「그리고 저도 아버지를 그 무엇보다 사랑했어요.」 조라가 생각에 잠긴 듯 말했다. 「하지만 할아버지는 저를 이용하려고만 했죠.」

톨바는 이 문제를 그냥 넘어가지 않았다. 톨바가 놀리듯 말했다. 「남자 못지않게 맞설 수 있다면서 왜 그냥 도망쳤지?」

「제가 도와주기로 한 거예요!」 마리아나가 끼어들었다.

「그만둬요, 당신도 시골 마을이 어떤지 잘 알잖소, 톨바 베이.」 내가 말했다. 「시골 사람들이 노인들과 끔찍한 보수주의를 얼마나 숭배하는지 말입니다. 조라는 도망을 치든지 남아서 위선을 떨 수밖에 없었을 겁니다.」

조라는 고마운 표정으로 나를 보았다. 「제 땅을 버리고 왔어요.」 조라가 말했다.

「사람들은 네가 애인이 있었다든지 뭐 그런 이유로 도망쳤다고 말할걸.」 톨바가 말했다.

조라는 화가 난 표정으로 그를 보았다. 홍수 때의 나일 강처럼 어두워진 얼굴이었다. 그녀는 집게손가락과 가운뎃손가락으로 톨바를 가리키며 이렇게 말했다. 「감히 그런 말을 하는 사람이 있다면 누구든지 눈을 찔러 버리겠어요.」

「조라, 넌 농담도 모르니?」 마리아나가 소리쳤다.

나는 조라가 그렇게나 화를 내는 것을 보고 깜짝 놀라 그녀를 달랬다. 「그냥 놀리는 거야.」 그런 다음 톨바에게 말했다. 「그 알랑거리던 성격은 다 어디 갔습니까?」

「난 전 재산을 압수당했단 말이오!」

그녀의 눈은 꿀처럼 진한 갈색이고 뺨은 통통하고 장밋빛이며 작은 턱에는 보조개가 패어 있다. 아이다. 내 손녀뻘도 안 된다. 그녀의 할머니는? 눈 깜짝하는 사이에 사라졌다. 사랑이나 결혼이 무언지도 알지 못한 채. 그녀는 누구였을까? 모르겠다. 그녀가 어떻게 생겼었는지 기억해 낼 수가 없다. 이제 내 기억 속에는 장소밖에 남아 있지 않다. 바르가완, 다브 알아흐마르, 그리고 실연을 치료해 주는 성스러운 사원 시디 아부 알사우드.

「언제까지 여기서 지낼 생각이세요?」

조라는 매일 오후 내 방으로 커피를 가져다주었고, 그때마다 나는 이야기를 나누고 싶다는 욕망이 채워질 때까지 그녀를 붙잡아 두었다.

「계속 있을 거란다, 조라.」

「가족은요?」

「나한테는 너밖에 없어.」 그러자 그녀가 웃었다. 그녀의 작은 손은 단단했고 손가락 끝에는 굳은살이 박여 있었으며 발은 크고 평평했다. 하지만 몸매와 얼굴은 사랑스러웠다.

「전 그 사람이 마음에 들지 않아요.」 조라가 또 다른 투숙객에 관해 속삭였다.

「나이 들고 불행한 사람이야. 게다가 몸도 아프거든.」 내가 안됐다는 듯 말했다.

「그 사람은 아직도 파샤 시대인 줄 알아요. 자기가 파샤라도 되는 것처럼 굴어요.」

조라의 말에 나는 지난 1백 년을 빙 둘러 과거로 돌아갔다.

「법무 장관이 파샤나 베이가 아니라 에펜디[24]라서 그들이 찾아오지 않는 것이오?」

「어르신, 판사들에게도 자존심이 있습니다.」

「결국 내가 펠라흐[25]고 그들이 체르케스[26] 사람들이기 때문이겠지. 들어 봐요. 그들이 나를 늘 비웃은 건 내가 민중의 지도자이기 때문이었소. 거기에 대고 나는 늘 파란색 갈라비야를 입은 서민들을 이끄는 것이 자랑스럽다고 대답했지. 잘 기억해 두시오. 그들은 적절한 예의를 완벽히 갖추고 나를 찾아오게 될 것이오.」[27]

조라는 하이라이프 식료품점에서 우리를 위해 사오는 외국 위스키 상표 이름까지 다 외웠다.

---

24 *effendi*. 파샤와 베이 아래의 계급으로 교육을 받은 관리 등을 이른다.
25 *fellah*. 시골 사람을 가리키는 말.
26 Cherkess. 카바르딘인(人)의 조상으로, 13~16세기에 이집트와 시리아를 지배한 터키계 왕조인 맘루크 왕조를 구성했다.
27 사드 자글룰이 법무부 장관에 임명되자 법관들은 〈에펜디〉가 법무 장관이 된 것을 못마땅하게 여겼다.

「제가 이런 것들을 달라고 하면 사람들이 절 보면서 웃어요.」
나는 침묵 속에서 그녀의 순진함을 축복했다.

 이게 무슨 소란인가! 익숙한 목소리들이었지만 크고 날카로웠다. 밖에서 무슨 일이 일어나고 있는지 궁금해졌다.
 침대 밖으로 나와 실내복을 입었다. 시계는 오후 5시를 가리키고 있었다. 바깥쪽 로비로 나가자 톨바가 두 손을 맞잡고 자기 방으로 사라지는 것이 보였다. 조라는 의자에 웅크리고 앉아 있었는데 찌푸린 표정이었고 당장에라도 눈물을 흘릴 것 같았다. 그녀의 앞에는 화가 단단히 난 마리아나가 서 있었다.
「무슨 일입니까?」
「조라는 너무 의심이 많아요, 아메르 베이.」
「그 사람이 저한테 마사지를 해달라고 했어요.」 나의 등장으로 마음이 든든해진 조라가 사납게 쏘아붙였다.
「네가 뭘 몰라서 그래.」 마리아나가 말했다. 「너도 알다시피 저분은 아프시잖니. 치료를 위해서 마사지가 필요한 거야. 저분은 해마다 유럽에 가서 치료를 받으셨어. 네가 하기 싫은 일은 하나도 할 필요 없어.」
「그런 말은 들어 본 적도 없어요.」 조라가 화를 내며 말했다. 「저는 아무 의심도 없이 방에 들어갔는데 그 사람이 거의 벌거벗은 채로 똑바로 누워 있었다고요.」
「진정해라, 조라. 그는 노인이야, 네 아버지보다도 나이가 많아. 네가 잘못 생각한 거야. 가서 세수나 하고 잊어버리렴.」

단둘이 로비에 남은 마리아나와 나는 흑단 의자에 앉았다. 마담이 무거운 침묵을 깨뜨렸다.

「톨바 베이가 요청한 거지만, 나쁜 뜻이 있었다고는 생각 안 해요.」

「마리아나, 어리석은 짓은 끝이 없어요.」 내가 엄히 말했다.

「톨바 베이를 못 믿으세요? 아시잖아요, 그 사람은 노인이에요.」

「노인들도 어리석은 짓을 저지르는 법이지요.」

「전 그분이 전문가 대신 조라에게서 마사지를 받으면 조라가 상당한 돈을 벌 수 있을 거라고 생각했어요.」

「당신도 알겠지만, 조라는 펠라하예요. 어쨌거나 당신은 그녀에 대해 책임이 있어요.」

톨바가 다가오더니 아무것도 모르는 척하며 비난하듯 말했다. 「한번 농민은 영원한 농민이지.」

「조라를 내버려 둬요.」 내가 말했다. 「죽을 때까지 신께서 만드신 상태 그대로 놔둡시다.」

그는 기분이 상한 것이 틀림없었다. 「저 애는 살쾡이요. 번듯한 옷이나 마리아나의 회색 카디건에 속지 마시오. 야만인이라고.」

불쌍한 조라, 너에게 너무나 미안하구나. 이제야 네가 얼마나 외로울지 알겠다. 이 펜션은 네가 지낼 만한 곳이 아니구나. 게다가 너의 보호자라는 마리아나는 그럴 수만 있다면 언제든지 아무 가책 없이 너를 잡아먹을 거다.

「신의 지혜를!」 톨바가 술을 한 잔 마시고는 말했다.

「조심해요, 톨바 베이.」화제가 바뀌자 마리아나가 기쁜 목소리로 말했다. 「신을 모독하지 마세요.」

「말해 봐요, 마리아나.」톨바가 작은 성모상을 가리키며 말했다. 「신께서는 왜 자기 아들이 십자가에 매달려 죽게 놔두셨답니까?」

「우리를 구원하기 위해서죠.」마리아나가 엄숙히 말했다. 「아니면 우리는 영원히 저주받았을 거예요.」

「그럼 우리가 저주받지 않았다는 말이오?」톨바는 고개를 뒤로 젖히고 웃으면서 도움을 구하듯 나를 보았지만 나는 그를 무시했다. 그러자 그가 팔꿈치로 나를 툭툭 쳤다. 「내가 조라와 화해하게 도와줘야 합니다, 늙은 여우 같은 양반!」

새로운 투숙객인가?

체격이 좋고 피부색이 짙은 것을 보면 농촌 출신인 것 같다. 그는 건장하고 검고, 표정은 사람을 꿰뚫어 보는 듯 강렬하다. 서른 살 정도로 보인다. 마리아나가 그에게 아침 식탁에 앉으라고 손짓한다.

「무슈 사르한 알베헤이리예요.」마리아나는 우리에게 그를 소개하더니 그 청년에게 괜찮다면 자신을 더 자세히 소개해 달라고 한다.

「알렉산드리아 직물 회사 회계부 차장입니다.」강한 시골 억양이다.

사르한이 나가자 마리아나가 신이 나서 말한다. 「같은 조건으로 묵게 된 새로운 투숙객이에요.」

일주일도 지나지 않아 사르한보다 조금 젊은 호스니 알람이 들어왔다. 몸집이 크고 튼튼한 그는 꼭 레슬링 선수 같았다. 마리아나가 그가 탄타의 유서 깊은 가문 출신이라고 말해 주었다.

그 뒤에 알렉산드리아 방송국에서 아나운서로 일하는 스물다섯 살의 만수르 바히가 들어왔다. 나는 섬세하고 예리한 그 모습에 매료되었다. 그의 얼굴에는 아이 같은, 혹은 여성스럽다고도 해도 좋을 분위기가 있었다. 얼마 안 있어 그가 내성적인 성격에 혼자 있기를 좋아한다는 것을 알 수 있었다.

펜션의 방이 다 차자 마리아나는 무척 기뻐했다. 사람들과의 만남에 굶주려 있던 나 역시 새로운 투숙객들이 들어오자 마음이 따뜻해지는 느낌이었다. 「젊은 사람들이 주변에 있다는 건 정말 좋은 일이지요. 늙어 빠진 우리랑 어울리는 걸 그들이 지루해 하지 않으면 좋겠는데.」

「어쨌든, 적어도 학생은 아니니까요.」 마리아나가 말했다.

우리는 그 이상 친해지지 않았지만, 마리아나는 움 쿨툼의 독창회가 방송되는 첫 번째 목요일 밤에 젊은이들이 와서 함께 라디오를 들을 거라고 했다. 젊음과 음악이 있는 저녁이라니, 얼마나 즐거운 일인가.

젊은이들은 저녁 식사로 케밥과 위스키 한 병을 주문했다. 우리는 라디오 주변으로 모여들었고 조라가 날렵하게 오가면서 시중을 들었다. 추운 밤이었지만 바람은 잠잠해졌다. 조라가 별을 셀 수 있을 만큼 하늘이 맑다고 말해 주었다. 술

잔이 돌았다. 조금 떨어져서 칸막이 근처에 앉은 조라의 눈이 미소를 머금고 있었다. 톨바 마르주끄만이 걱정을 떨치지 못했다. 며칠 전에 그는 나에게 〈여기는 지옥으로 변하고 있소!〉라고 말했다. 톨바는 낯선 사람을 의심했고 그들이 신문이나 만수르 바히를 통해 자신의 사연과 고난을 전부 알고 있을 거라고 굳게 믿었다.

물론 마리아나는 젊은이들에 대한 정보를 빠짐없이 확보하고 있었다. 「무슈 사르한 알베헤이리는 베헤이리 가문 사람이에요.」 나는 그런 이름을 들어 본 적이 없었고 톨바 마르주끄도 마찬가지인 듯했다. 「무슈 사르한이 아파트에서 나온다고 했더니 어떤 친구가 우리 펜션을 알려 줬대요.」

「호스니 알람은?」

「탄타의 알람 가문 출신이에요.」 톨바는 알람 가문을 아는 것 같았지만 아무 말도 하지 않았다. 「땅을 수백 페단이나 가지고 있죠.」 마리아나가 자기가 땅 주인이라도 되는 것처럼 자랑스럽게 덧붙이더니 계속 말했다. 「혁명 때도 아무런 피해를 입지 않았대요. 사업을 시작하려고 알렉산드리아에 오셨다는군요.」 그녀는 바다에 빠졌지만 곧 구조될 사람처럼 즐겁게 말했다.

마리아나의 이야기를 듣고 있던 사르한이 호스니 알람에게 물었다. 「왜 그 땅에다 농사를 짓지 않습니까?」

「다른 사람한테 빌려 줬습니다.」

「그게 아니라 평생 곡괭이나 삽은 잡아 본 적도 없다고 말해야 하는 것 아닙니까?」 사르한이 빈정거렸다. 세 청년이 왁

자하게 웃었는데 호스니 본인의 웃음소리가 가장 컸다.

「이분은……」 마리아나가 만수르 바히를 가리키며 말했다. 「제가 아는 한 알렉산드리아 최고의 경찰서장이셨던 옛 친구분의 동생이에요.」

톨바의 얼굴이 창백해졌다.

마리아나가 말을 이었다. 「그분이 알렉산드리아를 떠나시면서 여기 와서 저랑 지내라고 하셨대요.」

다른 사람들이 술을 마시느라 바쁜 사이에 톨바가 몸을 기울이고 속삭였다. 「첩자들의 소굴에 들어앉은 셈이군.」

「반사회적인 행동은 유행이 지났습니다.」 내가 말했다. 「어리석게 굴지 마세요.」

이제 이야기가 정치 쪽으로 흘러갔다.

「하지만 이 나라는 알아보기 힘들 만큼 변했습니다.」 사르한이 정부의 토지 개혁을 대변하면서 열심히 말했다. 입안에 든 음식의 양에 따라 그의 목소리가 커졌다 작아졌다 했다. 「또 노동 계급은 어떻고요! 저는 평생 노동자들과 함께 했습니다. 여러분도 직접 공장에 와보셔야 합니다.」

만수르 바히(그는 젊은이들 중에서 가장 조용했지만 가끔 다른 사람들처럼 웃음을 터뜨렸다)가 사르한에게 물었다. 「정말로 정치 활동을 합니까?」

「물론이지요. 저는 해방 단체에 가입했었고 그다음에는 전국 연맹에 들어갔습니다. 지금은 20인 위원회 소속이고 직원들을 대표해서 회사 위원회에도 선출되었습니다.」

「혁명 전에도 정치를 했습니까?」

「아닙니다.」

「전 혁명을 전적으로 지지합니다. 그래서 사람들은 제가 반역자라고 생각하지요.」 호스니 알람이 말했다.

「당연하지요. 혁명이 당신에게는 손도 안 댔으니 말입니다.」 만수르가 말했다.

「그런 이유 때문이 아닙니다. 저 같은 계급에서는 가장 가난한 사람들조차 혁명을 지지하지 않습니다.」

「저는 혁명이 적에게 너무 관대했다고 굳게 믿습니다.」 만수르가 말했다.

톨바는 이런 상황에서 침묵을 지키는 것이 불리하다고 생각했는지 입을 열었다. 「나는 큰 타격을 입었소. 내가 상처를 받았다는 사실을 부인하면 순전히 위선일 거요. 하지만 혁명 세력이 꼭 필요한 일을 했다는 사실을 부인하는 것 역시 이기적인 생각일 거요!」

마리아나는 술을 마시지 않았다. 그녀는 케밥을 조금 먹고 따뜻한 우유를 한 잔 마셨다. 우리가 독창회를 기다리는 동안 친절한 젊은이들이 함께 즐거운 시간을 보내 주고 있었는데도 마리아나는 불평을 했다. 「움 쿨툼 독창회는 왜 이렇게 늦게 시작하는 건지.」

만수르 바히가 갑자기 나를 보며 말을 걸었다. 「저는 어르신의 대단한 과거를 잘 알고 있습니다. 프로그램 때문에 옛날 신문들을 자주 찾아봤거든요.」 나는 어린애 같은 기쁨에 사로잡혔다. 젊은 시절을 회상할 수 있다니! 나는 기뻐하며 이야기를 계속하라고 했다. 「아주 옛날부터 활동하셨더군요. 과거 정세에 크게 기여하셨던데요. 민족당, 국민당, 와프드당, 혁명.」

나는 얼른 기회를 잡아 그를 역사 여행에 동참시켰고 절대 잊혀서는 안 될 사건들에 대해 설명해 주었다. 우리는 정당을 하나씩 평가하면서 민족당과 국민당에 대한 찬반양론을 살펴보았고, 와프드당이 오랫동안 존재해 온 모순을 해결한 방법에 대해 이야기를 나누었다. 그리고 왜 내가 결국 독립에 찬성하는 쪽으로 입장을 바꾸었는지, 왜 혁명을 지지했는지까지 이야기했다.

「한데 어르신께서는 기본적인 사회 문제에 관심이 없으셨잖습니까.」

「나는 알아즈하르에서 공부했다네. 그러니 당연히 타협을, 동구와 서구의 결합을 추구했지.」

「하지만 무슬림 형제단과 공산주의자들을 모두 공격하셔야 했다니 이상한 일 아닙니까?」

「아닐세. 당시는 반대파들끼리 충돌하는 혼란스러운 시기였지. 그 뒤에 혁명이 일어나서 양쪽에서 가장 좋은 것들만을 받아들였다네.」

「그러면 이제 어르신의 딜레마는 풀렸습니까?」

나는 그렇다고 말했지만 사실 내 마음속의 딜레마는 어떤 정당도, 어떤 혁명도 해결할 수 없는 개인적인 것이었다. 나는 소리 없이 기도를 올렸다. 그러다가 독창회가 시작할 시간이 되었다. 나는 노래의 바다에 나의 고뇌를 맡긴 채 노래가 내 영혼의 분쟁을 해결해 주기를 바랐다. 노래가 나를 사랑과 평화로 채우고 멜로디에 내 고뇌를 담아 흘려보내 주기를 간절히 청했다. 노래는 나의 마음과 정신에 통찰력이라는 최고의 기쁨을 실어다 주어 인생의 쓸쓸한 냉혹함을 부드럽고 달콤한 것으로 만들어 줄 것이다.

「못 들으셨습니까? 프리마 돈나 무니라 알마디아[28]의 하우스보트에서 내각이 회동했답니다.」

 방으로 돌아왔을 때는 새벽이 거의 다 된 시각이었다. 톨바가 내 방으로 찾아와 자신이 혁명에 대해서 짤막하게 한 말을 어떻게 생각하는지 물었다.
「대단했습니다.」 틀니를 뺀 터라 내 목소리는 약간 이상하게 들렸다.
「사람들이 내 말을 믿는다고 생각합니까?」
「그건 상관없지요.」
「난 다른 숙소를 알아보는 게 좋을 것 같소.」
「말도 안 되는 소리.」
「사람들이 이 살인적인 혁명 법규를 칭찬하는 소리를 듣기만 해도 다시 발작을 일으킬 것 같소.」
「익숙해지는 게 좋을 겁니다.」
「당신처럼?」
「당신도 아시겠지만, 우리는 늘 달랐지요.」 나는 미소를 지

---

28 Munira al-Mahdia(1885~1965). 양차 세계 대전 사이에 왕성하게 활동한 이집트의 유명 여가수.

으며 말했다.

「끔찍한 꿈이나 꾸시오.」 톨바가 방에서 나가며 말했다.

「이 청년들은 너무나 매력적이고 유복해요.」

마리아나가 젊은 투숙객들에 대한 만족감을 드러내며 말했다. 조라는 해야 할 일이 많아졌지만 더욱 힘을 내서 열심히 일했다.

「나는 한 사람도 못 믿겠던데.」 톨바가 툴툴거렸다.

「호스니 알람까지?」 마리아나가 물었다.

그러나 톨바는 그녀의 말을 듣지 않는 것 같았다. 「사르한 알베헤이리가 가장 위험해. 혁명으로 성공한 사람이지. 듣도 보도 못 한 베헤이리 가문이 다 뭐람. 베헤이리 주 출신은 전부 베헤이리 가문이지. 조라도 조라 알베헤이리겠군.」

나는 웃음을 터뜨렸고 마리아나도 웃었다. 조라가 우리 옆을 지나 밖으로 나갔다. 마담의 회색 카디건을 입고 얼마 전에 자기 돈으로 산 파란색 스카프를 두른 그녀는 야생화처럼 우아했다.

「만수르 바히는 무척 지적이에요, 안 그렇습니까?」 내가 물었다. 「말도 별로 없고 조용히 일을 하러 가지요. 진정한 혁명의 아들입니다.」

「그 젊은이도 그렇고 다들 왜 그렇게 혁명에 찬성하는 거지?」

「이 나라에 농부도, 노동자도, 젊은이도 없는 것처럼 말하는군요.」

「혁명은 일부의 재산을 빼앗고 모두의 자유를 빼앗았소.」

「당신이 말하는 자유는 예전 의미에서의 자유지요.」 내가 말했다. 「그리고 높은 자리에 있던 당신은 그 자유를 존중하지도 않았고 말입니다!」

욕실에서 나온 나는 어두운 복도에서 두 사람의 모습을 보았다. 조라와 사르한이 속삭이고 있었다. 내가 나오자 사르한이 갑자기 큰 목소리로 조라에게 빨랫감을 부탁했다. 나는 아무것도 눈치채지 못한 척하며 방으로 들어왔지만 무척 걱정되었다. 젊은 남자들이 가득한 이곳에서 조라가 어찌 평화로이 지낼 수 있을까? 그녀가 오후 커피를 가지고 들어왔을 때 나는 일을 쉬는 일요일 오후에 어디서 뭘 하는지 물었다.

「영화를 보러 가요.」 조라가 얼굴을 빛내며 말했다.

「혼자서?」

「마담하고요.」

「신께서 너를 지켜 주시기를.」 나는 부드럽게 말했다.

「마치 제가 어린아이라도 되는 것처럼 걱정하시네요.」 조라가 미소를 지었다.

「넌 아직 어린애란다, 조라.」

「아니에요. 필요하다면 전 저 자신을 어떤 남자보다도 잘 돌볼 수 있어요.」

나는 늙은 내 얼굴을 그녀의 젊고 예쁜 얼굴 가까이로 가져갔다. 「조라, 젊은 남자들은 언제든지 장난삼아 놀 준비가 되어 있단다. 하지만 진지한 결혼 얘기가 나오면 말이다……」

나는 손가락으로 딱 소리를 냈다.

「그런 얘기라면 아버지가 다 해주셨어요.」

「난 널 무척 좋아한단다, 그래서 걱정하는 거야.」

「알아요. 아버지가 돌아가신 후 어르신 같은 분을 한 번도 만난 적이 없어요. 저도 어르신이 정말 좋아요.」

어떤 이가 그토록 달콤하게 좋아한다는 말을 하는 것을 들어 본 적이 없다. 그것은 내가 억울한 비난을, 살아 있는 그 누구도 할 자격이 없는 비난을 받지 않았더라면 열 명이 넘는 자식과 손자들에게서 들었을 말이었다.

새하얀 부르카![29] 늙은 여인이 문을 지나서 좁은 길로 재빨리 나온다. 「얼른요, 비가 그쳤어요.」 흰 부르카를 쓴 여자가 따라 나와 미끄러운 돌길을 조심스럽게 디딘다. 세월이 그 아름답던 얼굴을 흐릿하게 만들고 깊은 인상만 남겨 둔 걸까? 내가 옆으로 다가서서 속삭인다. 「이런 미인을 만드신 신께 찬양을.」 나는 여전히 두근거리는 가슴을 안고 생각한다. 〈결심을 하자, 신을 믿자! *빠*를수록 좋다!〉

로비에는 나와 마리아나뿐이다. 성모상 아래에 앉은 그녀의 푸른 눈이 생각에 잠겨 어두워졌다. 정오를 지나고부터 비가 계속 내리고 이따금 천둥이 칠 때마다 구름이 흩어진다. 마리아나가 말한다.

---

29 이슬람 여성들의 전통 복식 중 하나. 전신을 가리는 통옷 형태로 눈 부위만 망사로 되어 있다.

「무슈 아메르, 뭔가 수상한 냄새가 나요!」

「무슨 말인가요?」 내가 조심스럽게 묻는다.

「조라 말이에요.」 마리아나가 잠시 뜸을 들인 뒤 말을 잇는다. 「사르한 알베헤이리와 뭔가 있어요.」

심장이 철렁 내려앉는다. 「무슨 말입니까?」

「무슨 뜻인지 잘 아시잖아요.」

「하지만 조라는 ─」

「전 이런 일에 대해서 본능적인 느낌이 있어요.」

「사랑스러운 마리아나, 조라는 착하고 정직한 아이예요.」

「그럴지도 모르죠, 하지만 제 등 뒤에서 일을 꾸미는 사람들은 싫어요!」

물론 그렇겠지요. 조라는 계속 〈정직하게〉 살든지, 아니면 당신 속셈에 맞춰 줘야겠지요. 난 당신을 속속들이 알고 있다오.

나는 낮잠을 자다가 유혈 사태로 피가 넘쳐흘렀던 1919년의 폭동과, 뒤이어 알아즈하르 대학에 무력으로 침입한 영국군에 대한 꿈을 꾼다. 눈을 떴지만 머릿속에는 아직도 고함을 지르는 시위자들과 포연(砲煙), 총소리가 가득하다. 로비 입구 쪽에서 시끄러운 소리가 들린다. 나는 실내복을 입고 서둘러 밖으로 나간다. 다른 사람들도 나와서 보고 있다. 사르한은 분노와 냉소를 띤 얼굴로 옷깃과 타이를 매만지고 있고, 조라는 화가 나서 창백해진 얼굴로 가슴을 들썩이고 있다. 그녀의 옷은 목 부분이 찢겨 있다. 실내복 차림의 호스니 알람이 소리를 지르며 욕을 퍼붓는 낯선 여자를 데리고 밖으로 나간다. 문이 닫히기 직전에 그 여자가 사르한의 얼굴에 침을 뱉는다.

「여기는 이름난 펜션이에요!」 마리아나가 소리친다. 「이런 일 때문에 오명을 입을 수는 없어요. 절대로, 절대로 안 돼요!」

나는 아직 잠이 덜 깬 상태였다. 세 사람만 남자 나는 톨바마르주끄에게 무슨 일이 있었는지 물었다.

「도통 모르겠소. 나도 방금 나왔소.」

마리아나가 사르한의 방으로 사라진다. 그의 해명을 듣기 위해서일 것이다.

「베헤이리 가문 청년이 꽤나 바람둥이인 것 같소만.」

「왜 그렇게 생각합니까?」

「그 여자가 얼굴에 침 뱉는 걸 못 보셨소?」

「그나저나 그 여자는 누굽니까?」

「그냥 여자지.」 톨바가 빙긋 웃는다. 「도망간 연인을 찾아 여기까지 온 거겠지.」

조라가 아직 분이 풀리지 않은 채로 돌아왔다. 「무슈 사르한이 돌아오셨기에 현관문을 열어 드렸어요······.」 우리가 아무것도 묻지 않았는데도 그녀가 우리에게 말을 하기 시작한다. 「그런데 저 여자가 따라온 거예요. 무슈 사르한도 그 여자가 따라온 줄 몰랐대요. 그러더니 두 사람이 갑자기 싸우기 시작했어요.」

마리아나가 사르한의 방에서 나온다. 「약혼녀였다네요. 제가 들은 바로는요.」

그제야 우리 모두 자초지종을 파악한다. 그런데 톨바 마르주끄는 음흉하게 의문을 제기한다.

「그럼 조라는 무슨 상관이지?」

「두 사람을 말리려고 했더니 그 여자가 달려들었어요.」

「대단한 주먹이던데, 조라!」

「더 이상 아무 말 맙시다.」 나는 사람들에게 부탁했다.

  은혜로우시고 자비로우신 알라의 이름으로.
  타·신·밈.
  이것은 분명한 경전의 계시이다.
  우리는 믿는 자를 위해 모세와 파라오의 이야기를 진리에 의거하여 그대에게 말하겠다.
  파라오는 그 땅에서 세력을 뻗치고 그 백성을 여러 파로 갈라 그중의 한 파를 학대했다. 그 자식들을 죽이고 여자들은 살려 놓았다. 참으로 파라오는 악역무도한 자이다.
  그 땅에서 학대받은 자에게 우리는 은혜를 주고 그들을 지도자로 하여 후계자로 삼자고 생각했다.[30]

누가 문을 두드린다. 마리아나가 미소를 지으며 들어오더니 내가 가끔 발을 올려 두는 등받이 없는 의자에 앉는다. 환기통에서 바람이 윙윙거린다. 나는 실내복으로 몸을 감싼다. 지금이 하루 중 어느 때인지 알려 주지 않는 빛 속에서 고요하고 어두운 내 방이 꾸벅꾸벅 졸고 있다.

30 『코란』 28장 1~5절.

「그 얘기 들으셨어요?」 마리아나가 웃음이 나오는 것을 참아 가며 말한다.

나는 책을 덮은 다음 침대맡 탁자에 올려 둔다. 「좋은 소식인가요?」

「조라가 공부를 한대요!」

나는 무슨 말인지 바로 이해하지 못한다.

「정말이에요. 결심을 했다나요. 수업을 받고 싶으니 오후에 한 시간씩 빼달라고 부탁했어요.」

「놀랍군요.」

「5층에 사는 여교사랑 얘기를 해뒀대요. 젊은 여교사가 개인 교습을 해준다네요.」

「그것 참 놀랍군요.」 나는 한 번 더 말한다.

「반대는 하지 않았지만, 급료로 받는 돈을 다 써버릴까 봐 걱정이에요.」

「정말 사려 깊군요, 마리아나. 하지만 정말로, 진짜로 놀랐습니다.」

조라가 오후 커피를 가지고 들어왔을 때 내가 말했다. 「나 몰래 비밀을 만들었구나, 이 장난꾸러기야.」

「저는 어르신께 아무 비밀도 없어요.」 조라가 부끄러워하며 대답했다.

「공부하기로 결심했다는 건 뭐지? 왜 그런 생각을 하게 된 거니?」

「요즘은 여자애들도 진부 학교에 가잖아요. 거리에 여학생들이 가득해요.」

「하지만 전에는 한 번도 그런 생각을 하지 않았잖니.」

「어르신 잘못이에요.」 조라가 웃었다. 「어르신께서 제가 그 애들보다 훨씬 더 예쁘다고, 그 애들도 읽고 쓸 줄 아는데 제가 글도 모르고 살 이유가 없다고 하셨잖아요.」 조라는 밝은 표정으로 나를 올려다보았다.

「하지만 그것 말고도 비밀이 있지.」

「뭐가요?」

「그러니까…… 우리 친구 사르한 알베헤이리 말이다.」 조라가 얼굴을 붉혔다. 「읽고 쓰는 법을 배우겠다는 건 대단한 생각이야. 그런데 사르한은…….」

「네?」 내가 망설이자 조라가 물었다.

「젊은 남자들은 야심이 크단다.」

「우리 모두 똑같은 아담과 이브의 자손이에요.」 조라가 신랄하게 응대했다.

「맞는 말이다, 하지만 ─」

「시대가 변했잖아요. 아닌가요?」

「그래, 그렇지. 시대는 변했지. 하지만 젊은 남자들은 변하지 않아.」

「읽고 쓰는 법을 배우고 나면…….」 조라가 생각에 잠겨 말했다. 「직업 교육 같은 걸 받을 거예요. 재봉일 같은 거요.」

더 이상 말을 했다가는 조라의 기분을 상하게 할까 두려웠다.

「그가 널 사랑하니?」 조라는 눈을 내리깔았다. 「신께서 네게 복에 복을 더하시기를!」

나는 가끔 조라의 공부를 도와주며 문자와 숫자의 신비한 세계로 그녀를 안내했다. 조라가 글을 배우기로 결심했다는 소식이 퍼지자 투숙객들 모두 갖가지 의견을 냈다. 하지만 적어도 조라의 면전에서 비웃는 사람은 없었다. 모두 각자의 방식으로 조라를 좋아했던 것 같다.

톨바 마르주끄는 늘 그렇듯이 신랄하게 말했다. 「조라의 문제를 해결할 가장 좋은 방법은 새로운 투숙객이 들어오는 거요. 영화 제작자나 뭐 그런 사람이 말이야. 어떻게 생각하시오?」

나는 그의 상스러운 마음을 저주했다.

어느 늦은 오후, 로비에 나가서 여느 때와 같은 자리에 앉으려는데 장의자에 앉은 조라의 옆자리에 처음 보는 여자가 있었다. 외모도 괜찮고 옷도 잘 차려입은 것을 보니 교사가 분명했다. 위층 자기 집에 손님들이 오는 바람에 펜션으로 내려와서 조라를 가르치고 있던 것이다. 당연히 마리아나가 온갖 질문을 퍼부었다. 나중에 마리아나는 젊은 여교사가 부모님과 같이 살고 있으며 오빠는 사우디아라비아에서 일을 하고 있다고 우리에게 말해 주었다.

그 뒤로 여교사는 펜션을 자주 찾았다. 그녀는 새로 가르치게 된 조라가 착실해서 기쁘다고 했다.

어느 날 오후, 커피를 가지고 들어온 조라의 얼굴이 어두워 보였다. 나는 어디가 아프냐고 물었다.

「전 노새만큼이나 건강해요.」

「그럼 수업은?」

「아무 불만 없어요.」

「그렇다면 우리 친구 베헤이리 씨 때문이구나.」 나는 걱정스럽게 말했다. 우리 두 사람은 빗소리라도 듣는 듯 잠시 동안 아무 말도 하지 않았다. 「네가 불행한 모습을 보는 건 견딜 수가 없구나. 무슨 일이 있는 건지 부디 말해 다오.」

「저는 어르신을 믿어요.」 조라가 고마워하며 말했다.

「무슨 일이니?」

「글쎄요, 그냥 행운이 제 편이 아닌가 봐요.」

「내 처음부터 경고했잖니.」

「아시겠지만, 그렇게 쉽지가 않아요.」 그녀가 비참한 표정으로 나를 보았다. 「제가 뭘 할 수 있겠어요? 전 그를 사랑해요. 뭘 어떻게 해야 하죠?」

「그가 널 속였니?」

「아뇨! 그도 저를 사랑해요. 하지만 늘 장애물에 대해서 이야기해요.」

「하지만 남자가 사랑에 빠지면 ─」

「그는 〈정말로〉 저를 사랑해요! 하지만 계속 장애물 이야기만 한다고요.」

「그건 네 잘못이 아니다. 네가 어떤 태도를 취해야 하는지 분명히 알아야 해.」

「차마 행동에 옮길 수 없다면, 어떻게 해야 할지 아는 게 무슨 소용이에요?」

「파샤여, 어떻게 그러실 수가 있습니까?」

「달리 방법이 없었소. 농업 신용 은행이 빌려 주는 돈이 필요했소. 그들이 내세운 조건은 아주 명확했소. 와프드당을 나오든지 아니면 파멸을 선택해야 했지.」

「하지만 많은 사람들이 후자를 선택했습니다.」

「시끄럽소!」 그가 소리쳤다. 「당신은 땅이 하나도 없잖소! 아들도 딸도 없잖소! 나는 까스르 알닐 캠프에 잡혀가서 매질을 당하면서도 견뎌 냈소. 하지만 내게는 내 딸이 이 세상이나 다음 세상보다 훨씬 소중하오!」

「같이 좀 나가 보세요.」 마리아나가 속삭였다. 「조라네 가족들이 왔어요.」

나는 마리아나와 함께 밖으로 나갔다. 조라의 언니와 형부가 와 있었다. 조라는 방 한가운데 당당하게 서 있었고 형부라는 남자가 말을 하고 있었다.

「네가 마담을 찾아온 건 괜찮다. 하지만 도망을 친 건 —」

「너는 우리에게 수치를 안겨 줬어.」 조라의 언니가 끼어들었다. 「이제 우리는 자야디야 어디에서도 얼굴을 들고 다닐 수가 없다고.」

「아무도 내 일에 상관 못 해요.」 조라가 매섭게 말했다.

「할아버지가 여기까지 오실 수만 있다면 얼마나 좋을까!」

「아버지가 돌아가신 이상 난 그 누구도 따르지 않을 거예요.」

「어떻게 감히! 할아버지는 그냥 네가 좋은 남자랑 결혼하기를 바라신 것뿐이야!」

「절 팔아넘기려고 하셨죠.」

「신이여, 저 아이를 용서해 주세요. 이제 돌아가자! 어서 짐을 꾸려.」

「난 〈절대로〉 안 돌아가요. 죽은 사람들이 무덤에서 살아 돌아온다고 해도요.」 형부가 무슨 말을 하려 했지만 조라가 말을 막았다. 「형부가 상관할 일이 아니에요. 전 여기서 괜찮은 일자리를 가지고 있어요.」 그녀가 마담을 가리켰다. 「정직하게 일해서 생계를 꾸리고 있다고요.」

내가 보기에 조라의 언니와 형부는 마담과 펜션, 성모상에 대해 한마디 하고 싶지만 차마 입 밖에 내지 못하는 듯했다.

「조라는 내가 존경했던 분의 딸이에요.」 마리아나가 말했다. 「저는 이 아이를 딸처럼 대하고 있고, 이 아이는 자기가 원한다면 얼마든지 여기에서 살아도 좋아요.」 마리아나가 무슨 말이든 해보라는 듯이 나를 보았다.

「생각해 봐라, 조라.」 내가 말했다. 「그리고 스스로 결정을 내려라.」

「전 〈절대로〉 안 갈 거예요.」

그들의 임무는 실패로 돌아갔다. 남자가 아내를 데리고 떠나면서 조라에게 말했다. 「너 같은 건 죽어야 해!」

나중에 우리는 이 일에 대해서 한참 동안 이야기를 나누었다. 마침내 조라가 말했다. 「정말이지, 제가 어떻게 해야 한다고 생각하세요?」

「네가 마을로 돌아갈 수 있으면 좋겠구나.」

「비참한 생활로 돌아가라는 말씀이세요?」

「〈그러면 좋겠다〉고 말하지 않았니. 네가 돌아가서 행복해지면 좋겠다는 뜻이야.」

「전 제 땅과 고향을 사랑하지만 그런 비참함은 싫어요.」 마리아나가 방에서 나가자 조라가 슬프게 덧붙였다. 「이곳에는 사랑하는 사람이 있어요. 깨끗하고, 교육도 받을 수 있고, 희망도 있지요.」

나는 조라의 감정을 이해할 수 있었다. 나 역시 아버지와 함께 마을을 떠나야 했고, 그런 다음에는 조라와 마찬가지로 고향을 사랑했지만 그곳에서 산다는 건 견딜 수 없는 일이 되어 버렸다. 나는 조라가 지금 그러고 싶어 하는 것처럼 혼자 공부를 했고, 애먼 비난을 받았다. 또 조라의 가족이 그녀에게 말했던 것처럼 많은 사람들이 내가 죽어 마땅하다고 했다. 그리고 조라와 마찬가지로, 나는 사랑, 교육, 청결함, 희망에 매료되었다. 네 운명이 내 운명보다는 낫기를 바란다, 조라!

가을이 끝을 향해 흘러가고 있다. 규칙이라는 것을 모르는 알렉산드리아의 날씨가 우리를 축복하듯 따뜻하고 밝은 아침을 선사한다. 라믈레 광장은 맑은 감청색 하늘에서 쏟아지는 햇빛을 받아 빛난다. 잡지와 책이 늘어선 신문 가판대 앞에 서자 신문팔이 마무드 아부 알아바스가 나에게 미소를 짓는다.

「어르신.」 그가 말을 걸어서 나는 값을 잘못 치렀나 생각한다. 「미라마르 펜션에 사십니까?」 키가 크고 건장한 그가 묻는다.

「그렇소.」 나는 고개를 끄덕인다.

「실례합니다만, 거기 조라라는 여자가 있지요?」

「그렇소만?」 갑자기 신경이 곤두선다.

「그녀의 가족들은 어디 있습니까?」

「왜 그런 걸 묻소?」

「외람되지만 그녀에게 청혼을 하고 싶어서요.」

나는 잠시 생각한다. 「가족들은 시골에 있소. 조라는 가족들과 싸운 것 같던데, 그녀에게 청혼 이야기를 한 적 있소?」

「그녀는 늘 여기 와서 신문을 사지만 제가 말을 걸려고 해도 곁을 주질 않습니다.」

그날 저녁, 알아바스가 펜션으로 찾아와 마리아나에게 조라와 결혼하고 싶다는 뜻을 전했다. 마리아나가 조라에게 이야기를 했지만 그녀는 그 자리에서 청혼을 거절했다.

그 이야기를 들은 톨바가 말했다. 「당신이 그녀를 망쳤소, 마리아나. 깨끗하게 씻겨서 요즘 옷을 입히는 게 조라에게는 그다지 좋은 일이 아니오. 훌륭한 청년들이랑 어울리다 보니 머리가 이상해진 게지. 좋게 끝날 리가 없소. 내 말을 귀여겨 들으시오.」

조라가 오후 커피를 가지고 왔을 때 우리는 마무드의 청혼에 대해 이야기를 나누었다.

「그 제안을 좀 더 생각해 봐야 해.」

「하지만 사정을 다 아시잖아요!」 조라가 항변했다.

「그래도 청혼을 진지하게 생각해서 나쁠 건 없단다.」

「제가 너무 비천하기 때문에 더 나은 혼처를 바랄 수 없다고 생각하시는군요, 그렇죠?」 조라가 비난하듯 말했다.

「아니다!」 나는 손을 내저었다. 「다만 그 사람이 네 남편으로 적당하다고 생각한 거야, 그뿐이란다.」

「시골로 돌아가는 거나 마찬가지일 거예요.」 나는 조라의 대답이 마음에 들지 않았지만 조라는 이렇게 설명했다. 「한번은 그 사람이 다른 신문팔이한테 하는 말을 엿들었어요. 그 사람은 내가 거기 서 있는 줄도 모르고 말했어요. 〈모든 여자들에게는 한 가지 공통점이 있어. 머리도 없고 종교도 모르는 작고 귀여운 동물이라는 점이지. 그 동물을 얌전하게 만들려면 매일 채찍질을 하는 수밖에!〉 그런 남자의 청혼을 거절했다고 제가 비난을 받아야 하나요?」 조라가 도전적으로 물었다.

할 말이 없었다. 나는 혼란스러운 척했지만 사실 조라에게 무척 감탄했다. 「늙은이의 충고는 이제 그만둬야겠군! 사드 자글룰은 여러 사람의 말을 들은 다음 늘 젊은 사람의 충고를 따르셨지. 조라, 신께서 널 지켜 주시기를.」

‥‥

「이보쇼, 노친네, 당신 코밑에서 엄청난 일들이 벌어지고 있소.」 톨바 마르주끄와 단둘이 펜션에 앉아 세찬 빗소리를 듣고 있을 때, 그가 교활한 웃음을 지어 보이며 말했다.

「무슨 일입니까?」 나는 나쁜 소식을 예상했다.

「베헤이라에서 온 바람둥이가 또 다른 쿠데타를 준비하고 있소.」 나는 조라가 걱정됐다. 「그가 사냥감을 바꾼 거요. 이제는 다른 걸 노리고 있소.」

「말장난은 그만하고 얼른 말해 보십시오.」

「이제 그 여교사 차례요.」

「조라를 가르치는 선생 말인가요?」

「바로 그거요! 열심히 공부하는 조라의 머리 위로 의심스러운 시선이 오가는 걸 내가 봤지. 아시다시피 난 이런 분야를 잘 알거든. 아메르 할아범, 미라마르에서 재미난 소극이 벌어질 테니 구경할 준비나 하시오!」

「정말 사악하군요.」

나는 톨바의 말을 조금도 믿지 않기로 했지만 걱정을 안 할 수가 없었다. 그날 저녁 호스니 알람이, 사르한 알베헤이리와 신문팔이 마무드 아부 알아바스가 광장에서 싸웠다는 소식을 전해 주었다. 주먹질까지 오갔고 다른 사람들이 말려도 소용없었다는 거였다. 나는 두 사람이 왜 싸웠는지 곧바로 알아차렸다.

「두 사람이 몸싸움을 벌여서 사람들이 겨우 떼어 놨어요.」 호스니가 말했다.

「싸우는 걸 직접 봤는가?」 톨바가 물었다.

「아뇨, 끝난 직후에 이야기를 들었어요.」

「경찰서까지 갔나요?」 마리아나가 궁금하게 여겼다.

「아뇨, 서로 욕을 퍼붓고 위협하면서 끝났다고 하던걸요.」

사르한은 이 사건에 대해 아무 말도 하지 않았고 우리도 그 일을 언급하지 않았다. 나는 사르한과 여교사에 대한 생각으로 우울해졌다. 불쌍한 조라.

「〈아름다운 이가 언제 정절을 지킨 적이 있던가? 나는 눈물에서 위안을 얻을 뿐!〉」 우리는 박수를 치면서 여러 번 앙코르를 연호하고, 그는 새벽이 밝을 때까지 노래를 한다. 나는 젊음과 힘과 음식이 넘치는 밤을 즐긴다. 술도 마신다. 하지만 내 심장은 혼자서 비밀스럽게 원통함을 참는다.

늦은 밤 나는 깊은 잠에 빠져서 아버지의 죽음에 대한 꿈을 꾸었다. 죽음은 시디 아부 알아바스 사원에서 아버지를 찾아내 데려갔다. 사람들이 사원 아케이드 밖으로 아버지의 시체를 끌어내고 있었다. 나는 울고 있었고 어머니의 날카로운 곡소리도 들렸다. 곡소리가 계속되다가 마침내 눈이 떠졌다. 신이시여, 저 밖에서 도대체 무슨 일이 벌어지고 있는 겁니까? 똑같은 일이 또다시 되풀이되는 겁니까? 펜션은 전쟁터로 변했지만 내가 방에서 나가 보니 모든 일이 끝난 후였다.

마리아나가 나를 보고 달려왔다. 「안 돼요! 이럴 순 없어요! 저 사람들 모두 지옥에나 가버리면 좋겠어요!」 내가 마리아나를 데리고 방으로 들어가자 그녀가 소리쳤다. 나는 눈꺼풀이 무거웠지만 억지로 눈을 뜨고 마리아나를 보면서 이야기를 들었다. 싸우는 소리에 잠이 깨서 밖으로 나갔더니 싸르한 알베헤이리와 호스니 알람이 복도에서 주먹질을 하고 있었다는 것이다.

「호스니 알람이라고 했나요?」

「네, 왜 아니겠어요? 모두들 완전히 미쳤으니 말이에요.」

「이유가 뭡니까?」

「제가 모르는 일이 벌어졌던 게 분명해요. 저도 자고 있었거든요.」

「조라는 어떻게 됐지요?」

「그 애 말을 들어보니 호스니가 죽을 만큼 취해서 돌아와서는 조라를 ─」

「그럴 리가!」

「전 그 애 말을 믿어요, 무슈 아메르.」 마리아나가 말했다.

「나도 믿소. 하지만 호스니는 조라에게 관심이 없는 것 같았는데.」

「우리가 모든 일을 다 눈치챌 수는 없죠, 무슈 아메르. 아무튼 사르한이 때맞춰 깨서 나왔어요. 왜 이런 일들이 일어나야 하죠?」 그녀는 소리를 지르느라 목이 아픈지 목을 주무르면서 한 번 더 말했다. 「이럴 순 없어요. 전부 지옥에나 가 버리면 좋겠어요.」

「어쨌거나, 호스니를 내보내야 합니다.」 나는 불쾌함을 느꼈다.

하지만 마리아나는 아무 말도 하지 않았다. 호스니를 펜션에서 내보내고 싶지 않은 듯했다. 그녀는 혼란스러운 표정을 지으며 방에서 나갔다.

다음 날 오후 조라가 내 방에 들어왔을 때 우리 두 사람은 서로를 바라보기만 했다.

「이런 일을 겪다니 정말 안 됐구나, 조라.」

「그 사람들은 신사가 아니에요.」

「여기 있으면 안 되겠다.」

「전 언제든지 제 몸을 지킬 수 있어요. 지금까지도 그래 왔고요.」

「하지만 사람들이 널 내버려 두지 않을 거야. 너처럼 좋은 아이가 이런 데서 사는 건 옳지 않아.」

「쥐새끼는 어디에든 있어요. 우리 마을에도 있었는걸요.」

추위와 비바람 때문에 나는 며칠 동안 펜션에 갇혀 있었다. 우리 모두 펜션에 틀어박혀 밖으로 나가지 않았지만 자연의 요소들은 어디든 우리를 따라다니는 것 같았다. 빗줄기가 창을 두드렸고 천둥이 벽을 흔들었으며 번개는 심상치 않게 번쩍였고 바람은 귀신처럼 으르렁거렸다.

며칠 뒤 마침내 밖으로 나가자 또 다른 모습의 알렉산드리아가 나를 맞이했다. 맹렬한 날씨는 온데간데없고 다시 고요함이 감돌면서 태양의 깨끗한 황금빛 광선이 내리쬐고 있었다. 나는 무심하게 이어지는 파도와, 하늘에 점점이 흩어진 작은 구름들을 보았다. 그런 다음 트리아농 카페에 자리를 잡고 가라블리 파샤, 셰이크 다르위시, 마담 로브라스카 — 옛날 옛적 내가 여자들에게 둘러싸여 지낼 때 사랑을 나눈 유일한 서양인 — 와 어울리던 좋았던 옛 시절에 그랬듯이 카페오레를 주문했다. 톨바 마르주끄는 같이 앉아 있다가 옛 친구를 만나기로 했다며 윈저 호텔로 갔다. 얼마 후에 사르한이 나를 향해 걸어오는 것이 보였다. 그는 악수를 청한 다음 자리에 앉았다.

「여기서 어르신을 만나다니 정말 기쁩니다. 작별 인사를 드려야겠군요. 오늘 오후에 펜션을 나갈 텐데 그때 어르신을 못 뵐지도 모르니까요.」

나는 정말 깜짝 놀랐다.「펜션에서 나가기로 했소?」

「네, 그렇습니다. 어르신께 작별 인사도 못 하게 될 줄 알고 정말 아쉬웠습니다.」

나는 그렇게 친절한 생각을 하다니 고맙다고 말한 다음 몇 가지 물어보려고 했지만, 사르한은 기회를 주지 않았다. 그는 누군가를 향해 손을 흔들더니 악수를 하고 떠나갔다. 그러면, 조라는? 나는 혼란스럽고 우울해서 혼자 한숨을 쉬었다.

그는 가로대를 꽉 잡고 평결을 들었다. 그런 다음 소리 높여 외쳤다.「자랑스럽냐, 이 나쁜 놈들아? 장교들한테 몸이나 파는 나이마, 이제 만족스럽냐?」[31]

로비에는 마리아나와 톨바 마르주끄, 조라가 있었다. 우울하고 무거운 분위기였다.

「위선자 사르한 녀석이 본색을 드러냈어요.」

「트리아농에서 만났는데 펜션을 나간다고 하더군요.」 내가 중얼거렸다.

「사실은 제가 쫓아냈어요. 그 사람이 부끄러운 줄도 모르고 이 애를 이용했지 뭐예요.」 마리아나가 고갯짓으로 조라를 가리키며 말했다.「그래 놓고는 위층에 사는 여교사랑 결

---

31 아메르 와그디는 무함마드 알리 거리에서 매춘 알선으로 재판을 받고 종신형을 선고받은 포주를 회상하고 있다.

혼하겠대요.」

나는 톨바를 보았다. 그는 장난스러운 미소를 지으며 나를 마주 보았다. 「그래, 결국 결혼을 하기로 결심을 했구먼.」

「전 단 한 순간도 사르한이 마음에 들지 않았어요.」 마리아나가 말했다. 「처음부터 꿰뚫어 봤지요. 원칙을 모르는 청년이었어요. 무슈 만수르 바히가 사르한과 얘기를 좀 하려다가 다시 싸움이 났지 뭐예요. 그래서 제가 당장 나가라고 했어요.」

나는 조라를 보았다. 이 얼마나 끔찍한 일인가! 게임은 끝났고, 악당은 벌도 받지 않고 떠났다. 나는 정치 투쟁이 끊이지 않던 그 괴로운 시절 이후 한 번도 느껴 본 적 없는 분노에 사로잡혔다.

「돼지 같은 놈이야.」 나는 조라에게 말했다. 「그런 놈 때문에 쓸데없는 후회를 하지는 마라.」

톨바와 단둘이 남았을 때, 나는 조라가 마무드 아부 알아바스와 결혼하면 좋겠다고 했다.

「무슨 마무드 말이오? 저 애는 회복할 수 없는 손상을 입었소, 모르시겠소?」 톨바가 도발적으로 말했다. 나는 깜짝 놀랐지만 그럴 리가 없다고 했다. 「어리석은 노친네 같으니! 그동안 당신 코밑에서 무슨 일이 벌어졌는지 모르겠소?」

「조라는 그런 애가 아닙니다!」

「신께서 당신의 순진함을 축복하시기를!」 나는 톨바가 싫었지만 저 불쌍한 소녀를 의심하지 않을 수 없었다. 「난 마담의 말을 듣고 나서부터 두 사람의 관계를 눈여겨봤지만, 아마 그 말을 안 들었어도 짐작했을 거요.」

「마리아나는 교활한 여잡니다.」 나는 화가 나서 말했다.

「하지만 당신도 알다시피 마담은 저 아이를 보호하려고 아주 열심이오. 아니 보호가 아니라 이용이라고 해야 하나?」

「아닐 겁니다. 그렇지 않아요. 두고 보겠습니다.」

그날 오후, 조라는 무척이나 풀이 죽은 모습으로 내 방에 들어왔다. 그녀는 가련하게도 내가 전에 해준 충고를 상기시키지 말아 달라고 애원했다. 나는 그러지 않겠다고 했다. 하지만 이제 그녀는 어찌할 작정일까?

「공부를 포기하지 않았으면 좋겠구나.」

「네. 다른 선생님을 찾을 거예요.」 조라의 목소리는 쓸쓸했지만 충분히 단호했다.

「뭐든지 도움이 필요하면 내가 —」

그녀는 고개를 숙여 내 어깨에 입을 맞춘 다음 아랫입술을 깨물며 눈물을 참았다. 나는 늙어서 혈관이 튀어나오고 가죽처럼 뻣뻣한 손을 뻗어 그녀의 젊고 검은 머리카락 위에 올렸다. 「신의 축복을 빈다, 조라.」

그날 밤 나는 방에 틀어박혀 시간을 보냈다. 너무나 초조하고 피로해서 며칠은 방에서 나가지 못할 것만 같았다. 마리아나는 기운을 내라고 거듭 말했다. 「새해를 축하해야죠.」 그녀가 설득했다. 「톨바 베이가 제안하신 것처럼 몽세뇌르에 갈까요, 아니면 그냥 펜션에서 축하할까요?」

「여기가 낫겠소, 마리아나.」

사실 나는 전혀 관심이 없었다. 수 식당과 그로피 식당, 알프 라일라, 립턴 가든 같은 곳에서 얼마나 많은 새해를 축하했던가! 또 한번은 요새의 군 교도소에서 새해를 맞이한 적도 있다.

방에 틀어박힌 지 사흘째 되는 날 아침에 마리아나가 무척이나 심란한 모습으로 황급히 내 방을 찾았다. 「그 소식 들으셨어요?」 그녀는 숨을 헐떡이며 안락의자에 털썩 주저앉았다. 「사르한 알베헤이리가 살해당했대요.」

「뭐라고요!」

「팔마로 가는 길에서 시체로 발견됐대요.」

톨바 마르주끄가 신문을 움켜쥐고 신경질적으로 들어왔다. 「이거 정말 끔찍한 소식이오. 엄청난 문제가 생길지도 몰라.」

우리는 머리를 맞대고 사르한의 첫 번째 약혼녀, 호스니 알람, 만수르 바히, 마무드 아부 알아바스 등 온갖 가능성을 생각해 보았다. 그러다 마침내 마리아나가 입을 열었다.

「아니, 우리가 전혀 모르는 사람이 범인일 수도 있잖아요!」

「그럴 수도 있지요.」 내가 동의했다. 「우리는 사르한에 대해 거의 아무것도 모르니까요.」

마담은 걱정이 이만저만이 아니었다. 「아! 빨리 살인범을 찾으면 좋겠어요. 제발 우리가 아는 사람은 아니기를. 경찰을 펜션에 들이고 싶지 않아요.」

「나 역시 빨리 범인을 찾으면 좋겠소.」 톨바 마르주끄가 한숨을 쉬며 말했다. 분명 같은 이유일 것이다.

마담이 한숨을 쉬었다. 나는 조라의 상태가 어떤지 물었다.

「그 불쌍한 아이는 엄청나게 충격을 받았어요.」

「그 애를 좀 볼 수 있겠소?」

「자기 방에 틀어박혀서 꼼짝도 안 해요. 완전히 풀이 죽었어요.」

우리는 살인 사건에 대해 계속 이야기를 나누었지만 어떤 결론도 내리지 못했다. 나는 눈을 감고 머릿속에 울려 퍼지는 노랫소리를 들었다.

땅 위에 있는 것은 모두 멸망한다.
그러나 지고하시고 거룩하신 분 주님의 모습만은 영원히 계시리라.
너희는 주께서 베푸시는 은혜 가운데 어느 것이 거짓이라 말하는가?[32]

---

32 『코란』 55장 27~28절.

호스니 알람

페레키코,[33] 내 탓이 아니야. 바다의 얼굴은 어둡고 얼룩덜룩하며 숨 막히는 분노로 파랗게 질려 있다. 끊임없이 몰아치는 파도에는 달랠 수 없는 분노가 어른거린다. 혁명? 좋지. 너희 창녀의 자식 놈들에게 본때를 보여 주고 돈을 모조리 빼앗은 다음 진창에다 코를 처박아 줄 테니. 그래, 나는 안다, 나도 그중 하나다. 불행히도 그것은 바꿀 수 없는 사실이다. 〈교육은 안 받았고 위험한 땅만 1백 페단이라.〉 파란 눈의 아가씨는 그렇게 말하고 내 면전에서 문을 쾅 닫더니 그 자리에 앉아서 전도유망한 다른 종마가 오기를 기다렸다.

세실 호텔의 발코니에서는 난간 너머로 몸을 내밀지 않으면 해안 도로가 보이지 않는다. 몸을 내밀면 마치 배에 탄 것 같다. 바로 아래쪽에 바다가 넓게 펼쳐져 있다. 거대하고 푸른 바다는 해안 도로의 축대와 바다로 길게 뻗은 커다란 석조 방파제의 품에 갇혀 저 멀리 까이트바이 요새까지 굽이친

---

[33] *ferekeeko*. 특별한 뜻 없이 반복되는 비속어로, 호스니 알람이 교육을 받지 못한 인물임을 보여 준다.

다. 우리에 갇혀 좌절하는 바다. 육지를 향해 굼뜨게 몰아치는 파도에는 분노를 끊임없이 표출하는 음침하고 검푸른 표정이 깃들어 있다. 바다. 바다의 내장은 떠다니는 화물과 아무도 모르는 죽음으로 요동친다.

내가 묵는 호텔방은 탄타의 본가마냥 분위기가 딱딱하다. 지루하다. 땅을 가진 것은 더 이상 영광이 되지 못한다. 이제는 교육받은 서민들의 전성기다.

좋다. 혁명이라니, 멋대로 하라지! 혁명이 당신들의 콧대를 완전히 꺾어 버릴 거다. 이제 당신들, 누더기가 되어 버린 시절의 쓰레기들과는 끝장이다! 내 탓이 아니야, 페레키코!

「당신네 웅장한 호텔이 내게는 너무 지루하군!」 나는 내 방에서 아침 식사 시중을 드는 누비아인 웨이터 무함마드에게 말한다. 오래전부터 하인들을 관대하고 정중하게 대하는 버릇이 생겼다. 누가 알겠는가? 언젠가는 그들이 필요할지도 모른다.

「알렉산드리아에 오래 머무르실 예정이십니까?」

「그렇소, 아주 오래 머물 거요.」

「그렇다면 펜션이 더 적당할 것 같지 않습니까?」

나는 무슨 말인지 모르겠다는 표정으로 그를 보았다.

「제가 더 재미있으면서 가격은 더 저렴한 펜션을 알고 있습니다. 하지만 다른 사람한테는 말씀하시면 안 됩니다.」 유쾌하고, 친절하고, 배반적이다. 한 사람에게 고용되어 있으면서 비밀리에 다른 사람을 위해 일한다. 내가 사랑하는 우리 시골 사람들과 비슷하다. 좋다. 펜션은 더 편안하고 새로운 사업을 계획하기에도 더 적당할 것이다. 내가 세실 호텔에 묵은 것은 오랜 습관 때문일 뿐 — 또, 그래 인정하자, 뿌리 깊은 자존심 때문이다.

작은 문구멍이 열린다. 아주 예쁜 얼굴이다. 하녀 치고는 너무 예쁘고 귀부인이라면 과하게 예쁘다. 정말 아름다운 소녀다. 틀림없이 첫눈에 내게 반할 것이다.
「네?」
펠라하다! 정말 이상하군. 그 순간 나에게 세실 호텔 따위는 바다의 검은 파도 아래로 가라앉는다 해도 상관없었다.
「세실 호텔의 무함마드 카멜의 소개로 왔습니다.」
그녀는 로비의 의자로 나를 안내하고 안으로 들어간다. 나는 벽에 걸린 사진들을 보면서 여기가 어떤 곳일지 짐작해본다. 영국인 대위인가? 그렇군. 그리고 의자 등받이에 기대선 저 미인은? 도대체 누굴까? 사랑스럽고 호기심을 자극하는 여자다. 하지만 옛날 사람이 분명하다. 옷차림을 봐서는 성모 마리아와 같이 학교를 다녔다고 해도 믿을 정도다.

화려하고 귀족적인 분위기를 풍기는 노부인이 들어온다. 당연히 펜션 주인일 것이다. 나이 들어 은퇴한 전형적인 프랑스인 포주다. 아니면 혹시 (바라건대!) 아직 은퇴하지 않았을지도 모른다. 저 사진은 그녀가 세월로 바래기 전에 찍은 것이 틀림없다. 아귀가 맞아 들어간다. 세실 호텔이 지루하다는 내 말을 그 누비아인이 제멋대로 해석한 것이 틀림없다. 좋지! 새로운 계획을 세울 때는 잠깐 기분 전환을 하는 것도 좋을 것이다.

「빈방 있습니까, 마담?」

「세실 호텔에 묵으셨다고요?」 나를 보고 깊은 인상을 받아 자기가 마흔 살만 어렸으면 좋겠다고 생각하는 게 틀림없다. 「얼마나 머무르실 생각인가요?」

「최소 한 달입니다. 하지만 또 모르지요, 1년 동안 머물지도.」

「여름에는 특별 요금이 적용돼요.」

「괜찮습니다.」

「학생이신가요?」

「아닙니다. 자산을 가진 신사지요.」

마담이 숙박부를 들고 나온다. 「성함이 어떻게 되시죠?」

「호스니 알람입니다.」 교육은 받지 못했고, 위험하기만 한 땅을 1백 페단 가지고 있으며, 가수들이 사랑이라고 부르는 것에 대해서는 전혀 모를 만큼 운이 좋은 사람이지요.

....

괜찮은 방, 보랏빛 벽지. 시선이 닿는 곳 끄트머리까지 맑고 푸른 바다가 펼쳐져 있다. 커튼이 가을바람에 펄럭인다. 하늘에는 구름 떼가 흩어져 있다. 펠라하가 시트를 펼치고 덮개를 씌워 침대를 정리하는 동안 나는 그녀의 모습을 관찰한다. 튼튼하고 균형 잡힌 몸매에 눈에 띄는 장점도 있다. 내 짐작이 맞는다면 이 여자는 아직 임신이나 낙태 경험이 없다. 하지만 여기가 정확히 어떤 곳인지 제대로 파악할 때까지는 기다리는 게 좋겠다.

「이름이 뭐지, 아가씨?」

「조라예요.」 그녀가 무심하게 대답한다.

「그렇게 예쁜 이름을 지어 준 사람에게 축복이 있기를!」 그녀가 감사의 뜻으로 말없이 고개를 끄덕인다. 「여기 다른 손님들도 있소?」

「노신사 두 분과 당신처럼 젊은 청년 한 분이 계세요.」

「당신 별명은 뭐지?」

「제 이름은 조라예요.」

예의 바르지만 곁을 주지 않는다. 지나치게 조심스러운 것만은 분명하다. 내가 나중에 어떤 아파트를 빌리든 이 여자를 데려다 두면 분위기가 훨씬 밝아질 것이다. 확실히 그녀는 혁명 헌장에 맞는 남편을 선택하겠다고 결심한 백치 같은 내 친척보다 훨씬 아름답다. 페레키코, 내 탓이 아니다.

「진심이에요?」

「물론이오, 내 사랑!」

「당신은 사랑이 뭔지도 모르잖아요.」

「나는 결혼하고 싶소.」

「하지만 당신이 사랑에 빠질 수 있다는 생각이 들지 않아요.」

「여기서 내가 지금 당신에게 청혼을 하고 있잖소. 그게 내가 당신을 사랑한다는 의미가 아니겠소? 나는 괜찮은 결혼 상대요.」 나는 화를 내지 않으려고 애를 쓰며 말한다. 「그렇지 않소?」

그녀가 잠시 망설이다가 말한다. 「요즘 세상에 땅이 무슨 소용 있어요?」

이런 모욕을 당하다니. 난 그래도 싸지만.

「다시 생각해 봐요.」 내가 나가면서 말한다. 「천천히 생각해요.」

나는 아침 식사 시간에 다른 투숙객들과 얼굴을 익힌다. 은퇴한 기자 아메르 와그디는 최소한 여든 살은 된 것 같다. 키가 꽤 크고 말랐지만 무척 건강하다. 그에게는 죽음이 먹어 치울 것이 하나도 남아 있지 않다. 주름진 얼굴, 푹 꺼진 눈, 날카로운 뼈대. 나는 첫눈에 이 사람이 싫어졌다. 젊은 세대는 매일 죽어 나가는데 이 사람은 어떻게 살아남을 수 있었을까.

톨바 마르주끄는 모르는 사람이 아니다. 숙부가 톨바 마르주끄가 토지를 몰수당했다는 이야기를 안됐다는 듯이 말하는 것을 들은 적이 있었지만 당연히 그 이야기를 꺼내지는 않는다. 우리 모두는 압수나 몰수 소식 등에 신경을 곤두세우고 있다. 마치 공포 영화 같다.

「탄타의 알람 가문이라고?」 톨바가 묻자 나는 남몰래 자부심을 느끼며 고개를 끄덕인다. 「예전에 당신 아버지를 알았지. 뛰어난 농장 경영자셨다네.」 그가 식탁에서 일어나는 아메르 와그디를 향해서 웃으며 말한다. 「까불어 대던 당신네 일당도 그를 오래 괴롭히지는 못했지. 신께서 그의 영혼을 편히 쉬게 하시길.」 내가 그의 농담을 이해하지 못하자 톨바가 덧붙인다. 「와프드당 사람들 말일세.」

「제가 아는 한 아버지는 와프드당을 지지하셨습니다.」 나는 무심하게 대답한다. 「그때는 온 나라가 다 그랬지요.」

「맞네. 자네 형제자매도 있었지?」

「형은 이탈리아 영사이고, 누이는 에티오피아 주재 대사와 결혼했습니다.」

「자네는?」 그의 입이 실룩거린다.

그 순간, 나는 톨바 마르주끄가 너무 미워서 물에 빠지거나 불에 타서 죽어 버렸으면 좋겠다고 생각한다. 하지만 신경 쓰지 않는 척한다.

「아무 일도 안 합니다.」

「자네 땅에서 농장을 경영하지 않는가?」

「네, 땅을 빌려 줬습니다. 하지만 새로운 사업을 시작하려고 생각 중입니다.」

또 다른 투숙객이 우리의 대화를 열심히 듣고 있고, 마담도 마찬가지다. 그의 이름은 사르한 알베헤이리, 알렉산드리아 직물 회사의 회계부 차장이라고 한다.

「어떤 사업 말씀이십니까?」

「아직 결정하진 않았습니다.」

「정부 일을 알아보지 그러십니까? 그편이 더 안전한데요.」

나는 이 사람도 싫다. 그는 제대로 씻지 않아서 음식 냄새가 어렴풋이 남아 있는 팬처럼 희미한 시골 억양으로 말한다. 나는 푸른 눈의 메르바트가 이 남자에게도 〈교육받지 않았음〉이라는 낙인을 찍을까 궁금했다. 그럴 리 없다. 이 사람이 내게 학위가 있느냐고 물어볼 만큼 거만하다면, 나는 이 몽상가 베헤이리의 얼굴에 마시던 차를 끼얹어 버릴 거다.

「어쩌다가 저들의 혁명에 이렇게 큰 열정을 가지게 되었느냐?」
「숙부님, 저는 혁명을 믿습니다.」
「네 말을 믿을 수가 있어야지.」
「믿으셔야 합니다.」
「메르바트에게 거절당해서 제정신이 아닌 것 같구나.」 그가 낄낄거리며 말한다.
나는 화가 난다. 「결혼은 그냥 한번 해본 생각이었습니다.」
그 역시 화를 낸다. 「너는 네 아버지 — 신께서 그의 영혼을 쉬게 하시길 — 처럼 완고하긴 해도 그와 같은 분별력은 하나도 없구나.」

나는 기회주의자가 분명한 이 사르한이라는 사람의 면전에서 혁명을 비난하고 싶다는 충동을 느끼지만 겨우 참는다.
「사업 계획에 대해 이야기를 좀 해보세요.」 노부인이 청한다.
「아직 마음을 정하지 못했습니다.」
「그렇다면 돈이 많겠군요?」
나는 마담에게 자신감 넘치는 미소를 지어 보일 뿐 대답은 하지 않는다. 이제 나에 대한 관심이 두 배로 커졌을 것이 분명하다.
나는 사르한과 같은 시간에 펜션을 나선다. 우리는 아래로 내려가는 엘리베이터에 함께 오른다. 미소 어린 그의 눈을 보니 나와 친하게 지내고 싶은 것이 분명하다. 그를 향한 분노가 다소 가라앉는다. 「일반적으로 말해서 정부 일이 더 안전하다는 말이었지요.」 사르한이 반쯤은 의식적으로 자신이 범한 결례를 바로잡는다. 「하지만 개인 사업도 신중하게만 선택하면 —」 그가 말을 마치기도 전에 엘리베이터가 도착한다. 하지만 비위를 맞추려는 말투였으니 더 이상 설명할 필요는 없다. 사르한은 노면 전차 정거장으로 가고 나는 미라마르 카페를 지나 주차장으로 간다. 아주 옛날, 홍수가 나기 전에 숙부와 함께 이 카페에 왔던 것을 기억한다. 숙부는 암행을 나온 왕처럼 외투를 둘러쓰고 오후 느지막이 나와, 상원 의원과 시골 유지들 사이에 앉아 물담배를 피우곤 했다. 그래, 그때는 좋은 시절이었다. 하지만 삼촌은 그때의 일도, 그 후의 일도 당할 만했다.

나는 오로지 속력에 대한 굶주림을 채우기 위해 포드 자동차를 타고 쏘다닌다. 〈사르한 알베헤이리라는 친구와 잘 알고 지내는 게 좋겠어. 언젠가는 쓸모가 있을지도 몰라. 도시에서의 경험도 있고 여기에 친구들도 있으니까.〉

나는 해안 도로를 따라 빠르게 차를 달려 마자리타, 샤트비, 이브라히미야를 지나고 더 멀리까지 간다. 자동차가 구름 낀 하늘 아래로 차갑고 신선한 공기를 가르며 달리자 잔뜩 곤두서 있던 나의 신경들이 고맙다는 듯 반응한다. 푸른 바다로 가장자리가 장식된 해안 도로는 가파르고 선명하며 사람들의 고함 소리와 여름 휴양객의 냄새는 깨끗이 씻겨 나가고 없다. 〈탄타, 나는 결코 네게로 돌아가지 않으리라. 물론 세를 걷거나 땅을 팔 때는 빼고! 너와 그 기억들, 지옥에나 가라지!〉

나는 시유프에서 차를 돌려 아부키르 — 왕의 길 — 로 이어지는 대로를 지나 점점 더 빨리 차를 달린다. 기분이 좋아지고 자신감이 점점 부풀어 오른다. 프랑스 여자들은 다 어디 갔을까? 미녀들은 어디에 있지? 순금은 전부 어디로 간 거야? 나는 메트로 극장에 가서 마티니를 마신다. 그리고 중간의 쉬는 시간에 뷔페에서 어떤 여자를 만나 잡담을 나눈다. 우리는 오마르 하이얌 식당에서 점심을 먹고 이브라히미야에 있는 그녀의 작은 아파트에 가서 짧은 낮잠을 즐긴다. 해 질 녘 펜션으로 돌아올 때쯤에 나는 그녀의 이름을 완전히 잊어버린다.

현관 로비에는 아무도 없다. 나는 샤워를 한다. 차가운 물을 맞으니 예쁜 펠라하가 생각난다. 방으로 돌아온 나는 순전히 그녀와 이야기를 나누기 위해 차를 한잔 시킨다. 나는 그녀에게 초콜릿 한 조각을 준다. 그녀는 약간 망설이지만 내가 억지로 쥐여 준다. 「괜찮아. 우리는 전부 가족이나 마찬가지잖아.」

나는 즐거워하며 그녀를 빤히 바라보고 그녀 역시 눈을 내리깔지도 않고 태연하게 나를 마주 본다. 교활한 걸까, 두려운 걸까?

「시골에 너 같은 사람 많아?」

「많아요.」 그녀는 나의 명백한 의도를 무시한다.

「하지만 분명히 너만큼 예쁘지는 않겠지?」

그녀는 초콜릿을 줘서 고맙다고 말하고 방에서 나간다. 교활한 건가? 두려운 건가? 어쨌거나 지금 당장은 그녀가 필요 없다. 게다가 약간 튕기는 것은 그녀의 특권, 내 입으로 그녀의 아름다움을 고백하게 만들기 위해 꼭 해야만 하는 행동이다. 페레키코, 내 탓이 아니야!

마담의 옛날 사진을 바라보고 있으니 그녀가 다가와 기분 좋게 묻는다.

「마음에 들어요?」 마담은 첫 번째 결혼과 두 번째 결혼 이야기를 해준다. 「지금의 나는 어떤가요?」

「언제나처럼 사랑스러우십니다.」 나는 정맥이 튀어나온 그녀의 손목과 흙빛 얼굴을 바라본다.

「난 나이보다 빨리 늙었답니다. 건강이 나빠서 그래요.」 그녀가 단념하듯 말한다. 그런 다음 갑작스럽게 화제를 바꾼다. 「그런데, 위험을 무릅쓰고 새로운 사업에 돈을 투자하는 게 현명한 일일까요?」

「안 될 이유가 뭐 있습니까?」

「정부에 몰수당하면 어쩌려고요?」

「안전한 계획이라는 것도 있답니다.」 마담이 마루청 밑에 숨겨 둔 돈을 꺼내야 할까 고민할지 모른다고 짐작하며, 나는 장난스럽게 덧붙인다. 「저랑 동업을 하시면 어떨까요?」

「나 말이에요?」 마담이 깜짝 놀란 척하며 웃는다. 「하지만 난 펜션에서 나오는 돈으로 근근이 먹고사는걸요.」

여기에 늙은 기자가 끼어든다. 따뜻한 실내복을 단단히 둘러쓴 그는 구역질이 날 정도로 오래 살았지만 놀랄 만큼 경쾌하다. 술탄 깔라운[34]처럼 늙어 빠졌다.

「젊은이는 모험을 좇고 늙은이는 안전을 바라는 법이지.」 그가 자신의 몫과 내 몫에 대해 평하듯 그렇게 말한다.

나는 인사치레로 그의 건강을 빌어 준다.

「전에 말한 그 사업 계획을 시작하려고 알렉산드리아에 왔소?」

「그렇습니다.」

「진지한 생각이오?」

「글쎄요, 아무것도 하지 않는 것이 지겨워서요.」

그가 노래를 하듯 오래된 시구를 읊는다. 「젊음과 안일함과 재산은 인간의 파멸을 불러오는 법.」 하지만 나는 학위에 대한 이야기만큼이나 시를 경멸한다. 내가 시에 대해서 느끼는 감정은 쓰레기 같은 서민들 가운데 사는 투르크멘 기병이 느끼는 형언할 수 없는 우월감과 같다. 물론 행운의 바람이 불어와 일부 서민들을 격상시켰고, 바로 그 바람 때문에 우리 계급은 풍전등화의 상황에 놓였다. 사실 이른바 혁명은 그런 것이다. 허리케인이나 토네이도 같은 기형적인 자연 현상 말이다. 나는 배터리가 방전된 자동차를 몰려는 사람이나 마찬가지다.

칸막이 뒤에서 모르는 얼굴이 등장한다. 한 번도 본 적 없

---

[34] Qalawoon al-Alfi(1222~1290). 깔라운 왕조를 세우고 이집트와 시리아를 지배했던 술탄.

는 청년이 문을 향해 걸어간다. 마담이 그를 불러 앉히며 〈무슈 만수르 바히〉라고 소개한다.

알렉산드리아 방송국에서 일한다고 한다. 이쪽도 학위를 가진 사람이다. 잘생긴 얼굴은 섬세하지만 썩 사내답지는 않다. 그 역시 잘 다듬어진 서민이다. 신중한 그 모습을 보니 얼굴을 한 대 치고 싶다.

만수르 바히가 자리를 뜬 뒤 나는 마담에게 그가 펜션에 일시적으로 묵는 건지 계속 지내는 건지 물어본다.

「계속 지내실 거예요.」 그녀가 자랑스럽게 말한다. 「저는 단기 투숙객은 받지 않아요.」

조라가 시장에서 돌아온다. 비닐 봉투에 식료품이 잔뜩 담겨 있다. 나는 그녀를 탐욕스럽게 바라본다. 시내에는 여자들이 넘치지만 나를 흥분시키는 것은 바로 이 여자다. 페레키코, 그게 내 잘못인가?

「그래, 결국 사랑에 빠졌다고?」
「그런 건 아니에요 아주머니, 하지만 좋은 여자예요. 사촌인데, 결혼하고 싶어요.」
「어쨌든 넌 아무 여자의 마음이나 얻으려고 하는 젊은 남자일 뿐이야.」

움 쿨툼 독창회가 방송되는 저녁은 미라마르 펜션에서도 대단한 행사 날이다. 우리는 술 마시고 웃으면서 정치를 비롯해서 여러 분야의 이야기를 나눈다. 하지만 독한 술도 공포를 이기지는 못한다.

　아메르 와그디는 지난날 자신이 누렸던 영광과 양심에 따라 취했던 행동에 대해 유일한 목격자로서 장황한 이야기를 늘어놓는다. 늙어 빠져서 잔해나 다름없는 이 노인은 자기가 옛날에는 영웅이었다고 주장한다. 이 빌어먹을 세상에서 평범한 사람은 아무도 없다. 모두들 혁명 찬가를 늘어놓는다. 톨바 마르주꾸까지. 나도 마찬가지다. 조심해야겠다. 사르한은 기회주의자이고 만수르는 아마도 밀고자일 것이다. 저 늙어 빠진 엉터리 기자마저도…… 누가 알겠는가? 마담은 안전을 지키기 위해 눈을 크게 뜨고 있어야 할지도 모른다.

　조라가 소다수를 한 병 가지고 오자 나는 묻는다. 「그래, 조라 너는 혁명을 좋아하니?」

　「오, 조라 방에 누구 초상화가 걸려 있는지 당신도 봐야 해요.」 마담이 말한다. 내가 어느 날 밤 조라의 방에 몰래 기어 들어 가도 좋다는 교묘한 허락일까?

　위스키가 일종의 친밀감을 형성해 우리 사이는 더욱 가까워진다. 그러나 나는 그것이 오래가지 않으리라는 사실을, 나와 사르한과 만수르 사이에 진정한 우정이 싹트지는 않으리라는 사실을 잘 안다. 내가 메트로 극장에서 만난 여자와 그랬던 것처럼 기껏해야 곧 증발해 버릴 일시적인 친밀감일 뿐이다. 나는 힘을 소진하고 시간을 보내게 해줄 사업을 찾아야 한다는 사실을 떠올린다. 누가 알겠는가? 사업을 찾지 못하면 멍청한 짓을 저지를지도 모른다. 어쩌면 범죄를, 내 목숨이 걸린 범죄를 저지를지도.

결혼을 하기 위해 다시 한 번 〈거절〉을 당할 위험을 무릅써야 한다면 차라리 독신자로 남는 편이 더 낫다는 점만은 분명하다. 이 〈진보적인 사회〉에서 적당한 아내를 맞이할 수 없으니, 나는 모든 여자들이 내 하렘[35]에 속해 있다고 생각하겠다. 최고급 하녀로 내가 앞으로 꾸밀 가정의 빈 공간을 채우고 말겠다. 그렇다. 조라 같은 하녀. 조라 정도면 충분하지 않은가? 그녀는 분명 승낙할 것이다. 귀찮게 아이를 낳아서 키울 필요 없이 귀부인 행세를 할 수 있는 기회를 고맙게 받아들일 것이다. 조라는 예쁘다. 그리고 그녀는 내가 변덕을 부려도, 그러니까 다른 여자와 연애를 해도 참아 줄 것이다. 조라 같은 여자가 달리 무엇을 할 수 있겠는가? 결국 삶은 그렇게 나쁘지 않다. 삶에서 비틀어 짜낼 수 있는 재미는 수없이 많다.

사르한은 우리가 지칠 정도로 자꾸 농담을 해댄다. 만수르까지도 웃음을 터뜨린다, 그러고는 다시 제 껍데기 안에 들어박힌다.

「들어 봐! 이걸 읽어 봐! 사형 선고야. 영국인들이 뭔가 하지 않을까? 공산주의자들이 점령하도록 내버려 둘까?」

노래가 시작되자 사람들은 탐욕스럽게 라디오에 귀를 기울인다. 나는 점점 더 긴장한다. 물론 평소처럼 한두 곡 정도는 따라가지만 금세 지루해져서 딴생각이 든다. 사람들은 음

[35] *harem*. 이슬람에서 부인들이 거처하는 방.

악에 푹 빠져 있고, 나는 끔찍한 소외감만 느낄 뿐이다. 나는 마담이 다른 사람들만큼이나 움 쿨툼을 좋아하는 것을 보고 깜짝 놀란다. 「아주 오랫동안 그녀의 노래를 들었어요.」 내가 놀라는 것을 눈치채고 마담이 설명한다.

톨바 마르주끄도 열심히 귀를 기울인다. 「그들이 내 귀까지 압수하지 않아서 다행이네.」 그가 나에게 속삭인다.

늙어 빠진 술탄은 눈을 감은 채 노래를 듣고 있다. 아니면 조용히 선잠을 자는지도.

나는 칸막이 근처의 자기 자리에 앉아 있는 조라를 훔쳐본다. 정말 매력적이다. 하지만 그녀도 음악을 듣고 있을까? 무슨 생각을 하고 있을까? 무엇을 소망하고 있을까? 우리처럼 그녀 역시 운명의 손에 농락당하고 있을까? 조라가 잠시 사라진다. 사람들은 하나같이 환희에 넘쳐 술을 마시며 노래에 열중하고 있다. 나는 그녀를 따라 욕실로 들어가서 땋은 머리를 장난스럽게 잡아당기며 속삭인다. 「음악보다 사랑스러운 건 네 얼굴밖에 없어.」

조라가 단호한 태도로 물러선다. 나는 그녀를 껴안으려고 하다가 굳은 표정을 보고 그만둔다.

「난 너무 오래 기다렸단 말이야, 조라!」

그녀는 가벼운 발걸음으로 뒤돌아서 로비의 자기 자리로 돌아간다. 그래, 마음대로 해라! 탄타의 대저택에 너 같은 사람은 열두 명도 더 있어, 이 바보야. 아니면 내가 교육을 받지 못해서 너한테도 부족하다고 생각하는 거냐, 이 시골뜨기야?

나는 노래를 듣고 있는 사람들 틈으로 돌아가서 알아듣지도 못하는 노래에 과장된 박수를 보내며 분노를 감춘다. 한 번이라도 큰소리를 치고 싶다는 충동, 그들에게 내 본심을 말하고 싶다는 갑작스러운 충동이 일지만 참는다. 쉬는 시간이 되자 사람들은 모두 흩어지고, 나는 이 기회를 틈타 밖으로 나선다.

클레오파트라 지역으로 차를 몬다. 바람이 강하고 차지만 위스키 덕분에 몸에 불이 난 것 같다. 나는 여름밤에 즐겨 가던 마담 몰타의 집을 찾아간다. 그녀는 휴가철도 아닌 때에 내가 찾아온 데다 자정을 넘긴 시간이라 깜짝 놀란다.

「여긴 아무도 없어요. 지금은 여자를 구해 줄 수 없어요.」 마담이 말한다. 쉰 살이 넘고, 뚱뚱하고, 살이 축 처진 그녀가 나이트가운을 입고 내 앞에 서 있다. 하지만 그래도 여자다. 윗입술이 콧수염 같기는 하지만.

나는 마담을 침실로 밀어 넣는다.

「무슨 짓이에요?」 그녀가 깜짝 놀라서 말한다. 「난 준비가 안 됐어요.」

「상관없어.」

나는 웃는다. 그 무엇도 전혀 상관없다고!

그런 다음 우리는 한 시간 동안 이야기를 나눈다. 사업을 할 계획이라고 했더니 몰타 마담은 말한다. 「모두들 재산을 팔아 치우고 떠나고 있어요.」

나는 하품을 한다. 「공장이나 회사를 차리려는 게 아니야.」

「그렇다면 알렉산드리아에서 빠져나가는 외국인한테서 사업을 사들이세요.」

「나쁜 생각은 아니지만, 조금 더 생각해 봐야겠어.」

돌아오는 길, 비가 심하게 내려 자동차 앞 유리 너머로 도로가 보이지 않을 정도다. 무척 불쾌하다. 시간만 허비했다.

음식 냄새가 나기는 하지만, 예쁘다.
「설탕은 두 개 부탁해.」 설탕을 넣어서 저어야 하니 그녀는 내 방에 조금 더 머물러야 한다. 「넌 나한테 너무 잔인해, 조라.」
「아뇨, 당신이 지나치신 거예요.」
「내가 당신을 보면서 얼마나 감탄하는지 말해 주고 싶었어.」
「저는 일을 하려고 여기 있는 거예요.」 그녀가 차갑게 쏘아붙인다.
「물론이지.」
「납득하신 것 같지 않은데요.」
「네가 날 모르는 거야.」
「당신은 신사분이세요. 제발 이성적으로 행동하세요.」
「난 널 영원히 사랑할 거야!」 방에서 나가는 조라를 향해 내가 소리친다.

나와 함께 이상한 여행을 떠나자. 끔찍한 날이다. 형은 꾸짖고 삼촌은 마구 소리친다. 「학교! 그놈의 학교!」 시골길을 헤매자. 낮이고 밤이고, 남쪽이든 북쪽이든, 길고 이상한 여행을 떠나자. 지나치는 마을마다 들러 먹을 것과 마실 것을 구하자. 「난 스물한 살이 넘었어요, 어른이라고요!」

〈난 두 사람이 함께 있는 걸 보았어요.〉[36] 나는 너희가 욕실로 이어지는 복도에 함께 있는 모습을 보고 있다. 몽상가 사르한이다. 그가 너의 뺨을 살짝 꼬집지만 너는 고개를 들어 항의하지 않는다. 너의 매력적인 얼굴이 행복한 미소로 빛난다. 땋은 머리가 옥수수 밭에서처럼 경쾌하게 흔들린다. 그래, 농민 출신이 선수를 쳤구나. 그래도 상관없다. 우리에게 주어진 기회가 절대적으로 동등한 이상은. 그가 너와 이틀 밤을 보내고 나는 하룻밤만 보낸다고 해도 말이다.

포드에 올라타면서 나는 웃고 또 웃는다. 페레키코, 내 탓이 아니라고.

톨바 마르주끄를 트리아농까지 태워 줬더니 같이 차를 한잔 마시자고 한다. 트리아농에 가니 사르한이 다른 남자와 함께 있다. 우리는 서로 고개를 까닥여 인사한다. 톨바가 뭘 하면서 시간을 보내느냐고 묻기에 차를 몰고 다니면서 새로운 사업 계획을 세우고 있다고 한다.

「구체적인 계획은 있나?」

「아니요.」

「그렇다면 돈을 허비하지 말게.」

「하지만 결심했습니다.」

「아내를 얻어야겠군. 그러면 돈을 더 신중하게 쓰는 법을

---

[36] 이집트의 유명 가수 압델 할림 하페즈Abdel Halim Hafez(1929~1977)가 부른 노래의 가사.

배울 걸세.」

나는 화를 참을 수가 없다. 「저는 독신으로 남아 사업을 계속하기로 결심했습니다.」

「똑똑한 청년이지.」 톨바가 사르한을 가리키며 말한다. 「내 친구 하나가 저 청년과 같은 회사에서 일한다네. 그 회사 사람들은 저 친구가 열정에 불타는 혁명가라고 한다는군. 그러면 됐지, 안 그런가?」

「저자가 사기꾼이란 생각은 안 드십니까?」

「우리는 정글에 살고 있네. 육식 동물들이 전리품을 두고 싸우고 있다고, 우리 재산 말이야!」 나는 톨바의 말을 들으며 남모를 만족감을 느낀다. 그가 말을 잇는다. 「제복 입은 관리들은 사치품이라면 정신을 잃지.」

「하지만 실제로 여러 가지가 개혁되었다는 사실은 부인 못 하시겠지요.」 나는 톨바와 단둘이 이야기를 나누는 것이 편하다.

그가 입술을 삐죽거린다. 「그건 다 상황이 어떤지 잘 모르는 무지한 사람들 시선을 돌리려는 수작이야. 우리 운명은 제복 입은 사람들에게 달려 있어.」

찻집을 나서는데 사르한이 다가온다. 나는 그를 펜션까지 태워 준다. 사르한은 호의적이지만 악당이다. 나는 마음 깊이 그를 증오하지만 좋은 관계로 남는 것이 좋겠다. 언젠가는 쓸모가 있을지도 모른다.

「그 여자를 차지하다니 대단하군요.」 나는 팔꿈치로 사르한을 쿡쿡 찌른다. 그가 어리둥절한 미소를 짓는다. 「조라

말입니다.」 그는 놀라서 짙은 눈썹을 찌푸리지만 곧 사실임을 인정하듯 눈썹이 내려간다. 「당신은 마음씨 후한 시골 청년 아닙니까. 너무 아까워하지 말고 나랑도 나눕시다.」

「솔직히 무슨 말인지 모르겠군요.」 그가 유머 감각이라곤 없이 말한다.

「친구끼리 솔직히 — 돈은 누구한테 지불합니까? 조라요, 마담이요?」

「아니, 아닙니다! 당신이 생각하는 그런 게 아니에요.」

「그러면 어떤 식으로 생각해야 합니까?」

「조라는 좋은 여자예요, 그런 여자가 아닙니다. 정말입니다.」

「그렇군요! 알겠습니다! 제가 개인 자동차를 공공 버스로 착각한 모양이네요.」

사소한 일로 걱정하지 말자고, 페레키코!

내가 실수를 했어, 좋아. 새로운 시대가 내 친구인 줄 알았는데 알고 보니 적이었어. 하지만 신경 쓰지 마, 난 자유롭기 때문에 행복해. 내가 속한 계급이 날 거친 파도 속에 남겨 두었든 배가 가라앉고 있든, 그게 뭐 어때? 무엇에도 충성하지 않고 자유롭게, 완전히 자유롭게, 계급과 나라와 모든 의무에서 벗어나 자유롭게 지낸다니, 얼마나 멋져. 신앙에 대해서라면 난 신이 자비로우시고 인정이 많으시다는 것밖에 몰라. 페레키코, 내 탓이 아니야!

펜션 같은 곳에서는 들어 본 적 없는 엄청난 소란이다. 낮잠에서 막 깨어난 나는 무슨 일인지 보러 로비로 달려간다.

현관 쪽에서 싸움이 났다. 나는 칸막이 뒤에 숨어서 지켜본다. 꽤 재미있다. 낯선 여자가 우리의 친구 베헤이리의 목을 잡고서 욕을 늘어놓으며 연달아 때리고 있고, 조라는 어쩔 줄 몰라 두 사람을 떼어 놓으려 애쓴다. 그 여자가 갑자기 조라에게 달려들었지만 조라는 대단한 싸움꾼이다. 그녀는 낯선 여인을 두 번이나 벽으로 밀친다. 조라는 사랑스럽지만 낡은 장화만큼이나 질긴 여자다.

나는 한동안 칸막이 뒤에 숨어 지켜본다. 여기가 이 집에서 가장 좋은 자리다. 뒤에서 다른 방문이 열리자 나는 칸막이에서 나와 낯선 여인의 손목을 꽉 붙든다. 나는 미안하다고 말하고 그녀를 진정시키려 애쓰며 밖으로 끌어낸다. 여자는 화가 풀리지 않는지 씩씩거리며 계속 욕을 해댄다. 내가 옆에 있다는 사실조차 모르는 것 같다.

여자랑 어울려서 나쁠 건 없지. 2층에 도착해서 나는 그녀를 멈춰 세운다. 「잠깐! 나가기 전에 정리를 좀 해야지요.」 그녀는 머리를 가다듬고 핀을 꺼내 옷에 난 구멍을 감춘다. 나는 그녀에게 얼굴을 닦으라고 향수 뿌린 손수건을 건넨다. 「내 차가 문 앞에 있어요. 괜찮다면 집까지 태워 주겠소.」

그녀가 처음으로 나를 본다. 나는 파자마와 실내복 차림이다. 그녀가 고맙다고 한다. 나는 차에 오른 다음 어디로 갈 거냐고 묻는다.

「마자리타요.」 그녀가 거친 목소리로 대답한다.

하늘에는 구름이 끼어 있다. 곧, 생각보다 빨리 어두워질 것이다. 나는 그녀를 대화에 끌어들이려고 애쓴다.

「그렇게 흥분하면 좋지 않아요.」

「괘씸한 놈!」 그녀가 씩씩댄다.

「괜찮은 시골 청년 같던데.」

「괘씸한 놈.」 그녀가 다시 한 번 말한다.

「당신 약혼자요?」 나는 빈정거리면서 말한다. 재미있다.

대답이 없다. 그녀는 분노로 활활 타오르고 있다. 정말이지 여자랑 어울려서 나쁠 건 없지. 게다가 불타오르고 있는 여자라면 더욱. 우리는 리도 거리의 어느 건물 앞에 멈춰 선다. 「정말 좋은 분이군요.」 그녀가 차 문을 열며 말한다.

「정말 괜찮겠소? 안 괜찮으면 안 갈 겁니다.」

「괜찮아요. 고마워요.」

「그럼 이걸로 작별인가요?」

「저는 제네부아즈에서 일해요.」 그녀가 손을 내민다.

나는 차를 출발시키며 저 여자에 대해서 더 알고 싶다고 생각한다. 뭐 뻔한 얘기겠지, 달아난 연인과 으레 벌이는 싸움 말이야. 그는 이제 조라를 만나 새로운 연애를 시작했다. 여자란 원래 스쳐 지나가는 것이다. 언젠가, 그 어느 밤에 그녀가 필요할지도 모른다. 하지만 왜 굳이 집까지 태워다 줬을까? 멍청하기는! 페레키코, 내 탓이 아니야!

펜션에 도착할 때쯤 나는 그녀를 잊었다.

내 자동차는 우울한 거리의 포장도로를 단숨에 달려, 가로등 기둥과 유칼립투스 나무들을 지나 쏜살같이 날아간다. 더할 나위 없는 속도감에 심장이 되살아나고 지루함은 날아가 버린다. 바람은 미치광이처럼 으르렁거리며 나뭇가지와 나뭇잎을 뒤흔들고, 비가 쏟아져 내려 들판을 밝은 초록색으로 씻어 낸다. 까이트바이에서 아부키르까지, 항구에서 시유프까지, 도시의 심장에서 멀리 떨어진 도시의 팔다리까지, 나는 도로가 있는 곳이면 어디서든 차를 몰며 방황한다.

시간이 꽤 지났지만 아직 사업 계획을 진지하게 추진하고 있지는 않다. 내가 잘 아는 나이트클럽이나 사창가에 대해 체계적인 조사를 하는 것이 어떨까? 샤트비의 늙은 포주를 찾으니 하루를 함께 시작하기에 나쁘지 않은 여자애를 데려온다. 나는 스포츠 클럽 부근의 또 다른 마담을 찾아가 함께 점심을 먹는다. 그녀는 나에게 평균보다 조금 나은 미국 여자를 붙여 준다.

그런 다음 시디 가베르의 마담이 이탈리아인 어머니와 시리아인 아버지를 둔 사랑스러운 아이를 데려오고, 나는 그녀를 내 차에 태우고 나가겠다고 우긴다. 그녀는 약간 부끄러운 척하면서 폭풍이 불까 봐 걱정이라고 말하지만 나는 비가 오면 좋겠다고 한다. 자동차에서 사랑을 나누는 내내 그녀는 모여드는 구름을 보면서 〈비가 내리기 시작하면 어쩌죠?〉라고 말한다.

마침내, 아부키르로 이어지는 탁 트인 시골길에서 내가 바라던 대로 비가 내리기 시작한다. 여기에는 아무도 없다. 나는 차창을 닫고 홍수와 춤추는 나뭇가지들, 끝없이 펼쳐진 풍경을 바라본다. 내 옆의 혼혈 미녀는 공황 상태에 사로잡혔다.

「당신 미쳤군요.」

「생각해 봐.」 내가 그녀를 진정시키려 애쓰며 말한다. 「우리 둘이서 벌거벗은 채로, 하지만 안전하고 멀쩡하게, 이 자동차 안에서 천둥소리와 억수 같은 빗소리에 맞춰서 입맞춤을 하고 있는 거야!」

「이건 말도 안 돼요.」

「하지만 생각해 보라니까. 우주가 이렇게 분노로 날뛰고 있을 때 이 아늑하고 자그마한 피난처에 앉아 전 세계를 향해 혀를 내밀어 주고 싶지 않아?」

「말도 안 돼요. 말도 안 돼.」

「그래, 하지만 그렇게 될 거야. 당장에라도 말이야, 사랑스러운 아가씨.」 나는 병째로 술을 마신다. 천둥이 치면 칠수록 나는 저장해 둔 비를 몽땅 퍼부어 달라고 하늘을 향해 빌며 애원한다.

「하지만 차가 고장 날지도 몰라요!」 나의 미녀가 말한다.

「그대로 이루어지소서!」

「곧 어두워질 거예요.」

「어둠이 영원하기를.」

「당신 미쳤어요! 미쳤어요!」

「페레키코, 내 탓이 아니야!」 나는 폭풍을 향해 소리친다.

아침 식사 시간에 나는 조라가 기묘한 결심을 했다는 소식을 듣는다. 펠라하 주제에 교육을 받고 싶다니! 다들 여러 말을 한다. 대부분 농담이지만, 대체적으로는 그녀를 격려하는 분위기다. 내 오랜 상처가 욱신거린다. 나는 자라면서 누구의 보살핌도 받지 못해 제멋대로 자랐다. 그 시절엔 아무런 후회도 없었지만 나는 시간이 친구가 아니란 것을 너무 늦게 깨달았다. 그런데 여기, 읽는 법을 배우고 싶어 하는 펠라하가 있다. 마담이 조라의 처지를, 그녀가 고향 마을을 떠난 이유를 설명해 준다. 이 모든 사실이 조라가 마담과는 다른 사람임을 보여 준다. 어쩌면 처녀일지도 모른다. 몽상가 사르한이 처녀를 싫어하지 않는다면 말이다.

「난 그런 줄 알았는데요, 조라가 왜 그렇고 그런 ─」 나는 마담에게 손으로 신호를 보내며 짓궂게 말한다.

「아니, 그런 거 아니에요.」 마담이 딱 잘라 말한다.

나는 급히 화제를 바꾼다. 「우리가 함께할 사업에 대해 생각을 좀 해보셨는지?」

교활한 늙은 여자가 묻는다. 「내가 돈을 어디서 마련하겠어요?」

「제가 가끔 친구를 한두 명 데려오면 어떨까요?」

「미안하지만 이제 방이 다 찼어요.」 그녀가 고개를 젓는다. 「그리고 한 분에게 허락하면 다른 분에게도 허락해야 되지 않겠어요? 하지만 원하신다면 다른 곳을 소개해 드릴 수는 있어요.」

로비에서 조라와 마주치자 나는 대단한 결심을 했다고 축하해 준다. 「열심히 해! 곧 사업을 시작할 텐데 비서가 필요할지도 몰라.」 조라가 행복하다는 듯 미소를 짓는다. 정말 아름답다. 나는 아직도 이 여자를 원한다. 일주일이면 질릴 게

뻔하지만, 꼭 필요한 일주일이다.

    차를 몰고 알렉산드리아를 돌아다닌다. 내 기분에 비해 날씨가 너무 온화하다. 나는 최고 속도로 사막 도로까지 달려가 시속 120킬로미터로 한 시간 동안 차를 달린 다음 도시로 돌아온다. 팜팜에서 점심을 먹고 미용실에서 나오는 여자를 유혹해서 차에 태운다.

    해가 질 때쯤 펜션으로 돌아온다. 조라는 내가 모르는 여자와 거실에 앉아 있는데, 그녀를 가르칠 교사가 분명하다. 나는 마담과 함께 앉아 이따금 여교사를 훔쳐본다. 나쁘지 않다. 어깨가 좀 구부정하지만 크게 눈에 띌 정도는 아니다. 작은 들창코도 그렇고, 사실 꽤 매력적이다. 안타깝게도 저런 유형의 여자는 하룻밤의 사랑에 뛰어들지 않는다. 저런 여자는 긴 연애를 원할 것이다. 게다가 아마 결혼을 바랄 것이고 애국심 따위는 나 몰라라 하면서 혁명이 추진하는 산아 제한을 무시할 것이다.

    마담이 나를 소개하면서 땅이 1백 페단 있으며 사업을 계획하는 중이라고 늘어놓는다. 나는 마담의 능숙한 솜씨를 높이 평가한다. 그녀는 베테랑이다. 나는 그 후 며칠 동안 차를 타고 일부러 여교사의 학교가 있는 모하렘 베이 지역을 돌아다닌다. 내 계획이 맞아 떨어진다. 어느 날 오후에 버스 정류장에 서 있는 여교사를 발견한 것이다. 나는 차를 세우고 그녀에게 태워 주겠다고 한다. 여교사는 잠시 망설이지만 점점 흐려지는 하늘이 위협적이다. 그녀를 태우고 집으로 가는 동안 나는 알렉산드리아에서 홀로 너무나 외롭다고 계속 불평하면서, 사업에 관해 의논할 상대가 필요하다고 한다.

「꼭 다시 만납시다.」 내가 문간에서 말한다.

「언제든지 들러 주세요. 당신을 만나면 아버지께서 기뻐하실 거예요.」

그래, 페레키코, 나는 사실 꽤 괜찮은 결혼 상대야, 젊고 부유하지. 대학을 나온 이런 여자들 틈에서 안전을 지키려면 가짜 결혼반지라도 끼고 다녀야겠어!

저녁에는 할 일이 없어서 클레오파트라의 몰타 마담을 찾아가 여자들을 전부 불러오라고 한 다음 근사한 시간을 보낸다. 위대한 하룬 알라시드[37] 시절 이후 한 번도 들어본 적 없는 근사하고도 어리석은 짓거리들이 촘촘히 박힌, 격정적인 밤이다.

「저 애한테 엄하게 대할 수가 없어요. 저 애는 어머니도 보지 못했고 아버지는 쟤가 여섯 살 때 돌아가셨어요.」 형은 차분하게 말했지만 분노로 떨고 있었다.

. . . .

해골 같은 노인들에게 꼼짝없이 포위되었다. 나는 깔라운이 싫다. 아침에 그의 얼굴을 보면 항상 운이 나쁘다. 톨바마르주끄가 사업 계획이 어떻게 진행되고 있느냐고 묻는다.

---

37 Hārūn al-Rashīd(?766~809). 아바스 왕조의 제5대 칼리프로『천일야화』의 주인공이다.

로비에서 풍기는 향내에 나는 무슨 일이 있느냐고 톨바 마르주끄에게 눈으로 묻는다.

「마담일세. 그녀가 향 그릇을 들고 이 방 저 방 돌아다니는 걸 자네도 본 적 있겠지.」

「움 쿨툼을 좋아하시더니 이제 향을 피워서 악마를 쫓는군요. 그리스 사람치고는 참 이집트 사람 같네요.」 마담이 나에게 살짝 미소를 짓는다. 그녀는 라디오에서 흘러나오는 그리스 노래에 푹 빠져 있다. 「사업을 팔아넘기려는 외국인을 찾고 있어요. 외국인들이 많이 떠나고 있으니까요.」

「좋은 생각일세. 어떻게 생각해, 마리아나?」

「그러게요. 아 잠깐! 미라마르 카페 주인이 가게를 팔려는 것 같던데.」 그녀는 재빨리 말하고는 다시 노래에 집중한다.

「무슨 내용입니까?」

「젊은 아가씨가 부르는 노랜데, 어떤 남자와 결혼하고 싶은지 자기 어머니에게 설명하는 내용이에요.」 그녀의 늙은 얼굴이 수줍게 찌푸려진다. 나는 대위의 사진과 마담의 옛날 사진을 본다. 「아, 계속 귀부인으로 살 수도 있었는데.」

「지금도 귀부인이세요. 완벽한 귀부인이십니다.」

「이브라히미야에 큰 저택을 가진 귀부인이라는 뜻이었어요.」

「시간 낭비는 그만하고 얼른 사업을 시작하게나.」 늙어 빠진 술탄이 말한다.

나는 작은 목소리로 그를 저주한다.

바깥은 무척 춥지만 난 시디 가베르의 마담 집에서 혼혈 미녀와 데이트가 있다. 페레키코, 내 탓이 아니야!

....

 아침 식사 시간에 들으니 조라의 언니와 형부가 펜션에 들이닥쳤었다 한다.
「조라는 여기 남기로 결심했어요.」 마담이 진한 만족감을 드러내며 말한다. 「그 사람들이 그 애 목을 조르지 않아 다행이지 뭐예요!」
「베헤이리 사람들은 약해 빠진 것 같군요.」 나는 사르한에게 말한다.
「약해 빠졌다니, 무슨 뜻입니까?」
「유럽 사람들이 많은 알렉산드리아에 가까워서 토착 전통이 약해졌나 보다, 하는 말입니다.」
「우리 주가 다른 주들보다 훨씬 문명화된 것뿐입니다.」

 톨바 마르주끄가 윈저 호텔에서 옛 친구를 만나기로 했다기에 그를 호텔까지 태워다 준다. 나는 이 노인이 무척 마음에 들고 그를 깊이 존경한다. 그는 상처받기 쉬운 왕, 폐위되었지만 개인적인 존엄성을 지키는 군주 같다. 나는 농담을 건넨다.
「그 펠라하가 가족들과 함께 집으로 돌아가야 했다고 생각하지 않으시나요?」
「애초에 달아나질 말았어야지.」
「제 말은, 그녀가 고향으로 돌아가고 싶어도 돌아갈 수 없는 아주 큰 이유가 분명히 있을 거란 말입니다.」

「베헤이리 녀석 말인가?」

「꼭 그런 건 아니지만, 부분적으로는 그의 책임이겠지요.」

「누가 알겠나?」 그가 미소를 짓는다. 「어쩌면 그 청년은 아무 죄도 없을지도 모르지. 어쩌면 조라는 다른 남자 때문에 달아난 걸지도 몰라.」

그녀가 마무드 아부 알아바스의 청혼을 거절했다는 이야기를 듣고 나는 더욱 놀란다. 사실 그 친구는 마담에게 청혼 의사를 전하기 전에 내게 상담을 했었다.

다음 날 나는 알아바스가 내게 청혼 이야기를 꺼낼 것을 알고 일부러 그의 가판대 앞에 차를 세운다. 우리는 의미심장한 시선을 주고받는다.

「당신한테는 너무 현대적인 여자였군!」

「멍청한 여자 같으니! 조만간은 다른 사람에게 청혼받을 일이 없을 게 뻔한데 말입니다.」

「언젠가 더 나은 여자랑 결혼할 수 있을 거요. 사실, 내 생각엔 그 펜션에서 아내를 얻는 건 좋지 않아.」

「저는 그 여자가 기품 있고 행동거지도 올바르다고 생각했는데요.」

「그렇지 않다는 말은 아니오, 하지만……..」

「네?」

「이제 다 끝난 일인데 뭘 그리 신경 쓰시오?」

「저는 그녀가 청혼을 거절한 이유를 알아야겠습니다.」

「이 말이 도움이 될지는 모르겠지만, 그녀는 사르한 알베헤이리와 사랑에 빠졌다오.」

「이런 바보 같은! 사르한 씨가 그녀와 결혼한답니까?」

「난 사랑이라고 했소, 결혼이 아니라.」

나는 처음부터 그 몽상가가 싫었다. 사르한이 친절하게 굴었기 때문에 그에 대한 반감이 가끔 사라지기도 했지만 일시적일 뿐이었다. 조라와는 아무 관련이 없다. 그녀가 그렇게 중요하지는 않다. 어쩌면 사르한의 잘난 척하면서도 순진한 척하는 태도가 내 성미를 건드렸는지도 모른다. 아니면 틈만 나면 혁명을 찬양하는 태도 때문인가? 내키지는 않지만 혁명에 대한 찬양에 관해 모르는 척하면서 혀를 잘 간수해야 한다. 하지만 어느 날 나는 무심코 내뱉고 만다.

「맞습니다, 우리 모두 혁명을 믿어요, 하지만 그렇다고 과거가 완전히 무용지물이었던 건 아닙니다!」

「네, 그렇지요.」

「해안 도로도, 알렉산드리아 대학도 모두 과거의 산물입니다.」

「해안 도로는 민중을 위한 것이 아니었고 대학도 마찬가지였지요.」 사르한이 악의 없는 미소를 지으며 말한다. 「우리는 가족 모두 합쳐도 땅이 10페단밖에 안 되는데 어떻게 당신은 혼자서 1백 페단이나 가지고 있을까요?」

「그러면 일자리가 없는 농민이 수백만 명이나 되는데 당신 가족은 어떻게 땅을 10페단이나 가지고 있는 겁니까?」

「나는 네가 한 말을 한마디도 믿지 않겠어. 넌 메르바트에게 거절당해서 화가 난 것뿐이야. 넌 사회주의니 평등이니

하는 쓰레기 같은 말을 하나도 믿지 않아. 중요한 건 권력밖에 없어. 권력이 있으면 모두 가진 거나 마찬가지야. 그리고 다른 사람에게 사회주의와 평등을 설파해서 나쁠 건 없지. 하지만 그들이 우리 오마르[38]님처럼 가난하게 지내는 걸 본 적 있어?」

얼마 후 나는 신문 판매원 마무드 아부 알아바스와 우리의 시골 출신 영웅 사르한 알베헤이리가 근사한 싸움을 벌였다는 소식을 듣는다. 그러나 사르한은 그 일에 대해 한마디도 하지 않는다. 나도 그의 침묵을 존중한다. 어느 날 저녁 우리 두 사람만 거실에 남겨지자 나는 내 사업 계획에 관해 사르한에게 의논한다.

「카페 사업은 인수하지 마세요. 좋은 가문 출신이니 더 적당한 사업을 생각해야지요.」

「예를 들면요?」

「가만 있자, 가금류와 소를 키우는 농장은 어떻습니까? 그쪽 분야에도 돈이 많지요. 함께 세무하에 땅을 빌릴 수도 있습니다. 나는 경험도 있고 친구도 있어요. 내가 자본만 구하면 동업을 할 수도 있습니다.」

알렉산드리아. 무모하게 달리는 내 자동차 바퀴 뒤로 펼쳐지는 모습을 보면 알렉산드리아는 정말 작다. 바람처럼 달려

---

38 Omar. 이슬람의 제2대 칼리프(재위 633~644). 단순하고 가난한 삶으로 유명하다.

알렉산드리아를 벗어날 수 있음에도 나의 자동차는 내 의지와 상관없이 어느새 정어리 통조림마냥 빽빽한 알렉산드리아로 되돌아오고 만다. 밤은 멍청하고 고집스럽게 낮을 뒤따라 등장하지만 아무 일도 일어나지 않는다. 새벽마다 하늘은 잠에서 깨어 몸단장을 하지만 언제나처럼 날씨는 변덕을 부리고, 그런 이곳에 온갖 피부색, 온갖 몸매, 온갖 크기의 여자들이 있다. 하지만 아무 일도 일어나지 않는다. 우주는 정말로 죽어 버렸다. 지금 일어나는 일들은 사후 경직이 자리 잡기 전 마지막 경련일 뿐이다.

제네부아즈를 기억한다. 제네부아즈의 정면은 해안 도로 쪽으로 향한 채 바다와 계절에 용감하게 맞서고 있지만 실제 출입구는 좁다란 골목길 쪽에 있다. 안으로 들어가면 홀 한쪽 끝에 무대가 있고 가운데에는 댄스 플로어가 있다. 칙칙한 붉은색의 벽과 천장과 램프는 진의 소굴처럼 보이고, 여자들과 손님들은 척 봐도 여기가 창관(娼館)임을 알 수 있는 수준이다.

베헤이리의 여자는 상당히 외설적인 분위기로 진짜 벨리 댄스를 추고 있다. 나는 그녀를 내 자리로 부른다. 그녀는 처음에는 나를 못 알아보지만 금세 알아차리고 우리가 처음 만난 날의 일을 사과한다. 시간이 많이 지났기 때문에 나를 다시 만날 것이라 생각하지 못했다고 설명한다. 여자는 이름이 사페야 바라카트라고 했다. 본명이 무엇인지는 신만이 아시리라. 사실 그녀는 약간 통통하지만 위층 여교사보다 예쁘고, 통통한 얼굴에는 확실히 장사꾼 같은 분위기가 배어 있다.

나는 거의 정신을 잃을 정도로 술을 마신다. 그녀를 차에 태우고 마자리타의 리도 거리로 향한다. 가는 길에 그녀와 사랑을 나누려고 하지만 그녀는 미안하지만 월경 중이라 안 된다고 한다. 대단히 실망한 나는 비참한 기분을 안고 펜션으로 돌아온다. 조라가 슬립 차림으로 욕실에서 막 나오고 있다. 나는 팔을 벌려 그녀의 길을 막아선다.

「저리 비켜요.」 그녀가 강경하게 맞선다.

나는 조라에게 내 방으로 가자고 한다.

「날 내버려 둬요!」 그녀가 위협적으로 말한다.

나는 술과 욕정으로 흥분해 조라에게 달려든다. 그녀가 저항하면서 주먹으로 내 가슴을 거칠게 때리자 나는 화가 치밀어 길길이 날뛴다. 나는 조라를 난폭하게 때리면서 그녀를 내 방으로 끌고 가서 밀어 넣으려고 한다. 그때 누군가가 내 어깨에 손을 올리는 것이 느껴지며 사르한의 목소리가 들린다. 그의 숨소리가 거칠다.

「호스니, 당신 미쳤소?」

나는 단호하게 사르한을 밀어내지만 그는 내 어깨를 더욱 단단히 붙잡는다.

「욕실로 들어가서 목구멍에 손가락을 집어넣어요. 전부 토하고 나면 기분이 나아질 겁니다.」

나는 사르한을 향해 홱 몸을 돌려 그의 얼굴을 친다. 그가 비틀거리더니 화를 내면서 나를 때린다. 이제 마담이 실내복을 여미며 나온다.

「대체 무슨 일이에요?」 그녀가 걱정스럽게 묻는다. 목소리는 점점 커진다. 「아니, 안 돼요, 신사분들, 펜션이 엉망이 되잖아요! 가만있지 않겠어요! 가만있지 않겠다고요!」 마담이 화를 내며 우리 둘을 떼어 놓는다.

케루빔 천사들이 천장에서 떠다니며 춤을 추고 있다. 빗줄기가 창문을 세차게 내리치고 파도는 귀를 먹게 할 것 같은 소리를 연달아 토해 낸다. 나는 눈을 감는다. 머리가 심하게 아프다. 나는 하품을 하면서 모든 것을 닥치는 대로 저주한다. 외투를 입고 신발을 신은 채 잠이 들었다는 사실을 깨닫자 또다시 욕이 튀어나온다. 어젯밤의 기분 나쁜 사건들이 불쑥 떠올라서 다시 욕을 퍼붓는다.

마담이 내 방으로 들어와서 아직 잠이 덜 깬 내가 자리에서 일어나려 애쓰는 모습을 선 채로 지켜본다. 「어젠 너무 늦었어요. 그렇게 술을 많이 마시면 안 되죠.」 그녀가 커다란 의자에 앉으며 나무라듯 말한다. 시선이 마주치자 마담이 미소를 짓는다. 「당신은 내가 가장 좋아하는 손님이지만, 제발 술은 좀 적당히 마셔요.」

「죄송합니다.」 나는 잠시 후 머리 위의 케루빔들을 바라보며 말한다. 「조라에게 사과를 해야겠군요.」

「좋은 생각이에요! 하지만 당신 가문에 어울리는 신사답게 굴겠다고 약속해요.」

「그럼 그녀에게 미안하다고 전해 주세요.」

나는 그때부터 사르한을 완전히 모르는 체하는 한편 조라를 가까스로 달랜다. 하지만 사르한과 친하게 지내던 때가 그립다는 건 인정해야겠다. 나는 만수르 바히에 대해서는 거의 아무것도 모른다. 우리는 보통 아침 식사 시간에 예의 바른 인사만 나눌 뿐, 그 후로는 우호적인 침묵 속에서 서로를 혐오한다. 그는 오만하고 나약하고 내성적이며, 또 그의 예의 바른 태도는 서민적이며 학습된 것이므로 나는 그를 경멸하지 않을 수 없다. 지금 라디오에서 나오는 그의 목소리를 들으니 정말 충격적이다. 이건 사기다. 호기심이 생긴다. 늙어 빠진 술탄을 빼면 펜션 사람 누구도 그를 좋아하지 않는다. 그 늙은이는 분명 변절자였을 것이다.

방에서 나가지 말아야 할지도 모르겠다. 하지만 뭔지 모를 즐거운 일이 밖에서 일어나고 있다. 베헤이리의 방인가? 그렇다. 작은 의견 차이? 베헤이리의 로미오와 베헤이리의 줄리엣이 말다툼, 아니 싸움을 벌이고 있다. 무슨 일일까? 조라가 사르한에게 잘못을 저질렀으니 자신을 정식 아내로 맞아들이라고 요구하는 걸까? 사폐야에게 그랬던 것처럼 사르한이 책임을 회피하고 있는 걸까? 정말 재미있군! 나가지 않는 편이 좋겠어. 이 펜션에서 이렇게 재미있는 일이 기다리고 있을 줄은 생각지도 못했는데. 페레키코, 재미있게 잘 들어. 즐기자고.

「당신이 상관할 일이 아니야! 그래, 누구든지 내가 좋아하는 사람이랑 결혼할 거야. 알레야랑 결혼할 거라고!」

세상에, 사이드 바다위[39]님! 알레야라니! 그 여교사다! 그녀는 모든 남자를 자기 가족에게 소개하며 습관적으로 결혼

---

39 Sayyid Badawi. 이집트 탄타 지방의 성인.

을 제안한다. 한데 몽상가 사르한은 그 제안을 받아들였단 말인가? 그래서 애정의 대상이 학생에서 선생으로 바뀌었구나! 페레키코, 증인이 되어 줘! 혁명이여 영원하라! 7월 혁명의 포고령이여! 알렉산드리아여, 이 얼마나 좋은 날인가!

마담이 외국어 섞인 아랍어로 항의하는 소리가 들린다. 그러더니 이제 위대한 뉴스 캐스터께서 직접 평민들의 일에 끼어드셨다. 그는 분명 이 상스러운 난국에 해결책을 찾아 줄 것이다. 세상에나! 전쟁이다! 전투가 시작됐어, 페레키코! 무슨 일이 있어도 놀라서는 안 돼.

나는 나중에 펜션의 마담으로부터 이야기를 듣는다. 「그에게 떠나라고 했어요. 애초에 여기 들이지 말았어야 해요.」 마담이 화를 내며 말한다.

나는 마담에게, 그렇게까지 조라를 보호하려 하다니 정말 훌륭하다고 말한 다음 조라의 상태가 어떤지 묻는다.

「별로 안 좋아요. 방에 틀어박혀 있어요.」

「뻔한 얘기죠, 1년 사계절처럼 항상 되풀이되는. 베헤이리는 떠나게 되어 오히려 좋아할 겁니다. 5층으로 올라가게 되었으니까요. 비범한 재능을 발휘해서 더 높이 올라가게 될지도 모르고요!」

「아래층 카페 주인이 정말로 카페를 팔 생각이래요.」 마담이 말을 꺼낸다.

「전 흥정할 준비가 됐습니다.」 내가 침착하게 말한다.

나는 술이나 왕창 퍼마실 생각으로 밖으로 나간다. 페레키코, 내 탓이 아니라고.

조라는 죽은 사람처럼 창백하다. 패배자의 분위기가 감돌고, 적갈색 눈은 빛을 잃었다. 그녀가 내게 차를 따라 주고 문을 향해 걸음을 뗄 때 나는 가지 말라고 애원한다. 바깥에서 바람이 불기 시작하고 구름이 모여든다. 갑자기 방 안이 어두워진다.

「조라, 나쁜 일이 있으면 좋은 일도 있는 법이야. 세상은 사악한 사람들로 가득하지. 하지만 친절한 사람들도 많아.」 그녀는 듣고 있지 않다. 어디에도 신경을 쓰지 않는 것 같다. 「예를 들어, 나를 봐. 난 고향에서의 삶에 질려 여기로 왔어.」 한 마디도 없다. 그녀는 흥미가 없다. 「말해 두지만, 어떤 것도 영원하지 않아. 슬픔도 기쁨도 마찬가지야. 하지만 우리는 계속 살아 나가야 해. 운이 나빠서 막힌 길로 들어서면 또 다른 길을 찾아야 한다고. 그뿐이야.」

「괜찮아요. 아무것도 후회하지 않아요.」

「하지만 조라, 당신은 슬프고 비참하잖아. 그럴 이유가 충분하지. 하지만 나아갈 길을 찾아야 해, 그래야 해.」 그녀가 자신을 주체하지 못하고 잠시 슬픔을 내비치자 뒤틀린 얼굴이 못생겨 보인다. 「내 말을 잘 들어 봐, 할 말이 있어. 시간을 충분히 들여서 잘 생각해 봐. 내가 곧 사업을 시작할 건데, 좋은 일자리를 줄게.」 그녀는 내 말을 믿는 것 같지 않다. 「여기서는 가망이 없어. 당신 같은 여자가 있으니 늑대들이 득시글거리는 거라고!」 조라는 내 말을 단 한 마디도 진지하게 받아들이지 않는 것이 분명하다. 「나와 함께라면 안전할 거야. 좋은 일자리와 괜찮은 삶을 누릴 수 있어.」

조라는 알아듣지 못할 말을 중얼거리더니 쟁반을 들고 방을 나간다.

이성을 잃은 나는 그녀와 나 자신에게 혐오스러울 만큼 화가 난다. 좌절한 남자들의 굶주린 열정을 가지고 놀다 보니 자신의 진짜 가치를 잊어버린 게 분명하다. 당신을 낳은 땅을 저주하겠어! 나는 심술궂게 내뱉는다. 「페레키코! 내 탓이 아니야!」

나는 제네부아즈의 칙칙한 붉은 벽 속에서 밤을 보내며 사페야와 함께 미친 듯이 술을 마신다. 그런 다음 사페야가 나를 그녀의 아파트로 데려가고, 술에 취한 나는 그녀에게 괴로움을 털어놓는다. 내가 사업을 인수할 계획이라고 말하자 사페야가 자세를 고쳐 똑바로 앉는다.

「당신에게 딱 맞는 기회가 있어요!」 그녀가 담배에 불을 붙인 다음 더욱 신중하게 말한다. 「제네부아즈 말이에요. 주인이 팔고 싶어 해요.」

「하지만 평판도 나쁘고 음산하잖아.」

「위치를 생각해 봐요. 시내에서 가까우면서 해안 도로 쪽에 있잖아요. 근사한 레스토랑 겸 나이트클럽이 될 거예요. 지금도 큰돈을 벌고 있으니, 수리를 하면 분명 더 큰돈을 벌 수 있어요. 봐요, 당신은 집안이 좋잖아요. 그러니 경찰도 당분간은 당신 일에 참견하지 않을 거예요. 그리고 난 이쪽 분야에서 경험이 아주 많아요. 여름철에는 확실히 잘될 거고, 석유로 부자가 된 리비아 사람들 덕에 다른 계절에도 잘될 거예요!」

「좋아. 사장이랑 만날 자리를 만들어 봐.」 나는 비몽사몽이다.

「좋아요! 여직원들은 제가 책임질게요. 당신, 여기서 저랑 사는 게 어때요?」 그녀가 나에게 입을 맞추며 제안한다.

「안 될 거 없지. 하지만 나랑 잘 지내려면 한 가지는 분명히 알아 둬야 해. 나는 사랑을 믿지 않아. 그게 뭔지도 모르거든.」

아침 10시쯤 펜션으로 돌아온 나는 짐꾼용 로비에서 사르한과 마주친다. 우리는 서로를 못 본 척하면서 말 한마디 없이 엘리베이터를 기다린다. 미래의 장인 장모를 만나러 가는 걸까? 갑자기 사르한이 말을 건다. 「당신이 마무드 아부 알 아바스를 부추겼다는 걸 압니다.」 나는 일부러 그를 무시하면서 모르는 척한다. 「그가 말해 줬거든요. 어쨌든, 당신 같은 사람이 그런 일을 하다니 참 역겹습니다그려.」

그는 점점 흥분하고 나는 이미 화가 났다.

「닥쳐, 이 개새끼야!」

우리가 맞붙어서 주먹질을 하자 짐꾼들이 와서 우리를 떼어 놓는다.

「본때를 보여 주지. 두고 보라고!」 그가 소리친다.

「그래, 덤벼 봐라. 네 추잡하고 더러운 인생을 끝내 주면 나도 속이 시원할 거다.」

이른 아침이다. 마담과 톨바 베이가 거실에 앉아 라디오를 듣고 있다.

「이리 와서 충고 좀 해줘요. 새해 전날을 어디에서 보내야 할까요? 〈이분은〉 몽세뇌르에 가자고 하시는데, 아메르 베이는 집에 있자고 하시네요.」

「아메르 베이는 어디 있습니까?」

「감기에 걸려서 누워 계세요.」

「그러면 그분은 누워서 쉬시라 하고 우리끼리 몽세뇌르에 가죠. 아침까지 마시면서 진짜 즐거운 시간을 보낼 수 있을 겁니다.」

그런 뒤에 나는 마담에게 말한다. 「마침내 찾았습니다.」

「뭘 말이에요?」

「제가 찾고 있던 투자 대상 말입니다.」

마담의 얼굴에 실망한 표정이 역력하다. 「너무 서두르지 말아요. 차근차근 생각하는 게 좋아요.」 그녀가 충고한다.

「생각은 충분히 했습니다.」

「미라마르 카페가 투자 대상으로는 더 나아요.」 그녀는 망설이다가 덧붙인다. 「또 나도 동업자로 참여하는 게 어떨까 심각하게 생각하고 있고요.」

「나중에 사업을 확장할 수도 있죠.」 나는 그렇게 말하면서 갑자기 새해 전날을 만끽하고 싶은 욕망에 사로잡혀 빙그레 웃는다.

나는 조건을 논의하기 위해 제네부아즈 사무실로 사장을 만나러 간다. 그는 영업이 끝난 다음 세자르 캠프의 자기 집으로 오라고 나를 초대한다. 사페야도 사무실로 와서 세부 사항에 관해 함께 논의한다. 두 사람이 새해 전날을 제네부아즈에서 보내자고 제안한다. 그 후 프랑스인 사장의 집에 갈 수도 있고 다른 곳에 갈 수도 있다. 어쨌든 나는 늙은이들과의 파티에서 벗어날 수 있게 되어 무척 기쁘다.

아침 식사 시간에 밖으로 나가보니 분위기가 심상치 않다. 마담과 톨바 베이의 표정이 뭔가 기묘하다. 늙은 깔라운은 자기 방에 틀어박혀 있고, 만수르 바히도 마찬가지이며, 조라는 기척도 없다. 식탁 앞에 앉은 두 사람은 아무 말이 없지만 표정이 어떤 불길함을 드러내고 있다.

마침내 톨바가 불쑥 입을 연다. 「그 소식 들었나? 사르한 알베헤이리가 지난밤에 시체로 발견됐다네. 팔마로 가는 인적 없는 길에서.」

「죽었다고요?」

「살해됐을지도 모른다네!」

「하지만 —」

「여기 신문 있어요.」 마담이 끼어든다. 「끔찍하기도 하지. 분명히 문제가 생길 거예요.」

나는 짐꾼용 로비에서 그와 싸운 것을 떠올리고 절망에 사로잡힌다. 내가 이 문제에 연루될까?

「누구 짓인지 궁금하군요.」 나는 멍하니 말한다.

「그게 문제예요.」 마담이 말한다.

「그들이 사르한에게 적이 없었느냐고 캐묻고 다니겠지.」

톨바 영감이 말한다.

「사실, 확실히 우리와 친구는 아니었지요.」 내가 빈정거리며 말한다.

「또 다른 적이 있었을지도 몰라요.」

「조만간 그들이 진실을 밝혀내겠지요. 신의 뜻대로 되길!」

나는 충격에서 헤어 나오지 못한다. 나는 조라는 어떤지 묻는다.

「자기 방에 틀어박혀 있어요. 눈뜨고 볼 수가 없네요.」 마담이 말한다.

나는 원래 펜션에서 나간다고 말할 생각이었지만 당분간 미루기로 한다. 내가 방에서 나가려고 할 때 톨바가 경고한다. 「어쩌면 우리 모두 불려 가서 조사를 받을지도 모르네.」

「저는 상관없습니다.」 나는 문간에 서서 말한다. 「부르라고 하시죠.」

알렉산드리아의 끝에서 끝까지 한바탕 차를 몰아 머릿속을 정리해야겠다. 햇빛에 물든 구름이 머리 위로 천천히 흘러간다. 손이 닿을 것만 같다. 공기는 차갑고 가볍다. 오늘은 한 해가 끝나는 날이다. 요란스럽게 한바탕 달리고 싶은 욕망이 끝없이 치솟는다. 다른 사람이야 죽든 말든, 무슨 상관이람? 나는 내 할 일을 안다. 나는 자동차에 기어를 넣으며, 거울에 비친 내 모습을 바라보며 말한다. 「페레키코, 내 탓이 아니라고.」

만수르 바히

「그럼, 나는 이제 여기 알렉산드리아에 갇힌 포로가 되어, 남은 일생 동안 열심히 자기변명을 하면서 살아야 한다는 거군.」

나는 이 말과 함께 형에게 작별을 고하고 곧장 미라마르 펜션으로 향했다. 문구멍이 열리더니 나이에 비해 선이 고운 노파의 얼굴이 나타났다.

「마담 마리아나 되십니까?」

「그런데요?」

「저는 만수르 바히라고 합니다.」

그녀가 문을 활짝 열었다. 「잘 왔어요. 형님이 전화를 하셨거든요. 여기서 편히 지내도록 해요.」

짐꾼이 내 여행 가방 두 개를 가지고 올 때까지 마담과 나는 문간에서 기다렸다. 그녀는 앉아서 기다리자며 성모상 아래에 앉았다.

「형님은 정말 훌륭한 경찰이세요. 결혼하기 전에는 가끔 여기에 묵으셨답니다. 카이로로 가시기 전에요. 여기서 그렇게 오랫동안 일하셨는데!」 마담은 아주 친절했지만 나를 뚫어져라 살펴본다. 「형님이랑 같이 살아요?」

「네.」

「학생인가요?」

「아닙니다. 알렉산드리아 방송국에서 일하고 있습니다.」

「하지만 원래 카이로 출신이죠?」

「네, 그렇습니다.」

「자, 이제 여기서 편안히 지내요. 집세 이야기는 꺼내지도 말고요.」

나는 믿을 수 없다는 듯 웃었지만 내가 원한다면 그녀가 한 푼도 받지 않고 방을 내어 주리라는 사실을 알고 있었다. 대단하다. 고약한 부패의 입김은 닿지 않는 곳이 없다. 하지만 내 어찌 돌을 던지랴?

「얼마나 계실 건가요?」

「기한은 정하지 않았습니다.」

「좋아요, 적당한 방세만 내세요. 여름에도 올리지 않을게요.」

「고맙습니다만, 형한테 들었습니다. 여름에는 특별 요금을 내겠습니다.」

「결혼은 안 했군요?」 마담이 약삭빠르게 화제를 바꿨다.

「네.」

「언제쯤 할 건가요?」

「아직 생각해 보지 않았습니다. 어쨌거나 당장은 아닙니다.」

「그럼 어떻게 하실 생각이세요?」

그녀가 웃는 바람에 내키지 않았지만 나도 웃었다.

초인종이 울리고 어떤 여자가 커다란 식료품 꾸러미를 들고 들어왔다. 무척 매력적이다. 하녀가 분명했다. 마담이 그녀를 조라라고 부르며 말을 걸었다. 조라는 내 대학 친구들과 비슷한 나이였다. 그녀는 여기서 나이 든 여인을 위해서 심부름을 할 것이 아니라 대학에 다녀야 했다.

마담이 바다가 내려다보이는 방 두 개를 보여 주었다. 「겨울철에는 이쪽 방이 별로 좋지 않아요. 하지만 다른 방은 전부 사람이 있어서.」 그녀가 둘러대며 중얼거렸다.

「전 겨울을 좋아합니다.」 나는 아무렇지도 않게 대답했다.

나는 발코니에 혼자 서 있었고 저 밑으로는 바다가 펼쳐져 있었다. 아름답고 청명한 남청색 바다에서 작은 물결들이 태양을 받아 빛났다. 가볍고 시원한 바람이 내 얼굴을 어루만졌고 하늘에는 흰 구름이 약간 떠 있었다. 우울한 생각에 완전히 압도당할 것만 같았다.

그때 뒤에서 누가 움직이는 소리가 들렸다. 조라였다. 그녀가 새 시트를 가지고 와서 침대를 정리하고 있었다. 일에 열중하느라 내 쪽은 보지도 않았다. 조라를 조심스럽게 지켜보던 나는 펠라하다운 아름다움을 금세 알아보았다.

「고마워요, 조라.」 내가 붙임성 있게 말하자 그녀가 상냥한 미소를 지어 보였다. 커피를 한 잔 달라고 부탁하자 몇 분 뒤에 그녀가 커피를 가지고 돌아왔다. 「다 마실 때까지 기다려요.」 나는 발코니 난간에 찻잔을 올려놓고 바다를 바라보며 커피를 마셨고, 조라는 문간에 서서 기다렸다. 「자연을 좋아해요?」 그녀는 내 질문을 이해하지 못했다는 듯 대답하지 않았다. 그녀는 무슨 생각을 할까? 대지의 딸인 그녀의 본능이 자연의 가장 핵심적인 창조 행위를 일러 주고 있을지도 모른다.

「트렁크에 책이 무척 많이 들어 있는데 이 방에는 책꽂이가 없네요.」 나는 그녀를 대화에 끌어들이려고 애썼다.

조라는 가구를 둘러보았다. 「책을 트렁크에 그대로 넣어 두면 어떨까요?」

나는 그녀의 순진함에 미소를 지었다. 「여기 오래 있었어요?」

「아뇨.」

「여기가…… 마음에 듭니까?」

「네.」

「남자들이 귀찮게 하지 않아요?」

그녀가 어깨를 으쓱했다.

「알겠지만, 위험할 수도 있어요.」

그녀는 잔을 치우더니 방에서 나가면서 마지막 말을 던졌다. 「전 무섭지 않아요.」

나는 그녀의 자신감에 감탄했다. 그런 다음 다시 좌절감을 느끼면서 현재 상황이 어떤지, 이 상황이 어떻게 바뀌어야 하는지, 습관적인 생각에 골몰하면서 언제나처럼 우울함에 빠져들었다.

다시 가구들을 살펴보았다. 작은 책장을 하나 사야겠지만 옷장과 장의자 사이에 놓인 작은 탁자는 글을 쓰기에 적당해 보였다.

스튜디오에서 몇 시간 동안 주간 프로그램을 녹음한 다음 사페야 자글룰 거리의 페트로 식당에서 점심을 먹고, 커피를 마시러 라믈레 광장의 알라 케이파크 카페로 갔다. 나는 카페에 앉아 잔뜩 흐린 하늘 아래 자리한, 사람들로 붐비는 광장을 지켜보았다.

사람들은 비옷을 준비하고 걸음을 재촉했다. 갑자기 심장이 덜컥 내려앉았다. 저기 저 사람은, 파우지다! 나는 이마가 창문에 닿을 정도로 몸을 숙였다. 파우지였을까? 아니다. 파우지일 리가 없어, 그냥 아주 많이 닮은 사람일 뿐이다. (그러자 흔히 말하는 연상의 법칙에 따라 도레야가 떠올랐다. 하지만, 사실 그녀는 늘 자신만의 법칙에 따라 내 마음속에 있었다. 그래, 도레야.) 하지만 그 사람이 정말로 파우지였고, 나와 시선이 마주쳤다면? 옛 친구와는 당연히 두 팔을 벌려 인사하는 법이다. 어쨌거나 그는 나의 스승, 나의 교수님이었다. 그렇다면 그를 열렬히 끌어안자, 가시를 품고 있다고 해도. 그가 나를 본다. 이쪽으로 다가온다.

나는 앉아서 커피를 한잔 하자고 했다. 예의를 갖추려면 그 정도는 해야 한다.

「이렇게 만나다니 정말 기쁩니다. 어떻게 이런 계절에 알렉산드리아까지 오셨습니까?」

「가족을 만나러 왔네.」

이 말은 당과 관련된 일 때문에 왔지만 내게는 사실을 숨기고 있다는 뜻이다. 당연한 일이다.

「그럼, 즐겁게 지내다 가시길 바랍니다.」

「우리가 자네를 마지막으로 본 지 2년이 지났군. 사실, 자네가 졸업한 후로는 한 번도 못 봤지.」

「그렇군요. 제가 알렉산드리아로 전출된 걸 아실 텐데요.」

「내 말은, 자네가 우리를 완전히 버린 것 같다는 뜻이네.」

「문제가 좀 있었습니다.」

「대의를 위한 일이 자네 계층에겐 적대적이었겠지. 그만두는 편이 현명했을 거야.」

「그리고 어쩌면, 더 이상 믿지 않는 대의를 위한 일은 그만두는 편이 현명하겠지요.」 나는 아무렇게나, 방어적으로, 당당하게 대꾸했다.

그는 잠시 말을 멈추고 언제나처럼 자기가 할 말을 가늠했다. 「사람들 말이 자네 형이 ─」

「저는 스물한 살이 넘었습니다.」 나는 성가신 듯이 말했다.

「미안하네. 내가 자넬 귀찮게 했군, 그렇지?」 그가 웃었다.

신경이 곤두섰다. (도레야!) 가벼운 소나기가 내리기 시작하자 나는 억수 같은 비가 쏟아져서 광장을 모조리 쓸어 버리면 좋겠다고 생각했다. (내 사랑, 그들을 믿지 말길! 예전에 어느 나이 든 현자가 이런 말을 했지. 우리는 서로에게 진실을 알리기 위해 때로는 거짓을 말해야 한다고.) 나는 위험한 친구를 바라보았다.

「이제는 아무것도 신경 쓰지 않는 건가?」 그가 나에게 물었다.

나는 하마터면 소리 내어 웃을 뻔했다. 「제가 살아 있는 한 무언가에는 신경을 쓰겠지요.」

「예를 들면?」

「제가 수염을 깨끗이 밀고 깔끔하게 넥타이를 맨 게 안 보이십니까?」

「그밖에는?」 그가 엄중히 물었다.

「메트로에서 하는 새 영화 보셨습니까?」

「좋은 생각이군. 가서 자본주의 영화를 보자니!」

마담이 내가 잘 지내는지 살피러 방을 찾았다. 「뭐 필요한 거 있어요? 내가 도와줄 일 있나요? 〈얼마든지〉 말해요! 형님은 항상 솔직하셨답니다. 그리고 참 정중하셨지요, 진짜 친구였어요! 그리고 그분은 정말 컸어요! 거인 같았죠 — 근데 당신은 섬세하게 생겼군요 — 힘도 셌지요! 미라마르 펜션을 집처럼 생각하세요. 나를 친구로 생각해요. 모든 의미에서 진짜 친구로 말이에요.」

그녀가 나를 찾아온 것은 내가 잘 지내는지 살펴보기 위해서가 아니라 언변을 발휘하면서 자기 이야기를 늘어놓기 위해서였다. 마담은 자기가 살아온 이야기를 들려주었다. 부유했던 젊은 시절, 영국 대위와의 첫사랑과 결혼, 캐비어 왕과의 두 번째 결혼, 이브라히미야의 커다란 저택, 그리고 몰락. 하지만 평범한 몰락은 아니었다. 그녀의 몰락이란, 파샤들과 베이들이 찾아온, 제2차 세계 대전 때 좋은 시절을 누린 수준 있는 펜션이었다.

마담은 내가 살아온 이야기도 들려 달라며 거침없이 질문을 퍼부었다. 이상하고, 피곤하고, 재미있는 여자, 시들어 가는 여성. 그녀는 다 끝나 가는 너덜너덜한 삶에 매달린 늙고

영락한 사람으로밖에 보이지 않았지만, 귀족들과 유명한 미녀들에 관한 옛날 이야기를 들으면서 그녀가 화려한 사교계의 여왕으로 군림하는 모습을 그려 볼 수 있었다.

아침 식사 시간에 다른 투숙객들을 소개받았다. 정말 기묘한 집합이었다. 하지만 나는 소일거리가 필요했으므로 내성적인 성격만 극복하면 여기서 친구를 만들 수도 있겠다고 생각했다. 안 될 게 뭔가? 그래도 아메르 와그디와 톨바 마르주끄와는 친해질 생각도 하지 말자. 그들은 죽어 가는 세대다. 그렇다면 사르한이나 호스니는 어떨까? 사르한의 눈에는 타고난 친밀감이 배어 있고, 목소리는 끔찍했지만 호의적으로 들렸다. 그의 관심사는 뭘까? 반면에 호스니는 내 신경을 건드렸다. 적어도 첫인상은 그랬다. 그는 말이 없고 거만하며 유보적이었다. 나는 그의 커다란 체격과 큼직하고 오만한 머리, 자기가 왕이라도 되는 듯이 — 하지만 진정한 주권이나 실체는 없는 왕이다 — 왕좌에라도 앉은 듯이 의자에 팔다리를 벌리고 앉은 자세가 마음에 들지 않았다. 호스니는 자기보다 더 멍청하거나 하찮아 보이는 상대와 대화할 때에만 편안함을 느낄 것 같았다. 수도원을 버리고 나온 수사는 속인과 어울려 지내는 것에 만족해야만 한다고, 나는 나 자신에게 일렀다. 그리고 언제나처럼 결국 내성적인 성격을 이기지 못하고 사람들이 이렇게 말하겠지, 저렇게 생각하겠지, 하는 생각만 계속했다.

그런 식으로 끝없이 생각만 하다가 일생일대의 기회를 놓친 적이 있다.

어느 날 아침, 사르한 알베헤이리가 스튜디오의 사무실로 들어오는 바람에 나는 깜짝 놀라고 말았다. 그는 오랜 친구처럼 얼굴을 빛내며 내 손을 따뜻하게 잡고 흔들었다.

「지나가던 길이에요. 잠깐 들러서 커피나 한잔 같이할까 싶어서요.」 나는 물론 반갑다고 말하며 커피를 시켰다. 「언젠가는 당신 머리에서 방송의 비밀을 캐내고 싶군요.」

시류 영합의 명수여, 얼마든지. 나는 한 번도 시류에 영합하는 행운을 누려 본 적이 없다. 그는 알렉산드리아 직물 회사에서 일하고 있으며 회사의 위원회와 아랍 사회주의 연맹[40]의 기초 단체에 소속되어 있다고 했다.

「정말 활동적이군요! 아무것도 하지 않는 사람들에게는 참 대단한 본보기가 되겠습니다.」

사르한은 뭔가를 살피듯 나를 오랫동안 바라보았다. 「그것이 우리가 새로운 세계를 건설하는 길이지요.」

「혁명이 일어나기 전에도 사회주의를 믿었습니까?」

「사실, 저는 혁명을 계기로 확신을 갖게 되었습니다.」

나는 그의 확신이라는 것을 꼬치꼬치 캐묻고 싶었지만 그러지 않기로 했다. 우리는 곧 펜션에 대한 이야기를 나누었다.

「정말 흥미로운 사람들입니다.」 사르한이 말했다. 「함께 있으면 정말 질리지가 않아요.」

「호스니 알람은 어떻습니까?」 내가 조심스럽게 물었다.

「역시 좋은 녀석이지요.」

「제가 보기에는 스핑크스마냥 알 수가 없던데요.」

40 1962년에 나세르가 설립한 이집트의 단독 정당.

「별로 그렇지 않아요. 좋은 녀석이지요. 쾌락에 대해서는 타고났어요.」 우리는 마주 보면서 미소를 지었다. 무의식적이었겠지만 사르한의 말은 호스니 알람이 아니라 그 자신의 성격을 짐작할 만한 실마리를 제공해 주었다. 「호스니는 특정한 직업은 없지만 땅을 가지고 있어요. 아마 학위도 없을 겁니다. 기억해 두세요. 그는 땅을 1백 페단이나 가지고 있으니 구체제의 선봉에 서 있는 사람이라 할 수 있지요. 학위는 없고 말입니다. 나머지는 충분히 짐작할 수 있겠지요.」 그가 경고했다.

「그 사람은 왜 알렉산드리아에서 지낸답니까?」

「세상이 돌아가는 방식을 잘 알거든요. 사업을 찾고 있더군요.」

「그렇다면 그 오만한 표정은 지우는 것이 좋겠군요. 그러지 않으면 고객들이 전부 겁을 먹고 달아나 버릴 테니까요.」

나는 사르한에게 알렉산드리아에 그렇게 오래 살았으면서 왜 펜션에서 지내느냐고 물었다. 그가 대답을 했지만 그다지 시원스럽지는 않았다.

「시내에 있는 아파트보다 사람들이 붐비는 게스트 하우스가 더 좋아서요.」

움 쿨툼의 공연이 방송되는 날이 되었다. 술을 마시며 음악을 즐기는 저녁, 숨겨져 있던 수많은 영혼들이 모습을 드러내는 저녁이었다. 우리를 한자리에 불러 모은 사람은 물론 사르한 알베헤이리였다. 아마도 돈은 그가 가장 적게 냈을 것이다.

나는 톨바 마르주끄를 몇 번 훔쳐보았다. 나에게 그가 어떤 의미인지 아무도 몰랐다. 나에게 그는 오래된 기억, 충돌하는 계급과 유혈 사태라는 꿈, 비밀 모임에서 공부했던 책과 전단들, 온갖 생각과 사상을 압축한 것이었다. 나는 축 늘어지고 기세가 꺾인 톨바 마르주끄를 보고 깜짝 놀랐다. 그는 의자에 굴욕적으로 웅크린 채 앉아 있었고, 그의 뺨은 강박적으로 떨렸다. 그는 민중의 살과 피를 통해 권력을 축적한 일이라곤 없었다는 듯 위선적으로 혁명을 지지했다. 그의 시든 영광이 우리에게 남긴 것은 기생충으로 가득한 나라였으니, 이제는 그가 바보처럼 아첨을 할 차례였다. 그리고 나는 호스니가 몰락한 독수리의 한쪽 날개라고, 독수리는 아직 숨이 붙어 있으므로 언제든지 날개를 퍼덕여 기괴한 모습으로 날아오를지도 모른다고 생각했다.

「분명히 말하지만 계급을 가르는 낡은 장벽은 모두 사라졌어.」
「아니, 또 다른 장벽이 생겼을 뿐이야. 두고 봐.」

사르한은 모임을 주도하면서 끊임없이 사람들을 즐겁게 해주었다. 그는 친절하고 솔직했다. 왜 아니겠는가? 혁명을 기회주의적으로 해석하는 것을 보니 분명 야심이 대단한 사람이었다.

그러나 나는 곧 아메르 와그디가 가장 매력적이고, 가장 좋아하고 존경할 만한 사람임을 깨달았다. 나는 〈혁명 세대〉라는 라디오 프로그램 때문에 옛날 기사를 읽은 적이 있었는데, 그 기사를 쓴 사람이 바로 아메르 와그디였다. 나는 그의 진보적이면서도 모순적인 생각에 끌렸고 그의 문체에 매료되었다. 운율을 살리는 전통적인 산문 형식을 비교적 단순하면서도 강력한 관용구로 발전시킨 문체였고 이따금 웅장한 표현도 많았다. 그의 글을 읽었다고 알은척을 하자 그는 무척 기뻐했는데 그 모습에서 그가 지금까지 냉담하게 무시당하면서 얼마나 큰 상처를 받았는지 느낄 수 있었다. 그래서 마음이 몹시 흔들렸다. 아메르 와그디는 물에 빠진 사람이 지푸라기를 붙잡듯이 이 기회를 잡아 자기가 살아온 이야기를 들려주었다. 그는 민족주의를 위해 오랫동안 벌였던 투쟁과 그가 맞서 싸웠던 정치적 흐름들, 그가 믿었던 위대한 영웅들에 대해 이야기했다.

「사드 자글룰은? 나이 든 세대는 그를 존경했어.」
「그런 우상이 무슨 소용이야? 그는 진정한 노동자들의 혁명이 태어나자마자 칼로 찔러 죽였어.」

톨바 마르주끄가 나를 보며 수상쩍은 표정을 지은 건 무슨 까닭일까? 나는 모자걸이의 거울을 통해 의심 가득하고 적대적인 그의 눈빛을 보았다. 나는 톨바에게 술을 따라 주면서 아메르 와그디가 생각하는 역사에 대해 어떻게 생각하느냐고 물었다.

「고맙네. 지나간 일은 지나간 일로 두자고. 음악이나 듣도록 하세.」 그가 마치 용서를 비는 것처럼 말했다.

조라는 능숙하게 우리를 시중들었지만 농담을 들어도 좀처럼 미소 짓지 않았다. 멀찍이 떨어진 접이식 칸막이 옆에 앉아 우리를 바라보는 그녀의 맑은 눈에는 아무 말도 담겨 있지 않았다. 조라가 호스니 알람의 시중을 들 때 그가 〈그래, 조라 당신은 혁명을 어떻게 생각해?〉라고 물었다.

조라는 얼굴을 붉히더니 떠들썩한 우리에게서 등을 돌렸고, 마담이 그녀 대신 이야기를 늘어놓았다. 하지만 호스니는 조라를 대화에 끌어들이고 싶은 것이 분명했다. 마담이 끼어들어서 기분이 상한 얼굴이었다.

「그녀야 본능적으로 혁명을 좋아하겠지요.」 내가 그에게 말했다.

그러나 호스니는 내 말을 듣지 못했거나 나를 무시하기로 작정한 듯했다. 돼지 같은 놈. 그는 독창회가 끝나기 전에 사라졌고 조라가 그가 밖으로 나갔다고 전했다.

나는 이렇게 늦게까지 깨어 노래와 음악을 즐기는 아메르 와그디가 정말 존경스러웠다. 우리가 잠자리에 들 무렵엔 벌써 새벽이 밝아 오고 있었다.

「옛날에도 움 쿨툼 같은 목소리를 가진 가수가 있었습니까?」

「없었네.」 아메르 와그디가 미소를 지으며 말했다. 「현재 존재하는 것들 중에서 과거에는 찾아볼 수 없었던 유일한 것이지.」

나는 조라에게 앉으라고 청했지만 그녀는 옷장에 기대선 채 나와 함께 창문 너머 구름 가득 낀 수평선을 바라보았다. 조라는 내가 차를 다 마시기를 기다리고 있었다. 나는 방에 놔둔 간식 중에서 비스킷이나 케이크 조각을 그녀에게 주곤 했고, 그녀는 점점 싹트는 우정의 표시로 그것을 받아 들었다. 조라는 워낙 순진해서 내가 그녀에게 느끼는 감탄과 존경을 잘 감지했다. 나는 그 사실이 기뻤다.

비가 내리기 시작했다. 작은 빗방울들이 창유리를 따라 흘러내리면서 바깥세상의 모습을 바꾸었다. 고향 마을에 대해 묻자 조라가 고향 이야기를 시작했다. 나는 그녀가 고향을 떠난 이유를 짐작했지만 그저 가볍게 말했다. 「고향에 남아 있었다면 지금쯤은 결혼을 했겠네요.」

그러자 조라는 할아버지가 자신을 늙은이와 강제로 결혼시키려 했다는 끔찍한 이야기를 들려주더니 이렇게 끝을 맺었다. 「그래서 도망쳤어요.」

「하지만 그러면 사람들이 뭐라고 하겠어요?」 나는 걱정스럽게 말했다.

「이젠 더 이상 신경 쓰지 않아요. 날 도망치게 한 상황보다는 지금이 나아요.」

조라에게 감탄하는 마음이 더 커졌다. 하지만 그녀가 아무리 당당하게 서 있어도 나는 외로운 그녀가 가여웠다. 비가 흩뿌린 물과 안개 탓에 창유리는 점묘로 그린 그림처럼 보였다. 세상이 사라진 듯했다.

뭐지? 폭탄인가? 로켓? 광기의 번득임? 아니다, 그 얼간이 같은 호스니 알람이 모는 자동차 소리다. 왜 저렇게 미친 듯이 차를 몰아 대는 걸까? 대답은 그 자신만이 알 것이다. 그런데 여자가 함께 타고 있었다. (소냐를 닮았다. 소냐인가?) 아, 소냐든 아니든 저 자식은 지옥에나 가라지.

잠시 후 사무실에 가서 책상에 앉았는데 동료 하나가 다가와 속삭였다. 「어제 자네 동지들이 체포됐어.」 나는 깜짝 놀라 잠시 멍해졌지만 아무 대꾸도 할 수 없었다. 「사람들 말이 그 이유가 —」

「그건 중요하지 않아.」 내가 그의 말을 잘랐다.

「소문에 의하면 —」

「중요하지 않다니까.」

「자네 형님이 현명하셨던 거야.」 그가 내 책상에 몸을 기댔다.

「그래, 아주 현명하시지.」 나는 분노하며 한숨을 내쉬었다. 호스니 알람은 지금쯤 세계의 끝에 가 있겠지, 나는 생각했다. 소냐는 두려움과 욕망으로 떨고 있을 거야.

「네 말은 한마디도 더 듣고 싶지 않아! 널 이 소굴에서 끌어내고 말 거다.」

「난 이제 어린애가 아니야.」

「넌 어머니를 무덤으로 보냈어.」

「지난 얘기는 안 하기로 했잖아.」

「하지만 지금도 마찬가지야. 널 강제로 끌고 가는 한이 있어도 알렉산드리아로 데려갈 거다.」

「뭐라고? 내가 다 큰 성인이라는 사실을 잊은 거 아니야?」

「너 바보구나. 우리 경찰들이 모른다고 생각한 거냐? 우린 다 알고 있어.」 그가 나를 뚫어지게 보았다. 「겉멋 든 바보 같으니! 그 사람들이 뭐라고 생각하는 거냐? 영웅이라도 되는 줄 알아?」 그가 으르렁거렸다. 「난 그 사람들을 너보다 더 잘 알아. 좋든 싫든 넌 나랑 같이 가는 거다.」

그녀가 직접 문을 열었다. 심장이 쿵쾅거렸다. 입이 바싹 마르고 머리가 멍했다. 어두운 복도에서 그녀의 얼굴이 희고 파리하게 빛났다. 그녀는 내가 누군지도 알아차리지 못한 채 그저 무표정하게 바라보았다. 그러더니 곧 깜짝 놀라 눈이 커다래졌다.

「만수르.」 그녀가 속삭였다.

그녀가 한쪽으로 비켜섰고 나는 안으로 들어갔다.

「도레야, 어떻게 지냈어?」

그녀는 나를 응접실로 안내했다. 주변의 모든 것이 도레야의 깊은 불행을 보여 주는 것 같았다. 우리는 자리에 앉았다. 파우지의 사진이 맞은편 벽에 걸려 있었다. 그가 검은 사진틀 안에서 우리를 내다보았다. 사진기를 들고 있었는데, 그것은 우리 두 사람 쪽을 향하고 있는 듯했다. 우리는 서로 마주 보았다.

「언제 돌아왔어?」

「역에서 곧장 왔어.」

「……들었어?」

「응, 사무실에서. 2시 기차를 타고 왔어.」 나는 파우지의 사진을 보았다. 방에서는 아직도 그가 피우는 담배 냄새가 났다. 「전부 잡아간 거야?」

「그런 것 같아.」

「어디서?」

「전혀 모르겠어.」 도레야의 머리카락은 헝클어져 있었고 얼굴은 창백했다. 걱정 때문인지 무기력해 보였고 눈꺼풀은 무거워 보였다.

「당신은?」

「보는 대로.」

도레야는 돈도 재산도 없이 홀로 남겨진 것이 너무나 확실했다. 그녀는 경제학과 부교수였지만 저축해 둔 돈이 하나도 없었다.

「도레야, 당신은 내 오랜 친구야. 파우지 역시 마찬가지고. 가장 친한 친구지…… 많은 일들이 있었지만.」 나는 용기를 그러모아 말을 이었다. 「나는 괜찮은 직업도 있고 수입도 있어. 그리고 당신도 알겠지만 부양할 가족도 없어.」

그녀가 고개를 저었다. 「하지만 알잖아, 난 그럴 수가 ─」

내가 그녀의 말을 잘랐다. 「오랜 친구가 주는 작은 도움을 거절할 거라고는 생각지 않았는데.」

「일자리를 찾을 거야.」

「그래, 좋아, 하지만 그러려면 시간이 걸릴 거야.」

방은 하나도 변하지 않았다. 내가 알던 파우지의 방 그대로였다. 커다란 작업실용 소파와 책이 빽빽이 꽂힌 책장들, 테이프 녹음기, 전축, 텔레비전 세트와 라디오, 카메라와 영화 장비, 앨범들. (우리가 파이윰의 여관에서 찍은 사진은 어디 있지? 그가 화가 나서 찢어 버린 것이 틀림없다.) 눈이 마주치자 우리는 같은 생각을 하면서, 같은 기억을 떠올리면서 시선을 돌렸다. 과거와 현재와 미래가 어두운 길, 알 수 없고 두려운 길에서 맞닥뜨린 듯했다.

「무슨 계획 있어?」

「생각할 시간이 없었어.」

「나한테 편지 쓸 생각은 없었군.」

「맞아.」

「그래도 내가 올지도 모른다는 생각은 했겠지.」

대답이 없었다. 도레야가 나가서 차 쟁반을 들고 돌아왔다. 나는 그녀의 담배에 불을 붙여 주었고 우리는 말없이 앉아 담배를 피웠다. 오랫동안 잊고 있던 향기가 가만히 다가왔다. 그리고 마침내 나는 꼭 해야 할 말을 꺼냈다.

「내가 돌아오려고 애썼지만 그럴 수 없었다는 건 당신도 알고 있겠지?」 그녀는 아무 말도 하지 않았다. 「완곡하게 말해서, 사람들이 그다지 격려를 해주진 않았지.」

「그만 잊어버려. 부탁이야.」 그녀가 중얼거렸다.

「파우지까지도 내 일에 상관하지 않으려고 했어.」

「잊으라고 했잖아.」

「도레야, 사람들이 뭐라고 말했는지 나도 알아. 내가 형을 위해서 첩자 노릇을 하려고 돌아온다고 했겠지.」

「그냥 내버려 둘 수 없어? 지금 상태만으로도 내가 충분히 불행하다는 걸 모르겠어?」 그녀가 애원했다.

나는 시선을 떨어뜨렸다. 「내가 어떤 기분인지 분명히 알겠지.」

「정말 고마워.」

나는 찌르는 듯한 아픔을 느꼈다. 「내 말은, 내가 잡혀간 사람들과 함께 있어야 했다는 뜻이야!」

「당신 자신을 괴롭혀 봐야 소용없어.」 그녀의 목소리가 슬프게 들렸다.

「나는, 나는 당신이 날 어떻게 생각하는지 솔직하게 말해 주면 좋겠어.」

「난 당신을 내 집 안으로 들였어. 〈그의〉 집이라고 해도 좋겠지.」 긴장된 침묵이 흐른 후 그녀가 낮은 목소리로 말했다. 「그걸로 충분하다고 생각해.」

나는 완전히 납득하지는 못했지만 안도의 한숨을 내쉬었다. 내가 곧 익숙한 지옥에 다시 떨어질 것이라는 것은 알고 있었다. 하지만 설명을 들을 시간이 없었다.

「가끔 찾아올게. 뭐든 도움이 필요하면 꼭 편지를 써줘.」

멀리 다녀온 탓인지 무척이나 피곤해서, 나는 펜션에 남아 라디오 주위에 둘러앉은 사람들 틈에 끼었다. 다행히 내가 좋아하는 아메르 와그디와 마담, 조라밖에 없었다. 세 사람의 대화를 듣지 않고 골똘히 생각에 잠겨 있는데 마담이 말을 걸었다.

「당신은 늘 우리랑 너무 동떨어져 있는 것 같아요.」

「똑똑한 사람들은 늘 그렇지요.」 아메르 와그디가 그렇게 말하며 나를 온화하게 바라보았다. 「프로그램을 책으로 낼 생각은 안 해봤나?」

「어떤 프로그램을 하나 쓰려고 생각 중입니다. 이집트의 배신의 역사에 대해서요.」 나는 되는대로 말했다.

「배신이라!」 노인이 웃었다. 「참 거창한 주제로군. 나를 찾아오게, 도와주지. 필요한 기록과 기억을 모두 넘겨주겠네.」

「나는 당신을 사랑해. 당신도 나를 사랑하잖아. 내가 그에게 말하게 해줘.」

「당신 미쳤구나.」

「그는 이성적인 사람이야. 이해하고 용서해 줄 거야.」

「모르겠어? 그는 날 사랑하고, 당신을 가장 친한 친구로 생각해.」

「하지만 그는 거짓을 싫어해. 난 그를 잘 알아.」

「배신에 대한 프로그램이라. 참 대단한 프로그램이 되겠군! 하지만 조심하게, 책을 쓰지 않으면 곧 잊힐 걸세. 나처럼 말이지. 자기 생각을 책으로 펴내지 않고도 기억되는 사람은 소크라테스밖에 없다네.」

마담은 라디오에 손수 신청한 그리스 노래를 듣고 있었다. 어떤 처녀가 자신이 원하는 이상적인 남자를 설명하는 내용이라고 했다. 눈을 감고 말없이 노래를 듣는 그녀의 모습은 감동적이었다. 삶에 대한 억누를 수 없는 갈망을 드러내는 희극적이면서도 비극적인 모습이었다.

「그를 불멸의 존재로 만든 건 제자였던 플라톤이었지.」 아메르 와그디가 말을 이었다. 「그런데 말이야, 도망칠 기회가 있었는데 그것을 마다하고 독배를 선택했다니, 이상하지 않은가?」

「그렇군요.」 내가 쓰라리게 덧붙였다. 「게다가 죄를 지었다고 생각하지 않으면서도 그랬다니요.」

「소크라테스와 비교해 보면, 같은 인간이라고 생각할 수도 없을 만큼 뻔뻔한 자들이 요즘 세상에 얼마나 많은지 몰라!」

나는 괴로워서 미칠 지경이었다. 「배신자들이지요. 모두 다 말입니다.」

「사실도 있고 전설도 있지. 인생은 수수께끼라네, 젊은이.」

「하지만 어르신의 세대는 믿었습니다. 믿음을 가지고 계셨지요.」

「믿음과 의심이라.」 그가 껄껄 웃었다. 「그건 낮과 밤이나 마찬가지라네.」

「무슨 뜻인지 여쭤 봐도 되겠습니까?」

「떼어 놓을 수 없다는 뜻일세.」 잠시 침묵이 흐른 후 그가 말을 이었다. 「자네 세대는 어떤가, 젊은이?」

「중요한 것은 생각이 아니라 행동입니다. 따라서 저는 하나의 사상에 불과합니다.」 나는 성급히 대답했다.

「행동? 생각? 그게 다 뭐예요?」 마담이 어리둥절해하며 미소를 지었다.

노인도 미소를 지었다. 「생각에 지친 사상가는 가끔, 결국 세상에서 가장 좋은 건 맛있는 음식과 예쁜 여자밖에 없다는 결론에 이르기도 하지요.」

마담이 까르르 웃었다. 「멋져요! 멋져요!」

조라가 웃었다. 나는 처음으로 그녀의 웃음소리를 들어 기분이 좋았다. 그런 다음 잠시 침묵이 흘렀고, 우리는 바깥에서 바람이 으르렁거리며 벽과 닫힌 창문으로 돌진해 오는 소리에 귀를 기울였다.

나는 나 자신이 불안과 우울에 빠져드는 것을 느꼈다. 「저는 어떤 것을 믿고 그것을 행동에 옮기는 것이 가장 이상적이라고 굳게 믿습니다. 믿을 것이 하나도 없다는 건 영원히 길을 잃은 것과 같지요. 하지만 어떤 것을 믿으면서도 온몸이 마비된 것처럼 가만히 앉아만 있는 것은 정말 지옥과도 같습니다.」

「나도 그렇게 생각하네. 죽음과 추방을 거부했던 말년의 사드 자글룰이 어땠는지, 자네도 봤어야 해.」

나는 외로운 추방자 조라를 보았다. 그녀는 희망과 자신감을 가득 안고 그곳에 앉아 있었다. 나는 그녀가 부러웠다.

나는 그다음 주에 도레야를 찾아갔다. 집은 다시 예전처럼 깔끔하게 정돈되어 있었고 그녀는 자신을 잘 추스르고 있는 듯했다. 하지만 물론 혼자였다. 희망도, 시간을 보내게 해줄 일도 없었다.

「내가 자꾸 찾아와서 귀찮게 하는 게 아니면 좋겠어.」

「당신이 오면 적어도 아직 내가 살아 있다는 느낌이 들어.」

도레야의 목소리에는 생기가 없었다. 그녀의 존재가 얼마나 빈곤하고 메말랐는지에 생각이 미치자 가슴이 무너져 내리는 것 같았다. 그녀에게 내 느낌을 이야기하고 싶었지만 기억이란 것이 입을 다물게 했다. 그녀가 일자리를 찾아야 한다는 데는 우리 둘 다 이견이 없었다. 하지만 무슨 수로? 고전학 학사 학위밖에 없다는 점 또한 일을 쉽지 않게 만들었다.

「집 안에만 틀어박혀 있지는 마.」

「나도 그러지 말자고 생각했는데 아직 나가 보지는 않았어.」

「매일 만날 수 있으면 좋을 텐데.」

「그러면 더 낫겠지.」 도레야는 미소를 지었다. 그런 다음 잠시 생각하더니 말을 이었다. 「여기 말고 멀리 다른 데서 만날 수 있으면 좋겠어.」

나는 그 생각이 썩 마음에 들지 않았지만 그녀가 옳다는 것을 알 수 있었기에 그러기로 했다.

우리가 세 번째로 만난 것은 카이로의 동물원에서였다. 기쁨이 모두 사라졌던 눈빛이 바뀌었다는 점을 제외하면 도레야의 아름답게 반짝이는 얼굴은 여느 때와 다름이 없었다. 우리는 한동안 대학 부지와 도로를 가르면서 학교 정문까지 이어지는 울타리를 따라 걸었다. 우리가 공유한, 잊을 수 없는 추억의 길이었다.

「나 때문에 너무 고생이지?」

「내가 얼마나 기쁜지 당신은 상상도 못할걸!」 그렇게밖에 말할 수 없었나? 「도레야, 외로움은 끔찍한 거야. 그건 누구라도 겪을 수 있는 최악의 불행이야.」 세상에 지친 듯한 나의 어조는 계산된 것이었으리라.

「학창 시절 이후로는 동물원에 한 번도 안 가봤어.」

「나도 외로워.」 나는 끈질기게 말했다. 「그러니 외로움이 어떤 건지 잘 알지.」

그녀가 궁지에 몰린 동물 같은 표정을 지었다. 나는 기분이 상했다. 내 감정은 더 심하게 꼬이고 엉켰지만 더 이상 스스로를 제어할 수 없었다. 나와 시선이 마주치자 도레야는 몸을 움찔하는 것 같았다.

「그 사람…… 그 사람은 거기 있는데 여기서 이렇게 신선한 공기를 쐬며 걷고 있다니, 정말 가증스러워.」 그리고 그녀는 내가 말이 없다는 사실을 알아차렸다. 「왜 그래?」

「죄책감을 떨칠 수가 없어.」

「나를 만나서 더 힘들기만 한 건 아닌지 걱정이야.」

「아니야. 다만 이 저주받은 감정이 절망을 먹으며 자라고 있지.」

「둘이 만나서 위안을 찾으려고 애쓸 수도 있잖아.」

「그리고 절망은 결국 무모함으로 끝이 나. 그래 봤자 문제만 커질 뿐이야.」

「무슨 뜻이야?」

「내 말은…… 내 말은…… 이렇게 말해도 용서해 주겠어? 내가 어쩔 수 없이…… 예전처럼 지금도 당신을 사랑한다고 해도?」

 저질러 버렸다. 미쳤군. 이래 봐야 무슨 소용이 있을까? 옷에 불이 붙자 그걸 끄려고 깊은 심연으로 뛰어드는 꼴이다.

「만수르!」 그녀의 목소리는 꾸짖는 듯했고 나는 뺨을 한 대 맞은 것 같았다.

「용서해 줘.」 내 목소리가 나약하게 느껴졌다. 「내가 어떻게 그런 말을 꺼냈는지 모르겠다. 하지만 믿어 줘, 나는 행복을 찾을 수도, 그러려고 노력할 수도 없어, 절대로.」

 기차를 타고 알렉산드리아로 돌아오는데 사람은 편지를 쓸 때 더욱 용기를 낼 수 있다는 생각이 떠올랐다.

 떠들썩한 소음에 잠이 깼다. 나를 괴롭히는 고민들이 내는 소리인 듯했다. 하지만 바깥에서 들려오는 소음은 사뭇 다른 종류였다. 내가 방에서 나갔을 때 마침 전투의 마지막 장면이 펼쳐지고 있었다. 사르한과 조라, 그리고 또 다른 여자의 표정을 보니 그들이 이 전투의 영웅이거나 피해자임을 알 수 있었다. 그런데 저 여자는 누구지? 그리고 조라는 왜 여기에 휘말렸을까?

 오후에 차를 가져온 조라가 무슨 일이 있었는지 이야기해 주었다. 사르한이 펜션으로 돌아온 다음 그를 따라온 여자가 들이닥쳤다고. 두 사람은 싸우기 시작했고, 조라는 두 사람을 떼어 놓으려다 그만 싸움에 휘말렸다고.

「그런데 그 여자는 누구지, 조라?」
「몰라요.」

「마담이 사르한의 약혼녀였다고 말하는 걸 들었는데.」

그녀가 잠시 생각하고는 말했다. 「그럴지도.」

「그런데 그 여자가 왜 당신을 때린 거야?」

「말했잖아요, 내가 두 사람을 떼어 놓으려 했다고요.」

「그렇다고 당신한테 달려들 것까진 없잖아.」

「글쎄요, 그냥 그렇게 되었어요.」

나는 따뜻한 눈길로 조라를 바라보았다. 「무슨 일이 있었던 거야? 당신이랑 그……」 그녀는 대답하지 않았다. 「그게 잘못된 건 아니야. 친구로서 묻는 거야.」 조라가 고개를 끄덕였다. 「그래서, 결혼을 약속했는데 나한테는 비밀로 한 거야?」

「아니에요!」 그녀는 고개를 저으며 단호하게 말했다.

「아, 아직 약혼 발표를 안 했구나?」

「적당한 때가 되면 할 거예요.」 조라는 자신 있어 보였지만 나는 여전히 걱정이 되었다.

「하지만 사르한은 그 여자를 버렸어.」

「그녀를 사랑하지 않으니까요.」 조라가 천진난만하게 말했다.

「그럼 두 사람은 왜 약혼을 한 거지?」

그녀는 잠시 나를 바라보더니 용기를 내서 말했다. 「사실은 약혼녀가 아니에요. 타락한 여자예요.」

「그렇다고 그의 바람기가 사라지는 건 아니야.」 내 말은 내 귀에도 한심하고 이상하게 들렸다. 그리고 그 말은 즉시 독이 되어 내게 돌아왔다. 나는 나만큼이나 혐오스러운 사르한을 저주했다.

며칠 후 오후 무렵이었다. 조라가 언제나와 같은 시간에 내 방으로 들어와 기쁜 듯 큰 소리로 말했다. 「만수르 씨, 한 가지 알려 드릴까요?」

나는 사르한과의 관계에 대한 이야기일 것이라 생각하면서 그녀를 올려다보았다.

「저, 읽고 쓰는 법을 배울 거예요.」 무슨 말인지 얼른 이해가 되지 않았다. 「이웃에 사시는 알레야 무함마드 선생님이랑 이야기를 다 끝냈어요. 그분이 절 가르쳐 주실 거예요.」

「정말?」

「네, 다 결정했어요.」

「정말 잘됐어, 조라. 어떻게 그런 생각을 했어?」

「저도 영영 무식하게 살지는 않을 거예요. 그리고 또 다른 계획도 생각하고 있어요.」

「뭐지?」

「기술이나 장사를 배울 거예요.」

「잘됐어, 조라. 정말 대단해.」

정말이지 그녀가 대단해 보였다. 나는 조라에게 잘된 일이라 생각하며 기뻐했다. 그녀가 나간 다음 나는 혼자 방 안에 앉아 내 감정에 대해 생각해 보았다.

바깥에는 폭우가 쏟아지고 있었다. 바다는 문법에 맞지 않는 기이한 말로 화를 내는 듯했다. 불과 몇 분 전에 느꼈던 기쁜 마음이 가라앉는 데에는 긴 시간이 필요치 않았다. 나는 다시 습관적인 우울에 빠져들며 기분이 가라앉았다. 그런 식으로 상승은 추락을 부르고, 힘은 나약함을, 순진함은 타락을, 희망은 절망을 부른다. 나는 사르한에게서 내 분노를 투사할 완벽한 대상을 또 한 번 발견했다. 나는 그를 저주했다.

우리는 나일 강가의 작은 카페에 들어가 유칼립투스 나무 아래 자리를 마련했다. 오후 햇살이 살을 에는 듯한 카이로의 겨울 추위를 힘없이 몰아내고 있었다. 줄곧 내 시선을 피하던 도레야가 말했다. 「오지 말았어야 해.」

「하지만 왔잖아.」 나는 그녀를 안심시켰다. 「그럼 그렇게 결정된 거야.」

「아무것도 결정된 건 없어, 내 말 믿어.」

나는 그녀를 보았다. 내가 밀어붙여야 한다. 「내 생각에 당신이 왔다는 건 —」

「아니야, 그저 당신 편지들을 받고 우두커니 앉아 있을 수 없었을 뿐이야.」

「그 안에 새로운 얘기는 하나도 없어.」

「하지만 당신은 존재하지도 않는 사람에게 편지를 쓴 거야.」 탁자 위에 놓인 손이 그녀가 존재한다는 증거라도 되는 듯, 나는 그 손을 잡았다. 「그것들은 4년 늦었어.」

「하지만 편지에는 시간이나 장소와 전혀 관계없는 이야기뿐이었어.」

「내가 약하고 비참한 상태라는 걸 모르겠어?」

「그건 나도 마찬가지야. 우리 동지들은 나를 첩자라고 생각해. 내가 보기에 난 도망자, 배신자야. 내겐 당신밖에 없어.」

「약간의 위안이겠지.」

「당신 말곤 하나도 남은 게 없어. 광기와 죽음을 빼면.」

도레야는 내 말에 상처를 받은 듯 한숨을 쉬었다. 「난 오래전에 마음으로 그를 배신했어.」

「아니야. 당신은 엇나간 충성의 전형적인 표본이었어.」

「배신의 또 다른 표현이지.」

「우리는 쓸데없는 이유로 고통을 겪고 있어.」 나는 화를 내며 설명했다. 「그게 비극이지.」 우리는 나일 강을 보았다. 작은 납빛 물결들은 거의 움직이지 않는 것 같았다. 나는 탁자 뒤로 그녀의 손을 몰래 붙잡은 다음 가만히 잡고 있었다. 그녀가 약간 저항했지만 나는 무시하고 손에 힘을 주었다. 내가 속삭였다. 「지나친 생각에 사로잡혀선 안 돼.」

「우리는 추락하고 있어.」 그녀가 슬프게 말했다. 「내가 생각했던 것보다 더 빨리.」

「신경 쓰지 마. 우리는 정금처럼 순수하게 나올 거야.」

하지만 나는 계속 추락하고 싶었고, 바닥을 치고 싶었다. 행복해지고 싶다는 인간 욕망의 결말은 지옥이라는 사실을 스스로 증명하려는 듯이.

카이로 역에서 우연히 옛 친구를 만났다. 그 친구는 기자였는데, 진보파의 대의에 공감했지만 신중한 성격이라 결코 정치에 발을 들이지 않았다. 우리는 역 구내 카페에 함께 자리를 잡았다. 나는 알렉산드리아행 열차를 기다렸고 그는 운하 지역에서 올 사람을 기다리고 있었다.

「이런 식으로 우연히 마주치다니, 정말 기쁘군. 정말 만나고 싶었어.」 이상하다. 뭘 원하는 걸까? 나는 알렉산드리아로 온 후에 그를 한 번도 본 적이 없었다. 「무슨 일로 카이로까지 왔지?」 그가 물었다. 나는 그를 보았다. 내가 그의 질문에 놀란 것을 깨닫고 그가 말했다. 「너무 솔직하게 말해서 미안하네. 하지만 우리의 옛 우정을 생각해 주게. 자네가 파우지 부인을 만나러 카이로에 온다는 소문이 있어.」

그가 예상한 것만큼 기분이 상하지는 않았다. 도레야와 나는 소문이 날 것을 짐작하고 있었다.

「알겠지만 그녀에겐 친구가 필요해.」 내가 차갑게 말했다.

「내가 또 아는 건 —」

「내가 한때 그녀와 사랑에 빠졌다는 거지.」 나는 얼른 그의 말을 자르며 남의 일인 양 말했다.

「파우지는 어쩌고?」

「그는 사람들이 생각하는 것보다 더 훌륭한 사람이야.」

그는 당황한 것이 분명했다. 「난 친구로서 사람들이 자네에 대해서 하는 말이 마음에 안 들어.」

「무슨 소리를 들었는지 말해 봐.」 그가 아무 말을 하지 않아서 나는 초조하게 덧붙였다. 「내가 첩자라고, 때맞춰 도망쳤다고 그러던가? 이제는 옛 동지의 집에 몰래 숨어들고 있다고?」

「나는 그저 —」

「〈자네도〉 그 말을 믿나?」

「아니, 안 믿네. 잠시라도 그렇게 생각한다면 내가 용서하지 않을 걸세.」

알렉산드리아로 돌아오며 생각했다. 내가 과연 살아갈 가치가 있는 걸까? 이토록 많은 모순 앞에서 달리 무슨 해결책이 있을까? 죽음이 해답 — 최종적인 해결책이 아닐까? 나는 트리아농 카페에 잠시 앉아 있으려 했지만 호스니 알람과 사르한 알베헤이리가 안에서 이야기하고 있는 모습을 보곤 마음을 바꾸었다. 카페에서 돌아서는데 머리 위에서 햇빛에 물든 구름이 맑은 돌풍을 타고 쏜살같이 지나갔다. 나는 괜한 반항심에 해안 도로를 따라 걸었다. 파도가 높이 치면서 차가운 물보라가 도로 위로 쏟아지자 나는 손에 뭔가 소중한 물건이 들려 있으면 좋겠다고, 그것을 바다에 내동댕이쳐서 부서뜨리면 좋겠다고 생각했다. 나는 혼잣말을 했다, 오직 재앙만이, 거대하고 어마어마한 대지진과 같은 재앙만이 조화를 되찾아 줄 거라고.

조라가 차를 가지고 들어왔다. 「가족들이 절 데리러 왔었어요. 하지만 제가 안 간다고 확실히 말했죠.」 내가 자기 일에 흥미가 있을 거라 믿고 있는 듯 자랑스러운 말투였다. 그리고 나는, 기분이 좋지 않았음에도 흥미를 느꼈다.

「잘했네!」

「친절하신 아메르 베이께서도 저한테 집으로 돌아가라고 충고하셨어요.」

「당신이 곤란해질까 봐 걱정하시는 것뿐이야.」

「그런데, 평소와는 달리 미소를 짓지 않네요.」 조라가 한동안 나를 바라보고는 말했다.

나는 대답으로 빙그레 웃어 보이려 했다. 「다 알아요.」 그녀가 말했다.

「다 안다고?」

「네. 매주 어딘가로 가고 항상 골똘히 생각에 잠기잖아요.」 나는 미소를 짓지 않을 수 없었다. 「곧 제가 행운을 빌면서 축하해 드릴 일이 생기면 좋겠네요!」

「신께서 당신이 하는 말을 귀담아들으시면 좋겠어, 조라.」 우리는 눈빛을 교환했고 그녀는 기운을 내라는 듯 손을 흔들었다. 「그런데 누군가가 내 일을 계속 망치고 있어.」

「그게 누구죠?」

「믿음을 저버린 사람.」 그녀가 끔찍하다는 듯 손을 쳐들었다. 「그리고 친구이자 스승을 저버린 사람.」

「오!」

「하지만 그는 사랑에 빠졌어. 그게 그의 죄를 용서할 이유가 될 수 있을까?」

조라는 아직도 겁에 질려 있었다. 「믿음을 갖지 않는 건 사악한 거예요. 배신자의 사랑은 배신자만큼이나 더럽고 역겨운 거예요.」

나는 일부러 일에 파묻혔지만 신경이 산산조각 나버려 더 이상 스트레스를 견딜 수 없을 때면 카이로에 가서 어떤 종류의 행복을 찾았다. 하지만 그건 어떤 행복이었을까? 도레야가 저항을 멈추고 마침내 나에게 굴복했을 때 무척 기뻤던 것은 사실이다. 그러나 그 뒤로 나는 불안감에 시달렸다. 나는 사랑은 죽음으로 이어지는 길이며, 언젠가는 내 잘못된 행동이 나를 파멸시킬 것이라는, 과민한 생각에 사로잡혔다.

「나는 당신을 오랫동안 사랑했었어.」 언젠가 내가 그녀에게 말했다. 「기억나지? 그 뒤에 당신이 약혼했다는 소식을 듣고 충격을 받았지.」

「당신은 항상 너무 수줍었어.」 그녀가 말했다, 과거와 현재가 전부 후회스럽다는 듯이. 「그래서 가끔 오해를 샀지. 내가 파우지의 청혼을 허락한 건 그가 강한 성격을 가졌기 때문이야. 당신도 알 거야, 그가 존경할 만한 사람이라는 걸.」

그곳은 연인들로 가득했다.

「우리는 행복한 걸까?」

그녀가 깜짝 놀라 나를 바라보았다. 「만수르, 무슨 소리야!」

「내 말은, 당신이 사람들 입에 오르내리는 걸 싫어할까 봐서.」

「신경 안 써. 그리고 파우지라면······.」 도레야는 내가 줄곧 그녀에게 했던 이야기, 파우지의 관대함과 넓은 마음 등에 대한 이야기를 되풀이하려다 말을 멈췄다. 나는 그 이야기가 듣기 싫어서 화제를 바꿨다.

「도레야, 당신도 그들처럼 날 의심한 적 있어?」 그녀가 얼굴을 찌푸렸다. 그녀는 그 이야기를 꺼내지 말라고 자주 경고했지만 나는 물어보지 않을 수 없었다. 「어쨌든 당신이 그랬다 해도 당연한 일 ―」

「오, 제발! 왜 그렇게 자신을 괴롭히는 거야?」

「왜 당신 생각만 달랐을까, 종종 이상하다는 생각이 들어.」 나는 미소를 지었다.

「사실, 당신은 누구도 배신할 수 없어.」 그녀는 약간 화가 나 있었다.

「배신자는 어떤데? 내가 나약한 건 사실이야. 그렇지 않았다면 형에게 굴복하지 않았을 테니까. 그리고 나약한 사람일수록 배신할 확률이 크지.」

그녀가 내 손을 잡았다. 「제발, 자신을 괴롭히지 마. 우리 두 사람을 생각해.」

도레야는 이제 그녀의 사랑이 나를 괴롭히는 것 중 하나가 되었다는 생각은 전혀 하지 못했던 것이다.

마담이 내 방으로 들어오는 순간, 나는 새로운 소식이 있음을 직감했다. 그녀는 나비처럼 날아다니며 소문을 퍼뜨렸다. 「그 얘기 들었어요, 무슈 만수르? 마무드 아부 알아바스가 조라에게 청혼했다가 거절당했어요. 정말 말도 안 되는 일이에요, 무슈!」

「조라는 그 사람을 사랑하지 않잖아요.」 나는 간단하게 말했다.

「그 애의 마음은 잘못된 길로 가고 있어요.」 그녀는 내게 눈을 찡긋거렸다. 나는 사르한 알베헤이리에 관해 이상한 생각에 사로잡혀 있었다. 언제부터인가 나는 그가 결국 조라를 버리게 되어 오랫동안 소망하던 대로 그를 혼내 줄 수 있기를 바라고 있었다.

「제발 조라한테 말 좀 해줘요. 당신 말이라면 들을 거예요. 그 애는 당신을 좋아하니까요.」 늙은 마담이 속삭였다.

그녀가 나를 좋아한다고! 나는 화를 억누르지 못할 뻔했다. 이 늙은 암소 같으니!

「그 여자는 훌륭한 가문 출신이지만 고결한 사람은 아니지. 그런 사업에는 필요한 게 있는 법이니까. 내가 도와주지 않았더라면 그 여자는 벌써 오래전에 집과 돈을 전부 몰수당했을 거야.」

거친 바람 때문에 비가 창문으로 몰아쳤고 으르렁거리는 파도가 마음을 뒤흔들었다. 나는 조라가 들어오는 소리도 듣지 못했다. 조라가 내 앞 탁자에 찻잔을 내려놓았다. 조라를 보니 기뻤다. 그녀라면 어두운 우울의 늪에 잠긴 나를 깨워 줄 수 있을 것 같았다. 우리는 마주 보며 미소를 지었고 나는 그녀에게 비스킷을 건넸다.

「참, 청혼을 거절했다면서.」 나는 웃었지만 그녀는 조심스럽게 나를 바라보기만 했다. 「솔직히 말하면 조라, 나는 사르한보다 마무드가 낫다고 생각해.」

그녀가 얼굴을 찡그렸다. 「당신이 그 사람을 몰라서 그래요.」

「그럼 당신은 마무드라는 사람을 잘 알아?」

「모두가 나랑 결혼하는 게 사르한 씨와 어울리지 않는 일이라고 생각하는군요.」

「우리는 모두 당신 친구잖아, 그렇게 말하지 마.」

「마무드는 여자를 낡은 신발처럼 여긴단 말이에요.」

그녀는 내게 마무드에 대한 이야기를 했고 나는 웃으며 말했다. 「당신이라면 그 사람과 충분히 맞설 수 있을 거야.」 하지만 그녀는 사르한과 사랑에 빠져 있었다. 조라는 그가 자기랑 결혼을 하든지 자기를 버릴 때까지 멈추지 않을 것이다. 「조라, 난 당신의 생각과 행동 방식을 존중해. 곧 내가 행복을 빌어 줄 일이 생기길 바랄게.」

급한 일이 밀려와 일주일 동안 꼼짝도 못하게 된 터라 카이로에 가지 못했다. 도레야가 전화를 걸어 외롭다고 불평했다. 그다음 주에 나를 만난 그녀가 걱정스럽게 말했다. 「이젠 내가 당신을 쫓아다닐 차례구나.」

나는 도레야와 함께 플로리다 호텔로 들어가면서 그녀의 손에 키스했다. 그런 다음 이전 주에 오지 못한 이유를 설명하고 내가 어떻게 지냈는지 이야기해 주었다. 도레야는 초조한 듯 계속 담배를 피웠다. 나도 상태가 좋지는 않았다.

「물에 빠지듯이 일에 파문히려고 노력했는데, 내가 중요한 것을 잊고 있다고 말하는 이상한 목소리가 자꾸 들리면서, 의지와는 관계없이 늘 수면으로 떠오르고 말아. 가끔은 진짜 뭔가를 잊을 때도 있어. 내 방에서나 사무실에서나.」

「난 혼자야.」 도레야가 애원하듯 말했다. 「더는 못 견디겠어.」

「우리는 꼼짝도 할 수 없는 상태야. 게다가 어떻게 해보려고 하지도 않잖아.」

「우리가 뭘 할 수 있을까?」

나는 잠깐 생각해 보았다. 떠오르는 대안들은 무척 논리적이었다. 하지만 무엇을 근거로 삼을까? 정말 미칠 것 같았다.

「간단한 문제야. 우리가 헤어지든지 당신이 이혼을 해야 해.」 나는 지금 가지고 있는 문제보다 더 큰 문제를 기다리는 사람처럼 도전적으로 말했다.

도레야의 회색 눈이 두려움과 황홀함으로 커졌다. 아마도 이혼이라는 생각에 거부감을 느끼기보다는 그 잔혹성에 매혹되었기 때문이리라.

「이혼이라고!」

「그래.」 나는 차분하게 말했다. 「그럼 우린 처음부터 다시 시작할 수 있어.」

「그건 미친 짓이야.」

「하지만 자연스러운 일이지. 윤리적이라고도 할 수 있어.」

그녀는 아무 말도 하지 못하고 이마에 손을 짚었다.

「그것 봐, 당신은 아무것도 안 할 거야! 말해 봐.」 나는 잠시 뜸을 들인 다음 말했다. 「파우지가 내 입장이었다면 어떻게 했을 것 같아?」

「그가 날 사랑하는 건 당신도 알잖아.」 도레야가 힘없이 말했다.

「하지만 당신이 〈날〉 사랑한다는 사실을 알면 붙잡지 않을 거야.」

「전부 이론적인 이야기에 지나지 않는다는 걸 모르겠어?」

「난 파우지를 알아, 내 말이 사실이야.」

「생각해 봐. 그가 뭐라고 말할지 상상해 보라고.」

「당신이 감옥에 갇힌 그를 버렸다고? 그게 중요해? 그런 건 그다지 중요하지 않아. 당신이 떠나는 건 파우지 자체지 그가 상징하는 것이 아니야.」 작업실용 소파에 누워, 파이프 담배를 피우며, 아몬드 모양의 검은 눈으로 나를 바라보는 파우지의 모습이 보이는 듯했다. 온갖 문제에 대해 이야기했지만 자신의 결혼 생활이 얼마나 탄탄한가에 대해서는 단 한 번도 의심하지 않았던 파우지가.

「무슨 생각해?」

「무엇이든 받아들일 수 있을 정도로 강한 사람이 아니면 인생은 아무것도 주지 않아.」 나는 그녀의 손을 잡았다. 「술이나 마실까? 생각은 충분히 했잖아.」

나는 너무 화가 나서 거의 넋이 나갈 지경이었다. 호스니 알람이 조라를 범하려 했다는 이야기를 듣자 분노가 끓어올랐다. 아메르 와그디와 마담과 함께 응접실에 앉아 있었지만 나는 그들의 말을 하나도 알아들을 수 없었고, 그저 끊임없이 윙윙거리는 소리가 들리는 것만 같았다. 호스니와 사르한이 싸웠다는 이야기를 들은 나는 자리에 앉아 그들이 싸우다 죽었으면 좋겠다고 생각했다. 둘 다. 호스니에게 본때를 보여 주고 싶었지만 내가 그의 적수가 되지 않는다는 사실을 알고 있었다. 그래서 그가 미칠 만큼 미웠다.

마담이 나가자마자 나는 싸움과 죽음이라는 꿈에서 깨어났다. 아메르 와그디가 나를 보고 있었다. 문득 이 노인이 우리 아버지나 할아버지의 절친한 친구였을지도 모른다는 이상한 생각이 들었다.

「자네는 어떤 꿈을 가지고 있나?」

「저에게는 미래가 없는 것 같습니다.」 나는 이것밖에 할 말이 없었다.

아메르 와그디가 온화하게 미소 지었다. 그는 모든 것을 알고 있다. 모두 겪어 보았다. 「젊음은 쉽게 만족하지 않는 법이지.」 그가 말했다. 「그것뿐이네. 정말로.」

「저는 과거에 완전히 삼켜져서 미래가 없다고 생각하고 믿게 되었습니다.」

그는 미소를 거두고 진지하게 말했다. 「충격적인 일도 벌어질 수 있고 실수를 저지를 수도 있는 법이네. 자네의 경우에는 운이 나빴을 수도 있지. 하지만 자네는 분명 살아갈 가치가 있어.」

그와 내 고민에 대해서 이야기를 나누다니, 불쾌한 일이었다. 그 고민이 진짜라도 해도 말이다. 나는 대화의 방향을 틀었다. 「어르신은 어떤 꿈을 꾸십니까?」

그가 킬킬거렸다. 「진짜 꿈 말인가, 비유적으로 말인가? 진짜 꿈을 묻는 거라면, 늙은이들은 잠이 너무 얕아서 거의 꿈을 꿀 수가 없다네. 비유적으로는 온화하게 죽는 게 내 꿈이지.」

「죽음에도 여러 종류가 있습니까?」

「인간에게 있어서 가장 행복한 죽음은 즐거운 저녁 시간을 보낸 다음 잠자리에 들어서 두 번 다시 깨어나지 않는 것이라네.」

나는 노인과의 대화에 매료되었다. 「어르신은 죽은 후에도 삶이 있다고 믿으십니까?」

「그렇다네.」 그가 웃으며 말했다. 「자네가 그 프로그램을 책으로 낸다면 말이야.」

나는 알렉산드리아의 날씨가 좋았다. 내게 잘 맞았다. 맑고 푸른 하늘에 황금빛 해가 빛나는 날들도, 때때로 폭풍우가 불어닥치는, 그래서 짙어진 구름이 하늘 위로 마치 검은 산처럼 우뚝 솟아오르고, 아침이 해 질 녘처럼 어두워지는 날들도. 그러면 하늘 위의 길들은 갑자기 불길한 침묵에 빠진다. 그리고 무언가를 경고하는 고함 소리처럼, 혹은 웅변가가 목을 가다듬는 소리처럼 갑작스럽게 돌풍이 불어와 나뭇가지가 춤을 추기 시작하고 새들이 파닥이며 날아오른다. 그런 다음 폭풍우가 사납게 몰아치고 저 멀리 수평선에서 천둥이 울린다. 바다가 분노하여 높다란 파도가 몰아치고, 포말이 거리의 연석까지 올라와 부서진다. 천둥이 포효하며 알 수 없는 세계의 황홀경을 드러내고 번득이는 번개가 눈을 어지럽히며 심장에 짜릿한 충격을 준다. 퍼붓는 비가 대지와 하늘을 축축하게 끌어안고, 자연의 요소들이 서로 융합될 수 없는 성질들을 뒤섞으며 엎치락뒤치락한다. 새로운 세상을 탄생시키려는 듯이.

싸움이 끝난 뒤에야 도시에 달콤한 평화가 찾아온다. 어둠이 걷히면 알렉산드리아는 깨끗하게 씻은 얼굴을 드러내며 조용히 깨어난다. 반짝이는 도로, 더욱 푸르고 생생해진 초목들, 깨끗한 바람, 따스한 햇살.

나는 폭풍우가 불어 닥치기 시작할 때부터 날씨가 갤 때까지 유리창 너머를 지켜보았다. 자연의 힘이 펼치는 이 드라마는 내 마음 가장 깊은 곳을 건드렸다. 폭풍우는 내가 이해할 수 없는 언어로 나의 운명을 예고해 주는 것 같았다.

시계 소리가 시간을 알리자 나는 몇 시인지 듣지 않으려고 귀를 막았다.

그런데 이상한 소리가 고요한 내 방을 침략했다. 말다툼인가? 싸움인가? (이 펜션에서는 이미 온 대륙 사람들을 즐겁게 해주고도 남을 만한 일들이 일어나고 있었다.) 언제나처럼 조라와 관련된 일이라는 생각이 들었다. 어느 문인지 몰라도 문이 요란스럽게 열리더니 목소리들이 더욱 또렷해졌다. 조라와 사르한이었다. 나는 얼른 방문 쪽으로 뛰어갔다. 로비에서 두 사람이 마담을 사이에 둔 채 마주 보고 있었다.

사르한이 소리쳤다. 「네가 상관할 바 아니야! 나는 내 맘대로 결혼할 거야. 알레야랑 결혼할 거라고!」

조라는 자신이 이용당한 방식 때문에, 무너진 희망 때문에 화를 내고 있었다. 그래, 저 나쁜 놈이 원하던 것을 손에 넣고 이제 달아나려 하고 있구나. 나는 사르한에게 다가가 그의 손을 붙잡고 내 방으로 데려왔다. 사르한의 파자마는 찢어져 있었고, 입술에서는 피가 흘렀다.

「저 여자는 완전 야수요!」

나는 그를 진정시키려 했지만 그는 말을 멈추지 않았다.

「상상이나 할 수 있겠소? 저 고귀하신 분이 나와 결혼을 하고 싶다니!」 내가 달래려 했지만 그는 그치지 않았다. 「미친년 같으니라고!」

이 정도면 그의 고함 소리는 충분히 들었다.

「조라가 왜 당신과 결혼하려고 합니까?」

「저 여자한테 물어봐요! 저 여자한테!」

「당신한테 묻고 있는데.」

그가 나를 보더니 처음으로 내 말에 귀를 기울였다.

「왜냐고요? 뭔가 이유가 있겠지.」 그러더니 곧 조심스럽게 물었다. 「무슨 말이 하고 싶은 거요?」

「당신이 나쁜 놈이라는 말을 하고 싶소!」 나는 소리쳤다.

「왜 그런 말을 하는 거지?」

「옜다!」 나는 그의 얼굴에 침을 뱉었다. 그리고 소리를 질렀다. 「너 같은 놈들한텐 침을 뱉어 줄 테다, 이 배신자들아!」

우리는 서로 달려들어 주먹질을 했고 곧 마담이 달려와서 우리를 떼어 놓았다.

「제발, 제발 그만둬요! 이제 질렸어요. 싸우려거든 나가서 싸워요, 내 집에서 말고. 제발!」

마담이 사르한을 데리고 나갔다.

나는 마음이 무겁고 정신이 산란한 채로 스튜디오의 사무실로 갔다. 어떤 여자가 내 책상 부근에 앉아 있었다. 도레야였다. 나는 잠시 말을 잊었지만 머리가 맑아지는 것 같았다.

「도레야! 깜짝 놀랐잖아!」

나는 미소를 지었다. 미소를 지어야만 했다. 그녀를 만나서 무척 기뻐야만 했다. 그녀의 손을 잡고 꽉 쥐었다. 그러자 정말로 갑작스러운 기쁨이 몰려왔고, 심장을 갉아먹던 걱정과 두려움이 사라졌다.

그녀가 나를 올려다보았다. 얼굴이 무척 창백했다.

「하루 이틀 뒤에 만날 때까지 기다릴 수도 있었는데, 더 이상 견딜 수가 없었어. 전화를 했는데 당신이 자리에 없어서.」

나는 의자를 가져와 그녀와 마주 보고 앉았다. 왠지 모를 걱정이 엄습해 왔다.

「좋은 소식이면 좋겠어, 도레야.」

「파우지가 소식을 전해 왔어.」 그녀가 고개를 숙인 채 말했다. 「기자라는 옛 친구를 통해서.」 심장이 내려앉았다. 〈그 친구〉가 틀림없다. 좋은 소식일 리가 없다. 「나를 놔줄 테니 이제 하고 싶은 대로 하래.」

심장이 쿵쾅거렸다. 모든 것이 분명했음에도 나는 더 자세히 설명해 달라고 고집을 부렸다. 정말 이상하게도 신이 났지만, 정말 기묘하게도 행복과는 거리가 멀었다.

「무슨 뜻이야?」 내가 물었다.

「우리 사이를 아는 거야. 분명해.」

「하지만 어떻게?」

우리는 마주 보았다. 나 스스로 어떤 일에 가담한 것이 아니라 그물에 걸린 것 같은, 쇠사슬에 매인 듯한 느낌이 들었다. 도레야가 가져온 소식을 듣고도 행복감이나 안도감이라곤 전혀 느껴지지 않았다. 〈어떻게 된 일이지?〉 나는 스스로에게 물었다. 그리고 그녀에게 물었다. 「파우지가 화난 것 같아?」

그녀가 약간 초조해하며 말했다. 「글쎄, 그는 당신이 예상했던 대로 행동하고 있어.」 나는 고개를 숙였다. 「그러니까이젠 당신 생각을 알고 싶어.」

그래, 그럴 테지. 이제 그녀가 바라는 것은 내가 보내는 청신호였고, 그러면 모든 것이 그녀가 바라는 대로 될 것이다. 나는 그녀에게 내가 줄곧 바라며 애원했던 것처럼 둥지를 틀어 주어야 했다. 내 꿈이 이루어지려 하고 있었다.

하지만 나는 내가 별로 기쁘지 않다는 사실을 어렴풋이 깨달았다. 사실 전혀 기쁘지 않고 걱정이 될 뿐이었다. 하지만 우리의 관계나 그녀의 처지가 부끄럽다거나 후회스러운 것은 아니었고, 단지 나 자신의 문제였다. 내가 과연 행복해질 수 있을까? 나란 사람이 행복해지기 위해서 싸우지도 못한다면? 그러면 나는 어떤 입장을 취해야 하는 걸까?

「당신이 어떤 생각에 골몰해서 대답을 하지 않을 때마다 내가 너무나 필요 없는 사람이라는 생각이 들어.」 도레야가 다소 지친 목소리로 말했다. 「절망적일 만큼 혼자라는 생각이 든다고.」

상황을 파악할 시간이 조금 더 필요했다. 하지만 그동안 불안감이 점점 더 커졌고, 나는 그녀의 감정에 반응을 할 수도, 나의 무관심을 감출 수도 없었다. 갑작스러운 물리적 타격으로 단번에 주문이 깨지기라도 한 듯 나는 갑작스럽게 그녀에게서 벗어났다. 걱정과 두려움이 가득한 내 영혼에 모든 것을 뒤집어 버리는, 차가운 혐오라는 검은 파도가 덮쳤다. 나는 미쳤던 것이 틀림없다.

「왜 아무 말도 안 해?」 그녀가 날카롭게 물었다.

나는 끔찍할 만큼 차분한 목소리로 대답했다. 「도레야. 그런 제안이라니. 받아들이지 마.」 그녀는 멍하니, 믿을 수 없다는 듯 내 얼굴을 뚫어지게 바라봤다. 나는 가학적인 기분으로, 고통과 분노가 담긴 그녀의 표정을 무시하며 말했다. 「망설이지 마.」

「이 말을 하는 게 정말 당신이야?」

「그래.」

「우습네. 이해가 안 돼.」

「이해는 나중에 하자.」 나는 필사적으로 말했다.

「이런 식으로 아무런 설명도 없이 날 버릴 순 없어.」

「당신한테 해줄 말이 없어.」

분노가 가득 담긴 그윽한 회색 눈이 나를 쏘아보았다.

「이제 당신이 미쳤다는 생각이 들기 시작하네.」

「나는 그래도 싸.」

「나를 가지고 놀았어? 그 오랜 세월 내내?」

「도레야!」

「진실을 말해 봐. 전부 거짓이었어?」

「아니야!」

「그러면, 나에 대한 사랑이 그렇게 갑자기 죽어 버린 거야?」

「아니야! 아니라고!」

「진심은 아니겠지!」

「할 말이 없어. 솔직히 말하면 나는 나 자신이 미워. 자신을 미워하는 남자와는 절대로 가깝게 지내선 안 돼.」

나를 빤히 바라보는 도레야의 눈에 무너져 내리는 그녀의 내면이 비쳤다. 도레야가 경멸스럽다는 듯 시선을 돌렸다.

그녀는 자신을 어찌해야 할지 모르겠다는 듯 한동안 말이 없었다.

「내가 바보였어.」 도레야가 혼잣말을 하듯 중얼거렸다. 「이제 그 대가를 치러야 하는구나. 당신은 절대로 의지할 만한 사람이 아니었어. 내가 어떻게 그 사실을 잊었던 걸까? 당신은 정신 나간 충동 때문에 나를 이용한 것뿐이야. 그게 다야. 당신은 미쳤어.」

나는 죄책감을 느끼면서 뉘우치는 아이처럼 도레야의 분노를 온순하게 받아들였고, 이 소동을 얼른 끝내기 위해 그녀의 분노에 찬 표정과 책상 모서리를 두드리는 손가락, 숨을 가다듬으려고 애쓰는 모습을 무시하며 침묵했다. 나는 그녀와 눈을 마주치지 않으려 했다. 아무것도 느낄 수가 없었다. 도레야의 목소리는 나를 집요하게 겨냥했다.

「할 말이 하나도 없어?」

나는 꿈쩍도 하지 않았다.

도레야가 의자를 밀며 일어나자 나도 따라 일어섰다. 그녀가 밖으로 나가자 나도 따라 나갔다. 길을 건널 때 그녀는 걸음을 서둘러 나를 앞질렀다. 나의 동행을 바라지 않는 것이 너무나 분명했다.

나는 그 자리에 멈춰 서서 그녀를 눈으로 따라갔다, 환상을 보는 듯이, 점점 더 커지다 기어이 현실을 수평선 밖으로 밀어내는 환상을 보는 듯이. 나는 거기 서서 내가 사랑했던 그녀의 익숙한 실루엣이 멀어지는 것을 지켜보았다. 그리고 그 불합리한 순간에도 나는 분명하게 느낄 수 있었다, 내가 지켜보는 가운데 망각 속으로 사라져 가는 저 망가진 생명체가 나의 첫사랑이자 아마도 마지막이며 유일한 사랑이라는 사실을. 그녀가 사라짐과 동시에 내리막길로 미끄러지기 시작하는 나 자신을. 무척 고통스러웠음에도 기이한 해방감이 밀려왔다.

바다에는 매끄럽고 푸른 수면이 펼쳐졌고(어제의 맹렬한 폭풍우는 어디로 갔을까?), 저무는 태양은 가벼운 구름들의 가장자리에 불을 놓았으며(어제의 우울한 구름 산은 어디로 갔지?), 저녁 공기는 실실라 공원을 따라 늘어선 야자수 꼭대기를 희롱했다(지축을 뒤흔들던 그 거친 바람들은 어디로 간 것일까?).

조라의 얼굴은 창백했고, 뺨에는 눈물 자국이 말라붙어 있었으며, 실의에 빠진 표정이었다. 마치 거울을 보는 것 같았다. 아니, 그것은 바로 나를 직면하고 있는 원시적이고 무자비하며 혹독하고 끔찍한 삶의 모습 같았다. 그렇다, 영광은 하나도 없고 가시 돋친 강렬한 저항만이 있는 삶, 공허하고 거짓된 희망만이 있는 삶, 영원한 신비로움을 앞세워 야심을 가진 사람과 절망에 빠진 사람들을 모두 매혹하는 삶. 여기 명예와 자존심을 모두 잃은 조라가 있다. 그래, 나는 거울을 들여다보고 있었다.

「아무 말도 듣고 싶지 않아요.」 그녀가 경고했다. 「훈계도, 어떤 말도 필요 없어요.」

「당신이 원한다면.」

나는 아직 도레야와의 일을 극복하지 못했다. 그 일을 분석하고 이해할 시간이 없었기에 나는 아직도 그 일 때문에 미쳐 버릴 것 같았다. 나는 폭풍우가 곧 불어닥칠 것임을, 내가 아직 이 드라마의 대단원에 이르지 않았음을 알고 있었다. 나는 침묵을 지킬 수 없었다.

「오히려 더 잘된 일일지도 몰라.」 내가 동정적으로 말했지만 조라는 대답하지 않았다. 「앞으로 어떻게 할 계획이야?」

「보시다시피 전 살아 있어요.」

「당신 꿈은?」

「계속할 거예요.」 단호한 목소리였다. 하지만 기백은 어디로 갔지?

「극복할 수 있을 거야. 결혼도 하고 아이도 낳게 될 거야.」

「남자들 근처에는 얼씬도 하지 않는 게 좋겠어요. 그뿐이에요.」 그녀가 심술궂게 말했다. 나는 정말 오랜만에 처음으로 웃었다. 내 영혼이 겪은 폭풍우와 나를 쫓아다니던 광기를 조라는 전혀 몰랐다.

갑자기 어떤 생각이 떠올랐다. 아니, 그것이 정말 그렇게 새롭고 갑작스러운 생각이었을까? 내가 의식하지는 못했지만 그 생각은 내 마음속에 깊이 뿌리를 내리고 있었음이 틀림없다. 정말로 유혹적이고 기이하며 어이없고 독창적인 생각이었다. 나는 그것이 내 탐색의 종말이 될 수 있다고, 나의 만성적인 문제를 치료할 수 있다고 생각했다. 나는 조라를 다정하게 바라보았다. 그러고는 말했다. 「조라, 난 당신이 이렇게 불행해하는 걸 도저히 볼 수가 없어.」 그녀가 머뭇거리며 고맙다는 미소를 지었다. 나는 감정의 물결에 휩쓸렸다. 「조라! 고개를 들어! 평소처럼 기운을 내. 언제쯤이면 당신이 다시 행복하게 미소 짓는 걸 볼 수 있을까?」 그녀가 고개를 숙이고 다시 미소를 지었다. 또 다른 감정의 물결이 밀려와 나를 더욱 높은 곳으로 데려갔다. 여기 외롭고, 치욕을 당하고, 버림받은 조라가 있다. 「조라, 당신이 내게 얼마나 소중한 사람인지 당신은 모를 거야. 조라, 나와 결혼해 줘.」

깜짝 놀란 그녀는 믿을 수 없다는 듯이 갑자기 고개를 들었고 무슨 말인가 하려고 입을 열었지만 아무 말도 흘러나오지 않았다. 나는 광기에 사로잡혀서 계속 지껄였다. 「부디 날 받아 줘, 조라! 진심이야.」

「안 돼요!」

「최대한 빨리 결혼하자!」

그녀가 불안하게 손가락을 움직였다. 「당신은 다른 여자를 사랑하잖아요.」

「사랑하는 사람은 없었어. 당신이 마음대로 상상한 것뿐이야. 제발 대답해 줘.」

그녀가 숨을 깊이 들이마시고 의심스럽다는 듯이 내 얼굴을 보았다. 「당신은 정말 친절하고 마음씨 고와요. 하지만 동정심 때문에 제정신이 아니군요. 고마워요. 하지만 전 받아들일 수 없어요. 그리고 당신도 진심이 아니에요. 제발 다시는 그런 말 마세요.」

「나를 거절하는 거야?」

「정말 고마워요. 하지만 그냥 잊어버려요.」

「날 믿어 줘. 진심이야. 나에게 약속을 해줘, 희망을 줘. 그럼 기다릴게.」

「안 돼요.」 그녀가 단호하게 말했다. 내 말을 한마디도 믿지 않는 것이 분명했다. 「친절하게 대해 주신 것은 정말 감사해요. 정말 감사드리지만, 그건 받아들일 수 없어요. 그 여자분에게 돌아가세요. 잘못이 있다면 그분 잘못일 거고, 당신은 곧 그녀를 용서하실 거예요.」

「조라, 제발 내 말을 믿어.」

「안 돼요! 그만하세요. 제발요!」

조라의 말은 확고하고 단호했지만 그녀의 눈은 그녀가 얼마나 지쳤는지 말해 주고 있었다. 조라는 이 상황을 더 이상 견딜 수 없다는 듯이 나에게 고개를 끄덕여 감사를 표하고 방에서 나갔다.

다시 공허함 속에 내던져진 나는 물에 빠진 사람처럼 주변을 둘러보았다. 지진은 언제 일어나는 거야? 폭풍우는 도대체 언제 몰아치지? 내가 무슨 말을 한 걸까? 어떻게 그런 말을 할 수 있었을까? 왜? 수수께끼 같은 망령이 날 조종해서 그런 말을 하게 만든 걸까? 이 모든 일을 어떻게 멈추지?

〈이 모든 일을 어떻게 멈추지?〉 나는 방을 나서며 강박적으로 이 말을 되뇌었다.

로비에서 사르한이 통화를 하고 있었다. 문간에 놓인 여행 가방이 그가 결국 펜션에서 나간다는 사실을 일러 주고 있었다. 나는 혐오감을 느끼며 전화기 위로 몸을 구부린 그의 뒤통수를 바라보았고, 어찌할 수 없을 정도로 강렬하게 그를 증오했다. 사르한은 내가 생각했던 것보다 내 삶에서 더 큰 자리를 차지하고 있었다. 그가 완전히 사라지면 나는 어떻게 할 것인가? 어떻게 그를 다시 찾을 것인가? 나는 사르한을 뒤쫓으며 추격하지 않을 수 없다. 사르한이 바로 나를 치료할 독배다.

「좋아! 8시! 스완에서 기다릴게!」 그가 수화기에 대고 소리쳤다.

약속이다. 사르한이 나에게 방향과 목표를 일러 주고 있었다. 그의 자신감 넘치는 목소리가 나를 파멸로 인도하며 나에게 그를 뒤쫓으라고 명령하고 있었다. 그가 나를 이끌고 인도할 것이다.

나는 아테네우스에 가서 도레야에게 편지를 써야겠다고 생각했지만 불안감이 모든 것을, 내 의지와 마음을 이겼다.

나는 스완으로 가서 안쪽 홀 구석에 자리를 잡고 앉았다. 이 도시에서의 모든 일을 정리하고, 손을 씻고 짐을 싸고 모든 준비를 마친 다음 출발할 시간을 기다리는 이민자가 된 기분이었다. 머리가 맑아지기 시작했다. 나는 코냑을 두 잔 마시면서 입구에 시선을 고정시켰다.

8시 15분 전에 목표물이 톨바 마르주끄와 함께 도착했다. 통화를 한 사람이 톨바였나? 이 뜻밖의 우정은 언제 시작된 걸까? 두 사람은 홀 반대쪽에 앉았다. 나는 그들이 코냑을 마시는 모습을 지켜보았다. 아침을 먹을 때 올해의 마지막 날을 몽세뇨르에서 보내자는 톨바 마르주끄의 제안에 내가 동의했던 것이 떠올랐다. 내가 새해를 축하하는 약속을 잡다니! 나는 구석에 앉아 두 사람이 술을 마시고 이야기를 나누며 웃는 모습을 지켜보았다.

나는 그의 눈에 띄지 않으려고 주의를 기울이지만 그는 거울을 통해 나를 흘끗 본다. 나는 그를 못 본 척하고 욕을 하면서 밖으로 나간다. 도로는 텅 비어 있다. 잠시 후 뒤에서 그의 발소리가 들린다. 나는 걸음을 늦추어 그가 나를 거의 따라잡게 만든다. 우리는 텅 빈 도로를 꽤 많이 걸었다. 그는 내게 다가왔다가 무방비한 등을 나에게 노출하지 않으려고 걸음을 늦춘다.

「나를 따라왔지! 처음부터 알고 있었어.」

「맞아.」 내가 차갑게 대답한다.

「왜지?」 그가 경계하며 묻는다.

「널 죽이려고.」 나는 외투에서 가위를 꺼낸다.

그가 가위를 본다. 「미쳤군.」

둘 다 정신을 똑바로 차리고 상대방을 경계하면서 공격이나 방어 태세를 갖춘다.

「네가 그녀를 지키는 사람은 아니잖아?」

「조라만을 위해서가 아니야. 그녀만을 위한 게 아니라고.」

「그러면 뭐 때문이지?」

「삶을 위해서야. 내 삶을 위해서. 널 죽이지 않으면 나에게 삶은 없어.」

「하지만 그러면 자네도 죽을 거야. 모르겠어?」

나는 더없이 초연하다. 다시 한 번 이민자가 된 기분이 들자 나는 그것을 즐긴다.

「내가 여기 있는 건 어떻게 알았지?」 그가 갑자기 묻는다.

「펜션에서 통화하는 걸 들었지.」

「그걸 듣고 나를 죽이기로 결심했나?」

「그래.」

「전에는 그런 생각을 한 적이 한 번도 없어?」 나는 움찔하지만 대답을 하지도, 물러서지도 않는다. 「날 정말로 죽이고 싶지 않아?」

「죽이고 싶어. 그리고 죽일 거야.」

「내가 통화하는 모습을 못 봤으면, 통화 내용을 듣지 못했으면 어떻게 하려고 했지?」

「나는 보고 들었어. 그러니 죽일 거야.」

「하지만 왜?」

나는 다시 움찔한다. 하지만 그를 죽이고 싶다는 욕망이 점점 더 강해진다. 「그냥 그렇게 됐어!」 나는 그를 찌르며 소리친다. 「받아. 이걸 받아!」

사르한이 톨바 마르주끄와 이야기하면서 웃는 소리가 들렸다. 그는 여러 번 일어났지만 결국 제자리로 돌아갔다. 나는 톨바 마르주끄를 저주했다. 그가 와서 모든 일을 망쳤다. 하지만 한 시간쯤 뒤에 톨바가 떠났다. 사르한은 혼자 앉아 있었고, 나는 그에게 인도받을 순간을 초조하게 기다렸다.

그는 계속 술을 마시면서 걱정스러운 듯 계속 출입구를 바라보았다. 다른 사람을 기다리고 있는 걸까? 나는 영영 기회를 잃는 것인가? 웨이터가 전화가 왔다며 그를 불렀다. 몇 분 후 사르한이 얼굴을 찌푸리고 완전히 낙담한 표정으로 돌아왔다. 그는 다시 자리에 앉지 않고 계산을 치렀다. 유리 칸막이를 통해 그를 지켜보니 그가 술을 파는 바로 가는 것이 보였다. 더 마시려나? 나는 그가 밖으로 나갈 때까지 기다린 다음 천천히 그를 따라나섰다.

내가 카페 문을 나섰을 때 그는 이미 길을 건넌 후였다. 나는 차가운 바람을 피해 코트를 단단히 여몄다. 가로등에 옅은 안개가 걸려 있었다. 도로는 텅 비었고 양쪽 덤불에서 바람 소리가 날 뿐 그밖에는 아무 소리도 없이 고요했다. 나는 벽에 바짝 붙어 조심스럽게 사르한의 뒤를 밟았다. 하지만 그는 자기만의 세계에 빠져서 주변 일은 안중에도 없었다. 외투를 입는 것도 잊어버리고 팔에 걸치고 있을 정도였다. 무슨 일이지? 식당에서 그는 계속 웃고 떠들어 댔다. 왜 갑자기 변했을까? 나는 단 한 가지 생각, 나의 유일한 구원에만 집착하고 있었다.

사르한이 팔마로 이어지는 한적한 시골길로 들어섰다. 이 시간이면 팔마는 어둡고 텅 비어서 아무도 없다. 〈어디로 가는 거지? 도대체 어떤 운명이 이런 식으로 그를 나에게 인도하는 걸까?〉 나는 사르한을 놓칠까 봐 서둘렀지만 사방이 칠흑같이 어두워서 공원 난간에 바짝 붙어 걸을 수밖에 없었다. 「공격할 준비를 해야 해.」 나는 혼잣말을 했다. 그런데 그가 갑자기 걸음을 멈추었다. 〈뭔가 벌어질 거야, 누군가가 올 거야.〉 나는 덜덜 떨었다. 〈기다리자.〉 그가 이상한 소리를 냈다. 말을 하는 걸까? 신호를 보내나? 아니다, 그는 토하고 있었다. 그런 다음 천천히 조금 걸어가더니 쓰러졌다. 술에 취해 뻗어 버린 거다! 술을 너무 많이 마셨다! 나는 조심스럽게 귀를 기울였지만 아무 소리도 들리지 않았다. 나는 사르한을 향해 기어가다가 어둠 속에서 그에게 걸려 넘어질 뻔했다. 그의 몸 쪽으로 몸을 숙이고 그의 이름을 부르려 했지만 소리가 목에 걸려서 나오지 않았다. 얼굴과 몸을 만졌지만 그는 꼼짝도 하지 않았다. 완전히 의식을 잃었다. 〈두려움도 고통도 없이 죽을 거야, 아메르 와그디가 바라던 것처럼.〉 그를 가볍게 흔들어 봤지만 꼼짝도 하지 않았다. 더 세게, 강하게 흔들었지만 어떻게 해도 깨어나지 않았다. 나는 화를 내며 일어나서 외투 주머니에 손을 넣고 가위를 찾았다.

아무것도 없었다. 주머니를 다 뒤져 봤지만 없었다. 잊어버리고 가지고 오지 않은 건가? 마담이 새해를 어떻게 축하할지 의논하러 왔을 때 나는 너무나 화가 나고 절망한 상태였다. 그래서 내가 뭘 가지러 갔는지 잊어버리고 가져오지 않은 것이다.

나는 내 자신에게, 그리고 누릴 자격이 없는 망각을 즐기고 있는 이 주정뱅이에게 화가 났다. 그의 갈비뼈를 한 번, 두 번, 세게 찼다. 나는 어느새 미친 사람처럼 그의 온몸을 걷어찼고, 마침내 분노와 흥분이 가라앉자 숨을 헐떡이며 철제 난간에 등을 기대고 생각했다. 〈내가 끝내 버렸어. 끝내 버렸다고!〉 나의 광기를 생각하자 구역질이 나면서 숨을 쉴 수가 없었다.

나는 미쳤다. 미친 사람이 어둠 속에서 미친 짓을 한다. 그리고 도레야가 있었다, 내 눈을 지그시 바라보면서, 거리의 사람들 사이로 사라지던 그녀가.

나는 조라가 무겁고 괴로운 잠을 자고 있을 것이라고 생각하면서 펜션으로 돌아왔다. 그런 다음 수면제를 먹고 침대에 몸을 던졌다.

남자가 내 어깨를 붙잡고 나를 밀어내고 있었다. 형이었다. 나는 그에게 소리쳤다. 「형이 날 영원히 망쳐 버렸어!」

사르한 알베헤이리

하이라이프 식료품점. 미식가들과 식도락가들에게 이 얼마나 근사한 광경인가. 오르되브르[41] 단지와 피클 병들, 과자와 찬 고기, 훈제 생선, 세계 각지에서 들여온 각종 포도주 병 위로 밝은 빛이 어른거린다. 나는 그리스 식료품점 앞에만 가면 어쩔 수 없이 발길을 멈춘다.

잘 익은 가을바람이 취할 듯한 향기를 실어 온다. 식료품점 앞에 서 있던 나는 계산대에 선 펠라하를 보고 〈저 뺨과 가슴을 키워 준 대지에 축복이 있기를!〉 하고 생각한다. 창가에 서서 포도주에 붙어 있는 가격을 유심히 살피던 중에 그녀를 발견했다. 내 시선은 올리브 통을 지나, 헤이그 앤드 헤이그 위스키와 듀어 위스키 사이를 미끄러진 다음, 햄 써는 기계를 뛰어넘어, 발칸식 코밑수염을 기른 주인을 향해 살짝 기울어진 그녀의 밤색 옆얼굴에서 멈추었다. 그녀는 식료품이 잔뜩 담긴 짚으로 만든 가방을 들고 있었는데 한쪽 끝에 조니 워커 위스키 병이 살며시 튀어나와 있었다.

41 서양 요리에서, 식욕을 돋우기 위하여 식사 전에 나오는 간단한 요리.

그녀가 가게를 나설 때 나는 그녀의 앞길을 가로막고 섰다. 우리는 시선이 마주쳤고, 내 눈에는 감탄 어린 미소가 떠올랐지만 그녀의 눈은 차가운 의문을 드러내고 있었다. 나는 그녀 뒤에 바짝 붙어 따라가면서 시골 처녀다운 아름다움에 찬사를 보냈다. 우리가 해안 도로에 도착했을 때 가을바람이 부른 스콜이 흐릿한 햇살에 물든 채 쏟아져 내렸다. 그녀는 일직선으로 빠르게 걸었고 미라마르라는 건물 입구에 도착하자 재빨리 뒤를 돌아보았다. 벌꿀 같은 갈색 눈은 매우 아름답지만 딱딱했고 아무 말도 담고 있지 않았다.

고향의 목화 따는 계절이 생각났다.

주말에 그녀를 다시 만났을 때 나는 그녀를 거의 잊고 있었다. 그녀는 마무드의 가판대에서 신문을 사고 있었다.

「정말 아름다운 아침입니다!」

내가 건넨 인사에 대답한 사람은 마무드였지만 그녀가 나를 흘깃 쳐다보았다. 나는 최면을 걸듯이, 매처럼 매섭게 그녀의 눈을 똑바로 바라보았다. 그녀는 서둘러 자리를 떠났지만 나는 이미 그녀의 움직임에서 처음 만났을 때와 같은 흥분을 느꼈다.

「당신 참 운도 좋군요!」 마무드에게 말하자 그는 천진하게 웃었다. 「저 여자는 누굴까나?」

「미라마르 펜션에서 일하는 여자입니다.」 그가 무심히 말했다.

나는 집에 보내려고 마무드에게 빌렸던 돈 중 일부를 갖고 분수 주변을 걸어 다니며 기술자 알리 바키르를 기다렸다.

정말 사랑스러운 펠라하군, 분명 기막힐 테지. 저기 그녀가 내 온 신경을 끌고 간다. 온 세상이 나를 기쁘게 했다. 내 욕망이 선사하는 흥분, 부드러운 햇살, 내 주변에서 기다리고 있는 수많은 사람들의 얼굴들. 나는 고향의 목화 따는 계절을 다시 한 번 떠올렸다.

....

알리 바키르는 10시쯤 왔다. 나는 마자리타의 리도 거리에 있는 아파트로 그를 데려갔다. 사페야가 준비를 마칠 때까지 기다렸다가 셋이서 메트로 극장에 갔고, 오후 1시에 극장에서 나왔다. 두 사람은 곧장 아파트로 돌아갔고 나는 키프로스산(産) 포도주를 한 병 사러 하이라이프 식료품점에 갔다.

계산대에 가니 그 펠라하가 또 서 있었다. 환상적이고 꿈같은 행운이 그녀를 데리고 온 것 같았다. 그녀는 내가 자기 뒤에 서 있음을 느끼고 뒤를 돌아보았고, 미소 짓는 내 얼굴을 보자 다시 고개를 돌렸다. 그러나 나는 포도주 병들 사이에 놓인 거울 속에서 그녀의 장밋빛 입술에 떠오르는 미소를 보았다. 펜션에 살면서 그녀의 따뜻한 사랑을 받으며 뒹구는 내 모습이 보이는 듯했다. 그녀는 내 영혼으로 몰래 들어와 내 마음을 휘저어 놓았다. 지금까지 이런 감정을 느낀 것은 대학 시절 딱 한 번밖에 없었다. 태양처럼 밝고 솔직한 저 미소! 고향에서 멀리 떠나와 펜션에서 혼자 이방인으로 살면서 길 잃은 개처럼 주인을 찾고 있는 시골 소녀.

「밝은 대낮만 아니라면 당신을 집까지 태워 줄 텐데.」 그녀와 나란히 가게를 나서며 내가 말했다.

「동정심도 〈정말〉 많으시네요!」 그녀가 진심으로 화를 내는 것은 아니었다. 나는 집으로 돌아오며 시골에 대한, 첫사랑에 대한 달콤한 꿈을 꾸었다.

알리 바키르는 쿠션 위에 다리를 꼬고 앉아 있고 사폐야는 부엌에서 음식을 만들고 있었다. 나는 알리 옆자리에 털썩 주저앉은 다음 그의 앞에 포도주 병을 내려놓았다. 「지옥이야. 그게 현재 물가에 대한 최신의 과학적 정의야.」

그가 내 팔을 잡았다. 「가족을 설득해서 학교를 무사히 다닌 줄 알았는데?」

「맞아. 하지만 고생은 좀 했지.」 나는 유산 중에서 내 몫으로 받는 소작료를 어머니와 형제들에게 넘겨주었다고, 허나 땅 4페단으로 오래 버틸 수는 없었다고 설명했다.

「넌 아직 젊어.」 그가 격려하듯 말했다. 「네 앞에는 밝은 미래가 있어.」

하지만 나는 그런 얘기라면 신물이 났다. 「현재나 신경 쓰자고. 저택도 차도 여자도 없는 인생이 무슨 가치가 있어?」

알리는 내 말에 동의하며 웃었지만 쟁반을 들고 들어오던 사폐야가 내 말을 듣고 무섭게 쏘아봤다.

「이 사람은 필요한 걸 전부 가지고 있어. 다만 심장이 차가운 개자식일 뿐이지.」 그녀가 기술자 바키르에게 말했다.

나는 한발 물러섰다. 「사실 여자는 있지만 다른 건 하나도 없어.」

「우리가 같이 산 지 1년이 넘었어. 난 내가 저 사람한테 돈 아끼는 법을 가르친 줄 알았는데, 알고 보니 저 사람이 나한테 돈을 마구잡이로 쓰는 법을 가르쳤지 뭐야.」 사페야가 투덜거렸다.

우리는 음식을 먹고 술을 마신 다음 낮잠을 잤고, 저녁이 되자 밖으로 나왔다. 사페야는 제네부아즈로, 알리 바키르와 나는 카페 드 라 페로 갔다.

「사페야는 아직도 너랑 결혼하고 싶어 해?」 커피를 마시며 알리가 물었다.

「제정신이 아닌 거지. 정신 나간 사람한테 뭘 바라겠어?」

「내가 걱정하는 건 —」

「그 여자는 머리를 구름 속에 넣고 산다니까. 게다가 난 이제 사페야한테 질렸다고.」

우리는 유리창 너머로 환한 저녁을 내다보았다. 나를 보는 알리 바키르의 시선이 느껴졌지만 무시했다. 나는 그 뒤에 일어날 일을 잘 알고 있었다.

알리가 갑작스레 말했다. 「이제 진지하게 얘기해 보자.」

나는 그를 보았다. 우리는 서로 마주 보았다. 너무 늦었다. 빠져나갈 길이 없었다.

「그래. 진지하게 얘기하자고.」

「좋아. 계획은 처음부터 끝까지 완벽하게 검토했어.」 그는 불안할 만큼 침착했다.

심장이 오그라들었다. 나는 무척 불안했지만 유혹을 느끼면서 그를 보았다.

「내가 감독이야. 너는 회계와 장부를 책임져. 트럭 운전사는 걱정할 필요 없고 경비원도 마찬가지야. 이제 네 사람이 모여서 코란에 대고 맹세만 하면 돼.」

나는 소리 내어 웃었다. 그는 깜짝 놀라 나를 보았고, 곧 자신이 막 뱉은 말이 얼마나 우스운 말인지 알아차렸다.

「그래, 알아.」 그 역시 웃으며 말했다. 「그래도 맹세는 해야 해. 물건을 가로채는 건 쉬워. 실 한 트럭을 암시장에 내다 팔면 얼마나 벌 수 있을지 생각해 봐. 안전한 작전이야. 한 달에 네 번은 할 수 있어.」

나는 알리의 말을 들으면서 멍하니 이런저런 생각에 빠져들었다.

「날 믿어. 딴 방법은 없어. 합법적으로 성공하겠다는 건 헛된 생각이야. 가끔 승진을 하거나 보너스가 나오긴 하겠지. 하지만 그게 뭐야! 그걸론 아무것도 살 수 없어. 달걀 하나가 얼마지? 양복 한 벌은 또 얼마고? 먹는 것도 마찬가지야! 자동차랑 저택이랑 여자가 있어야 한다고 했지? 좋아. 그걸 전부 사자고. 생각해 봐, 넌 아랍 사회주의 연맹에 들어갔고 위원회에도 선출됐잖아. 거기서 무슨 이득을 봤어? 노동자 중재에 자원해서 문제도 해결해 줬잖아. 한데 그들이 너한테 뭘 줬지? 천국으로 통하는 문이라도 열어 줬어? 물가는 계속 오르는데 월급은 계속 줄어들고 있어. 그리고 인생은 흘러가고 있지. 그래! 뭔가 잘못된 거야! 왜 그렇게 된 거지? 우리가 실험용 쥐처럼 이용당하고 있는 거야? 차라리 날 죽이라고!」

「언제 시작할 거야?」 내 목소리는 내 귀에도 이상하게 들렸다.

「앞으로 최소 한두 달은 기다릴 거야. 세세한 부분까지 정말, 정말 신중하게 계획을 짜야 해. 그런 다음에는 하룬 알라시드처럼 호화롭게 살게 될 거야.」

사실 나는 벌써 오래전에 그의 계획에 넘어갔지만 아직도 무척 초조했다.

「응? 어떻게 할래?」 알리가 내 눈을 날카롭게 바라봤다.

나는 웃음을 터뜨리고는 눈물이 날 때까지 웃었다. 그는 가만히 앉아 차가운 얼굴로 내게 시선을 고정하고 있었다. 나는 탁자 위로 몸을 숙이고 속삭였다. 「좋았어, 친구!」

알리는 나와 악수를 한 다음 카페를 나섰다. 혼자 앉아 있자니 갖은 생각이 떠올랐다. 며칠 전에 마무드 아부 알아바스와 나눈 이야기가 떠올랐다.

「조만간 당신의 경험과 도움이 필요할지도 몰라요.」 마무드가 말했다.

「무슨 일인데요?」

「별일 없으면 파나요티가 식당을 팔고 떠날 때 그걸 사려고요.」

나는 깜짝 놀랐다. 신문 가판대에서 일하면서 작은 식당을 살 정도로 큰돈을 벌었다고?

「뭘 해주면 되죠? 음식에 대해서는 그게 먹는 거라는 것밖에 모르는데.」

「아뇨, 장부 기록하는 법 좀 가르쳐 달라고요.」

나는 도와주겠다고 약속했다.

내가 가지고 있는 땅 몇 페단을 팔아 그와 동업을 할 수 있을지도 모른다는 생각이 들었다. 「동업자가 필요할지도 몰라요.」

하지만 마무드는 동업하기 싫은 것이 분명했다. 「아뇨, 혼자서 일하는 게 더 좋아요. 사업을 소규모로 유지하면서 정부의 관심을 끌지 않을 겁니다.」

....

사회주의 연맹 본부에서 토론을 마친 후에 암시장에 대한 이야기를 들었다. 회의가 끝난 뒤 나오는데 누가 내 이름을 불렀다. 걸음을 멈추고 돌아보니 라파트 아민이 사람들을 헤치며 다가오고 있었다. 대학 시절 이후로는 그를 본 적이 없었다. 우리는 친근하게 악수를 하고 함께 사람들 사이를 헤치며 도로 가로 나왔다. 라파트는 자기도 국영 합금 회사의 사회주의 연맹 기초 단체 당원이라 회의에 참석했다고 했다. 상쾌한 저녁이어서 우리는 해안 도로 쪽으로 걸었다. 마침내 우리 두 사람 말고는 아무도 없는 곳에 이르자 우리는 별 다른 이유 없이 단지 우리가 공유하는 기억, 잊을 수도 무시할 수도 없는 기억 때문에 동시에 웃음을 터뜨렸다. 우리가 함께 참석해서 박수를 치고 환호했던 수많은 회의들. 우리 둘 다 와프드당 학생 위원회 소속이었다.

「기억나?」

「물론이지! 누가 그 시절을 잊겠어? 우리가 국가를 상대로 싸웠지.」

「그랬지, 이제는 우리가 곧 국가지만!」

「다른 사람도 아닌 네가 그렇게 굳게 믿던 와프드에 등을 돌리다니, 생각도 못 했어.」 그가 또 한 번 웃으면서 말했다.

「넌 어떻고? 네가 충성스러운 와프드주의자였을 리는 없지. 이걸로 비겼어. 시작한 건 너야.」

「하지만 너는! 사회주의를 〈정말〉 믿냐, 너는?」 그가 팔꿈치로 나를 툭툭 치면서 물었다.

「물론이지.」

「흠, 무슨 말이지?」

「혁명이 이룬 업적은 눈먼 사람도 볼 수 있어.」

「하지만 넌 눈이 멀지 않았잖아, 안 그래?」

「난 진심이야.」 나는 진지하게 말했다.

「그래서 네가 혁명적인 사회주의자라고?」

「물론이지.」

「잘됐군. 그럼 이제 우리가 밤을 즐길 수 있는 곳으로 안내해 봐.」

나는 그를 제네부아즈로 데려갔다. 자정이 되었고 사페야를 기다리고 싶었지만 그녀는 리비아인 고객과 함께 나간다고 했다.

나는 스트랜드 극장에서 나오다가 사페야 자글룰 거리에서 그 예쁜 펠라하가 늙은 그리스 여자와 함께 지나가는 것을 보았다. 갈색 피부에 매혹적인 눈, 성숙한 몸매. 보도는 사람들로 붐볐다. 차갑고 짭짤한 바람을 맞으면서, 둥근 하늘에 후광처럼 걸려 있는, 보풀을 세운 무명실 뭉치처럼 깨끗한 구름을 보고 있노라니 순수하고 깨끗한 기분이 들면서 행복 그 자체가 내 마음에 내려앉은 것만 같았다. 두 여자는 사람들 사이를 누비며 나아갔다. 나는 한 발 물러서서 두 사람에게 길을 터주었고 고개를 살짝 끄덕이고 눈을 찡긋하여 그녀에게 인사했다. 그녀가 조심스럽게 미소를 지었다. 좋아. 조심스러운 미소, 그 안에는 뭔가 있었다. 나는 무척 기뻤다. 푸른 들판에서 신선한 깍지콩을 갓 따서 입에 넣었을 때처럼 달콤한 맛이 느껴졌다.

해 질 무렵 나는 커피를 마시면서 그녀의 얼굴을 보았다. 잠을 오래 잔 탓에 그녀의 눈은 퉁퉁 붓고 빨갛게 충혈되었고 두꺼운 입술은 축 쳐져 있었다. 이른 저녁이면 항상 그렇듯이 최악의 모습을 한 그녀는 내가 그녀에게 무슨 말을 하려는지 짐작도 못 하고 있었다.

「사페야?」 나는 최대한 슬픈 어조로 말을 꺼냈다. 그녀가 나를 올려다보았다. 「난 궁지에 몰렸어. 우리는 어이없는 상황에 함께 맞서야 해.」 그녀가 경계심 가득한 눈으로 나를 쏘아보며 설명해 보라는 뜻의 손짓을 해보였다. 「우리가 사는 방식을 바꿔야겠어. 같은 아파트에서 같이 사는 거 말이야.」 그녀는 얼굴을 찌푸리면서 싸울 준비를 하고 고개를 들었다. 「참 큰일이지, 게다가 집도 없으니 말이야. 그런데 어제 어떤 동료가 언질을 주더라고. 내가 관리자 조사에 대해서 말했던 거, 당신도 기억하지? 관리자들이 온갖 일을 캐고 다니면서 여기저기 물어보고 다녔대. 물론 당신도 나만큼이나 내 출세에 신경 쓰고 있을 거야.」[42]

「하지만 우린 벌써 1년 반이나 같이 살았잖아.」 그녀가 항변했다.

「정말이지 내 인생에서 가장 행복한 시절이었어. 아무도 몰랐다면 영원히 같이 살 수도 있었을 거야. 하지만……」 나는 운세라도 점치는 것처럼 빈 잔을 내려다보았다. 「하지만 내 운이 다했나 봐. 다시 지저분한 독신자용 아파트에서 혼자 살아야 할 것 같아. 더럽고 작은 호텔이나 사람들이 붐비는 펜션에서 살아야 할지도 몰라.」

「방법은 〈분명히〉 있어!」 그녀가 식식거렸다. 「그렇다는 건 당신도 〈분명히〉 알아. 다만 은혜도 모르는 나쁜 놈이라서 그렇지!」

「난 솔직했어. 처음부터 말했잖아, 난 결혼을 할 만한 사람이 아니라고. 언제나 당신을 사랑할 거야. 하지만 신께서 나를 결혼할 만한 사람으로 만들지 않으셨어.」

「신께서 당신에게 심장을 주지 않으셨으니까.」

「그렇다면 이런 이야기를 계속 되풀이할 필요 없잖아.」

그녀가 내 눈을 깊이 들여다보며 말했다. 「날 떠나고 싶어?」

「사페야, 그만둬. 만약 그런 거였다면 이미 오래전에 떠나겠다고 말했을 거야.」

그녀는 극도로 화를 냈다. 얼굴을 찡그리자 순간 그녀의

---

[42] 이집트와 이슬람 국가에서 자유연애와 비합법적인 부부 생활은 형법상의 범죄로 간주된다.

얼굴이 더 못생겨 보였다. 나는 그녀가 나를 미워하면서 내가 떠나가게 내버려 두면 좋겠다고 생각했다.

〈우린 끝났어. 심판의 날에 우리 두 사람의 잘잘못을 따지면 아마 똑같을 거야. 나는 사페야가 특별한 날에 선물한 것을 빼면 전부 그녀와 공유했고, 선물들은 집에 보냈기 때문에 돌려줄 수가 없었어. 다른 남자들은 부끄러운 줄도 모르고 정부들을 착취해. 그래, 내가 여자한테 돈을 쓰는 데 익숙하지 않은 건 사실이야. 어쨌든 마지막으로 이렇게 싸울 것 정도는 예상하고 있었어. 예전에도 다 겪어 봤으니까. 대학 때 진정한 사랑에 빠진 적이 있었지만 그녀를 너무 늦게 만났지. 정말 멋진 한 쌍이 되었을 거야. 그녀는 멋진 미래를 가진 아름다운 소녀였어. 환자들에게서 돈이 굴러들어 오는 부유한 의사의 딸이었지. 하지만 그게 이제 와서 무슨 소용이람? 너무 늦었어. 어쨌든, 난 다시 사랑에 빠졌어. 그래, 나는 그 펠라하와 사랑에 빠진 것 같아. 제네부아즈에서 사페야를 만났을 때 끌렸던 것과 마찬가지로 육체적인 끌림일 뿐이겠지만.〉

「오래 묵을 방을 빌리고 싶은데요.」

여자의 호기심 어린 푸른 눈이 만족감으로 빛난다. 성모상 아래 소파에 기대앉은 그녀는 쇠퇴한 명문가 태생이라는 분위기가 풍기고, 과산화수소를 이용해서 금발로 염색한 머리카락은 그녀가 과거에 절박하게 매달리고 있음을 보여 준다. 그녀는 부끄러운 기색도 없이 방값을 놓고 끈질기게 실랑이를 벌이면서 여름이 되면 더 많이 내야 한다고 고집을 피운다.

「알렉산드리아에 지금 막 도착했나요?」

그냥 지나가는 질문이 아니다. 이것을 시작으로 질문 공세가 이어진다. 나는 직업과 나이, 고향, 결혼 여부를 알려 준다.

우리가 이야기를 나누고 있을 때 펠라하가 들어온다. 그녀는 얼굴을 붉히며 고개를 숙이더니 흘끔거리면서 어떤 상황인지 살핀다. 마담은 소녀가 느끼는 혼란이나 그녀의 상기된 얼굴을 알아차리지 못한다. 마담이 마지막으로 남은, 거리가 내려다보이는 방을 보여 줄 때쯤에 그녀와 나는 이미 오랜 친구 같은 사이가 되었다.

방은 마음에 든다. 나는 커다란 안락의자에 편하게 앉는다. 마담이 소녀를 부르는 소리가 들렸기 때문에 물어보지 않고도 그녀의 이름을 알게 되었다. 잠시 후 소녀가 새 시트와 담요를 들고 침대를 정리하러 들어온다. 나는 편안한 자세로 앉아 행복하게 그녀를 바라보며 머리카락과 섬세한 얼굴의 생김새, 큰 키와 몸매를 면밀하게 살핀다. 세상에! 정말 미인이군! 정말 매혹적이야! 게다가 특색 있기도 하고! 그녀는 나를 훔쳐보려 하지만 나는 경계를 늦추지 않는다. 나는 난처해하는 그녀를 보며 미소를 짓는다.

「정말 기뻐요, 조라!」 그녀가 못 들은 척하면서 일을 계속한다. 「당신께 신의 축복이 있기를! 당신은 고향을 생각나게 하는군요.」 조라가 미소를 짓는다. 「내 소개를 하지요. 언제든지 당신을 모실 사르한 알베헤이리라고 합니다.」

「베헤이리라고요?」 그녀가 묻는다.

「베헤이라의 파르꽈사 출신이죠.」

「전 자야디야 출신이에요.」 그녀가 미소를 참으려고 입술을 깨문다.

「세상에!」 우리가 같은 주 출신이라는 것이 사랑의 길조라도 되는 듯이 나는 행복에 겨워 외친다.

그녀가 일을 마치고 나가려 하자 나는 애원한다. 「조금만 더 있어요. 아직 할 말이 많아요.」

조라는 순진하게, 교태를 부리는 것처럼 고개를 젓고 방에서 나간다. 그녀가 거절을 해서 기쁘다. 뭔가 특별하다. 보통 투숙객에게 저런 태도를 보이지는 않을 것이다. 이제 그녀를 꺾기만 하면 된다. 하지만 아직 순결한 것 같으니 쉽게 허락할지는 모르겠다.

나는 조라를 사랑하고, 그녀 없이는 살아갈 수가 없다. 함께 다른 곳으로, 여기서 멀리 떨어진 곳으로 가면 좋겠다. 이 펜션에는 분명 귀찮고 호기심 많은 바보들이 가득할 것이다.

아침 식사 시간에 낯선 노인 둘을 소개받는다. 아메르와 그디는 나이가 너무 많아서 꼭 미라 같지만 유쾌한 사람이다. 예전에는 기자였다고 한다. 다른 사람은 톨바 마르주끄라고 하는데, 왠지 익숙한 이름이다. 그는 재산을 몰수당했다. 톨바 마르주끄가 왜 이 펜션에 왔는지는 모르지만 나는 처음부터 그에게 무척 관심이 갔다. 평범하지 않은 것은 무엇이든 흥미롭다. 범죄자나 광인, 형을 선고받은 사람이나 재산을 몰수당한 사람. 톨바 마르주끄는 찻잔만 빤히 바라보면서 내 시선을 피한다. 경계심 때문일까, 자존심 때문일까? 나는 톨바와 같은 고위층에 대한 승리감과 그의 개인적인 고통에 대한 동정심이 섞인 복잡한 감정으로 그를 바라본다. 하지만 이상하게도 국가가 재산을 몰수한다는 생각에는 경계심이 느껴진다. 결국 누구에게든 일어날 수 있는 일이니까.

아메르 와그디는 내가 경제 분야의 전문가라는 사실에 호의를 보인다. 「이제 국가는 경제 전문가와 기술자들에게 의지하고 있지요.」 그는 예의 바르게 말하지만 나는 알리 바키르의 계획이 떠올라 마음이 무거워진다. 「예전에는 연설문을 쓰는 사람들이 중요했소.」 내가 냉소적으로 웃자 노인은 상처를 받는다. 그는 비판을 하려는 것이 아니라 사실을 말했을 뿐이다. 아메르 와그디가 계속해서 자기 세대를 변호한다. 「우리의 임무는 오랫동안 잠들어 있던 민중을 깨우는 것이었다오. 그러려면 말이 필요하지. 경제나 기술이 아니라.」

「어르신의 세대는 명예롭게 그 의무를 다하셨습니다.」 나는 사과의 뜻으로 말한다. 「그렇지 않았다면 우리가 우리 의무를 다할 수 없었을 겁니다.」

다른 노인 톨바 마르주끄는 우리가 대화를 나누는 내내 아무 말도 하지 않는다.

내 마음은 순진무구함을 되찾았기에 이 아름다운 아침과 맑고 푸른 바다, 태양의 복된 따스함만큼이나 젊다. 어떤 활기가 내 핏속을 흐르며 노래하는 것 같다. 숨을 쉴 때마다 삶에 대한 사랑이 더욱 커진다. 나는 공장 일을 잘 마치고 옛날 아파트에서 사페야와 함께 점심을 먹는다. 그녀가 나를 뚫어질 듯 바라보자 나는 우울한 척하면서 펜션에서 지내는 것이 너무 외롭다고 불평한다. 「오래 견딜 수 있을 것 같지가 않

아. 부동산 중개업자한테 아파트를 하나 구해 달라고 부탁해 놨어.」 나는 또다시 은혜도 모르는 나쁜 놈이라는 지겨운 말을 듣는다. 점심을 먹은 후 그녀와 한 침대에 들면서 생각한다. 언제쯤 되어야 이 힘겨운 노동에서 해방될까?

그런 다음 펜션으로 돌아와 보니 조라가 아메르 와그디의 방으로 커피를 가져가고 있다. 시계가 5시를 알리자 나는 차를 한 잔 주문한다. 꽃처럼, 혹은 노래처럼, 검은 머리카락과 짙은 피부색, 유쾌한 눈을 가진 멜로디처럼 활짝 핀 그녀가 들어온다. 나는 잔을 건네는 그녀의 손을 더듬는다.

「나는 이 방에 갇힌 포로야. 당신 마음대로 할 수 있어.」 내가 속삭인다.

그녀는 얼굴을 찡그려 흔들리는 마음을 숨기며 돌아선다.

「사랑해!」 나는 그녀를 향해 외친다. 「절대로 잊지 마.」

다음 날 오후, 조라를 대화에 끌어들이려 하자 그녀도 응해 준다. 그녀에 대한 정보를 최대한 많이 얻고 싶다.

「어떻게 자야디야에서 여기까지 왔지?」

「생계를 꾸려야 했어요.」 조라가 소박한 시골 말투로 말한다. 그녀는 가족에 대한 이야기와 고향에서 달아나 아버지의 옛 고객이었던 마담에게 의탁하게 된 사정을 이야기해 준다.

「하지만 마담은 외국 사람이잖아. 그리고 당신도 알겠지만 펜션은 시장 바닥이나 마찬가지야.」

「나는 밭에서 일을 했어요. 시장에서도 일했고요.」 조라가 자랑스럽게 대답한다.

이 여자는 바보가 아니다. 하지만 조라의 이야기를 있는 그대로 받아들여야 할까? 고향에서 달아난 시골 소녀들은 그곳에 뭔가를 남기고 오는 법이다.

「우리가 이 펜션에서 만나려고 그런 일이 일어난 거야.」 나는 그녀에게 매료되어 그렇게 말한다.

조라는 이상하다는 듯 여전히 의심을 버리지 않고 나를 바라보지만, 나를 좋아하는 기색은 숨기지 못한다.

「사랑해! 난 당신에게 이 말을 하고 또 하지 않을 수가 없어, 조라.」

「이제 됐어요.」 그녀가 중얼거린다.

「아니야! 나는 당신 입술에서 똑같은 말이 흘러나오는 걸 들을 때까지, 당신을 내 품에 꽉 끌어안을 때까지 그만두지 않을 거야.」

「당신이 바라는 게 그거예요?」

「그래. 난 인생에서 다른 즐거움을 찾을 수가 없어.」

조라는 화를 내거나 기분 나빠 하지는 않았지만 아무렇지도 않은 얼굴로 방에서 나갔다. 나는 기뻤다. 예전에 그랬던 것처럼 결혼을 하고 싶다는 갈망이 샘 밖으로 넘치는 물처럼 넘쳐흐른다. 진심으로 정말 그럴 수 있으면 좋겠어, 조라, 하지만…… 만약에…… 아, 빌어먹을! 뻔한 사실 따위, 벼락이나 맞으라지!

미라마르 펜션의 투숙객이 두 명 더 늘어났다. 호스니 알람과 만수르 바히. 나는 그들과 알고 지내고 싶다. 나에게는 일종의 사냥 본능이 있는지라 내가 잡은 사냥감에 새로운 친구와 지인을 끝없이 더하고만 싶다.

호스니 알람은 탄타의 저명한 가문 출신이다. 재산을 가진 신사다. 땅을 1백 페단 가지고 있고 키가 크고 잘생겼으며 건장한 체격이다. 모두가 그리 되고 싶어 할 만한 사람이다. 나는 추상적으로는 호스니 알람이 속한 계층을 싫어하지만 운 좋게 그 계층 사람들과 친하게 지낼 기회가 생기면 누구에게든 쉽게 매료된다. 호스니에게도 나름대로 여러 문제가 있겠지만, 그가 얼마나 풍족한 삶을 살고 있는지는 쉽게 상상할 수 있다. 그가 내 생각대로 선심을 잘 쓰는 사람이라면 나와 그는 즐거운 밤을 무수히 보낼 수 있을 것이다.

만수르 바히는 호스니 알람과 무척이나 다른 인물로, 거물 경찰의 동생이며 알렉산드리아 방송국에서 일한다. 이 사람도 괜찮지만 — 사실 유용할 수도 있다 — 너무 내성적이다. 생긴 것도 무척 섬세하고 아이처럼 순진하지만 동상처럼 차갑다. 그의 성격을 파악할 열쇠는 어디 있을까? 그의 진짜 생각이 뭔지 어떻게 하면 알 수 있을까? 고향 사람들에게서 알렉산드리아에서 일자리를 찾고 싶다는 부탁을 많이 받으니 친구가 한두 명 더 생기면 좋을 듯하다. 게다가 경찰 고위 간부와 친분을 쌓으면 여러 상황에서 유용하니까.

나는 조라를 붙잡는다. 그녀가 탁자에 찻잔을 내려놓을 때까지 기다렸다가 그녀의 팔을 잡는다. 조라가 균형을 잃고 커다란 안락의자에 앉아 있는 내 무릎 위로 쓰러진다. 나는 그녀를 두 팔로 안고 곡선을 그리는 뺨에 — 조라의 얼굴 중

그 부분밖에 안 보인다 — 입을 맞춘다. 재빠르고 굶주린, 성급한 입맞춤이다. 그녀가 내 품에서 벗어난다. 조라는 억센 손으로 나를 밀어낸 다음 펄쩍 뛰어올라 재빨리 내게서 떨어진다. 나는 기대에 차서 그녀를 바라보며 미소 짓는다.

조라의 표정이 잘 여문 가을 아침의 바다처럼 부드러워진다. 나는 더 가까이 오라고 하지만 그녀는 가까이 오려 하지 않는다. 하지만 달아나지도 않는다. 나는 욕망을 주체하지 못하고 자리에서 일어나 그녀를 다시 품에 안는다. 조라도 거의 저항하지 않는다. 우리의 입술이 서로 만나 길게 굶주린 듯 입맞춤을 한다. 나는 그녀의 머리카락 향기를 흠뻑 들이마신다. 나는 속삭인다. 「오늘 밤에 날 찾아와.」

그녀가 나를 뚫어지게 본다. 「뭘 원해요?」

「〈당신을〉 원해, 조라.」 내 앞에 서 있는 그녀의 눈빛이 진지해진다. 「올 거야?」

「내게서 뭘 원하세요?」 조라가 날카롭게 묻는다. 나는 그녀의 말투 때문에 조금 정신을 차린다.

「이야기를 하는 거야.」 내가 말했지만 별로 설득력 없다. 「그리고 사랑을 나누는 거지.」

「지금 그러고 있잖아요.」

「맞아, 하지만 너무 급하고 너무 겁을 먹고 있잖아. 그건 일을 망치고 만다고.」

「난 당신을 믿지 않아요.」

「당신은 날 이해 못 해, 조라!」

그녀가 의심스럽다는 듯 머리를 쳐든다. 그럼에도 불구하고 미소를 지으며 방에서 나간다.

비참한 기분이 든다. 그녀가 저명한 가문 출신이거나, 교육을 받았거나, 돈이 많다면 얼마나 좋을까. 나는 계속해서 욕을 퍼붓는다.

움 쿨툼 독창회가 방송되는 날이다. 알리 바키르의 집에서 독창회와 어울리는 조용한 분위기 속에서 음악을 들으며 밤을 보낼 생각이었는데 라파트 아민이 자기 집으로 나를 초대했다. 하지만 나는 잠시 생각한 끝에 투숙객들과 친목을 도모할 요량으로 펜션에 남기로 했다.

커다란 쟁반에 시시 케밥[43]이 담겨 있다. 나는 공격을 시작하기 전에 술부터 얼른 한두 잔 마셔 둔다. 그런 다음 베헤이리 가문이 얼마나 훌륭한지, 회계부 차장이라는 지위가 얼마나 중요한지 장황한 이야기를 늘어놓는다. 단순히 자랑을 하기 위해서가 아니라 알리 바키르의 계획이 실현되었을 때 내가 보여 줄 부유함에 남들이 의심을 품지 않도록 포석을 까는 것이다. 하지만 그들은 곧 화제를 바꿔 정치에 대해 이야기를 나눈다. 정치라는 주제는 피할 수가 없다. 들으셨습니까? 어떻게 생각하십니까? 사실을 말하자면…… 기타 등등. 이들에게 나는 혁명을 대표하는 사람일 것이다. 만수르도 어느 정도는 그렇게 보일지도 모른다. 물론 우리는 다 같이 혁명을 칭송하고 혁명의 미래를 위해 건배하며 술을 마신다.

나는 언뜻 조라를 보았다. 그녀는 혁명을 전폭적으로 지지

---

43 중동 지역 요리로, 양고기, 쇠고기 등을 양념해 꼬챙이에 끼워 구운 것.

한다. 언젠가 그녀가 내가 듣는 앞에서 혁명을 위해 기도를 드렸던 일이 떠올랐다. 나는 더할 나위 없이 순진하고 진심 어린 그녀의 기도를 듣고 무척 감동했었다.

만수르 바히가 내 충성심을 의심하고 있는 건 아닐까? 친구여, 혁명의 적이 당연히 나의 적이라는 사실을, 혁명이 나에게는 무척이나 좋은 것이라는 사실을 모르겠소?

「혁명으로 생긴 기회도 많지만 사라진 기회도 많아요.」
「민중을 생각해 봐요.」
「좋습니다. 하지만 사치를 일삼는 탐욕스러운 사람들은요?」
「그런 사람들이 혁명의 진짜 적입니다. 그런 사람들로 혁명을 판단해서는 안 됩니다.」

나는 마담 마리아나가 정말 좋다. 그녀가 우리 나라 음악을 좋아하기 때문만은 아니다. 눈치가 빠른 데다 그리스에 대한 채울 수 없는 향수 때문에 항상 되풀이해서 들려주는 옛날 이야기가 재미있다. 그리고 그녀의 지나간 사랑들에 관한 이야기나 안락한 삶에 취약한 성격으로 보아 마담이 나와 비슷한 사람이라는 것을 쉽게 알 수 있다. 마담 같은 사람은 기본적으로 유목민이라 어디든 행복을 발견할 수 있는 곳을 집이라 여기며 만족한다.

아메르 와그디는 대단히 흥미로운 고대의 유적 같다. 만수르 바히 박사께서 발견하신, 우리 역사상 대단히 흥미로운 시대의 기념비. 아아, 하지만 우리는 그 시대에 대해 너무나 모른다.

우리가 혁명에 대한 칭송을 늘어놓자 톨바 마르주끄도 끼어들어 한마디 보탠다. 나는 그의 흥미로운 위선에 경의를 표하지 않을 수 없다. 인류가 그 모든 것을 정복하고 발명했음에도 불구하고 대단히 어리석고 멍청하다는 말은 정말이지 진실인 것이다.

가끔씩 적들을 한자리에 모아 놓고 함께 술을 마시고 좋은 음악을 들으며 밤을 보내게 하는 것도 괜찮겠다는 생각이 문득 떠올랐다.

「그렇다면 당신은 천국과 지옥을 믿지 않는군요?」
「어디든 존엄성을 지키며 평화롭게 살 수 있는 곳이 천국이지요. 지옥은 그 반대고 말입니다.」

내가 농담을 하자 만수르가 어린아이처럼 즐겁게 웃는다. 나는 곧 그를 움직일 힘이 무엇인지 알아낼 거라는, 오늘 밤 함께 음악을 즐기고 나면 우리가 변하지 않는 친구가 되어 있을 거라는 희망을 갖기 시작한다.

호스니 알람은, 아 호스니 알람이여, 만세! 이날 저녁에 그는 몸소 듀어 위스키 두 병을 제공했고, 시골 대지주처럼 위풍당당하게 앉아 우리의 잔을 채워 주며 호탕하게 웃고 있다. 자정 무렵, 그가 갑자기 사라지자 모임은 약간 김이 새고 만다.

평소처럼 음악을 즐길 수도 없고 사람들과 어울려서 움 쿨툼의 노래를 따라 부를 수도 없다. 나는 조라에게만 온통 신경을 곤두세우고 있다. 그녀가 우리를 시중들면서 움직일 때도, 칸막이 옆에 앉아 웃고 마시는 우리를 지켜보면서 신기하다는 듯 미소를 지을 때도, 우리 둘 사이에 강한 전류가 비밀스럽게 흐르는 것 같다. 우리는 멀리 떨어져 앉아 있지만 남몰래 시선을 마주치고 몰래 끌어안으며 연인의 입맞춤과 고문을 주고받는다.

확실히, 저 남자를 본 적이 있다. 그는 사드 자글룰 거리 쪽에서 트리아농 방향으로 걸어오고 있었고, 나는 광장 쪽에서 걸어가고 있었다. 톨바 마르주끄였다. 그가 외출복을 입은 모습은 처음 보았는데, 두꺼운 외투에 짙은 붉은색 터키 모자를 쓰고 목도리를 두르고 있었다. 나는 정중하게 악수를 한 다음 커피나 한잔 마시자고 간곡히 청했다. 우리는 카페에 들어가서 유리문 너머로 바다가 보이는 쪽에 자리를 잡았다. 바람이 사드 자글룰 동상 주변에 심긴 야자나무 꼭대기를 희롱하고 있었다. 하늘은 가벼운 구름으로 뒤덮이고 구름의 가장자리는 태양빛을 받아 부드럽게 빛나고 있었다.

우리는 일상적인 이야기를 주고받았다. 나는 그에게 깊은 존경과 동정심을 표하려고 최선을 다했다. 그가 완전히 파산했을 리는 없다. 자신감을 보이는 데는 분명 이유가 있을 것이다. 투자를 하고 싶지만 아직 남은 돈이 있다는 사실을 드러내기 두려운 것일지도 몰랐다. 나는 생활비가 너무 많이 올랐다는 이야기를 꺼냈다.

「저처럼 젊은 사람은 정부 월급에만 기대서 살아가기가 힘듭니다.」

「그럼 어떻게 하나?」

「사업을 시작하려고 생각 중입니다.」 나는 비밀을 고백하듯 낮은 목소리로 말했다.

「돈은 어디서 구하려고?」

「땅을 몇 페단 팔고 동업자를 구하려고요.」 나는 순진한 미소를 지어 보였다.

「하지만 정부에서 일하면서 사업을 해도 되는가?」

「안 되죠!」 내가 미소를 지으며 말했다. 「사업은 몰래 할 겁니다.」

그는 내게 행운을 빌어 준 다음 내가 있다는 사실을 까맣게 잊은 듯 신문을 펼쳤다. 어쩌면 정말로 아무것도 안 남았는지도 몰라. 아니면 술책인가? 어쨌거나 나는 그에게서 뭔가를 얻어 낼 희망을 모두 잃고 말았다.

그런데 갑자기 툴바 마르주끄가 동독에 대한 기사의 붉은 표제를 가리키며 말했다. 「〈그들이〉 서독과 비교했을 때 얼마나 가난한지 자네도 들어 봤겠지?」 나는 그렇다고 대답했다. 그는 외국 정세를 이용해 국내 정치에 대해서 이야기하고 있었다. 「러시아는 위성 국가들에게 줄 게 하나도 없지. 근데 미국은 —」

「하지만 우리는 러시아로부터 정말 소중한 원조를 받았습니다.」

「그건 다르지.」 툴바가 성급하게 말했다. 「우리는 러시아

위성 국가가 아니야.」 그는 경계를 게을리하지 않았다. 나는 내가 뱉은 말을 후회했다. 「러시아도 미국도 세상을 지배하고 싶어 하지. 우리가 중립을 지키는 것은 정말 가장 현명하고 가장 탁월한 정책이야.」 나는 톨바의 마음을 잃었다. 그의 마음을 되돌리기가 쉽지 않다는 사실을 아는 터라 아쉽게 느껴졌다.

「7월 혁명이 아니었다면 전국에서 유혈 사태가 일어났을 겁니다.」

그가 내 말에 동의하며 터키모자를 쓴 머리를 끄덕였다. 「신은 위대하시지. 신의 지혜를 찬양할지어다, 우리를 구원한 것은 그것밖에 없으니!」

「어딜 다녀오세요? 어머, 벌써 사흘 동안이나 못 뵈었네요! 그래, 드디어 저를 기억해 주셨군요! 그런데 이미 버린 여자를 왜 기억하셨어요? 내가 말 안 했어? 당신은 은혜도 모르는 나쁜 놈이라고? 멍청한 변명이라면 할 생각도 마. 엄청나게 중요하다는 당신 일 얘기는 꺼내지도 말라고. 이 나라 장관도 당신만큼 자기 정부(情婦)를 무시하지는 않을 거야.」

나는 둘의 유리잔에 포도주를 따르면서 혐오감을 억누르고 기분 좋게 미소 짓는다. 사페야를 더는 견딜 수가 없다. 이제는 아예 독재자처럼 행동하니 없애 버릴 수밖에. 그녀로부터 영영 해방되는 거다.

조라가 내 찻잔을 가지고 들어오는 모습을 보면 세상 모든 근심이 사라진다.

우리는 한참 동안 포옹을 한다. 그녀의 입술과 뺨, 이마와 목에 입을 맞추고 내 입술을 눌러 오는 그녀의 입술을 음미한다. 그녀가 한숨을 쉬며 약간 뒤로 물러나 말한다.「가끔은 사람들이 전부 다 알고 있다는 생각이 들어요.」

「그러시라지!」사랑의 황홀경에 빠진 나는 되는대로 내뱉는다.

「〈당신은〉 신경 쓰지 않겠지만 —」

「내가 신경 쓰는 건 하나밖에 없어, 조라.」 나는 그녀를 바라본다. 내 눈이 진심을 말해 줄 것이다. 나는 조라에게 애원한다.「같이 살자. 여기서 멀리 떠나서.」

「어디서요?」 그녀가 의심스러운 듯 묻는다.

「우리 둘만의 집에서.」

조라는 나의 다음 말을 기다리지만 내가 아무 말도 하지 않자 실망으로 눈빛이 흐려진다.「무슨 뜻이에요?」

「내가 당신을 사랑하는 것처럼 당신도 나를 사랑하잖아.」

「사랑해요.」 그녀가 낮은 목소리로 말한다.「하지만 당신은 날 진정으로 사랑하지 않아요.」

「조라!」

「당신은 다른 사람들처럼 저를 무시하고 있어요.」

「당신을 사랑해. 신께서 내 증인이야.」 나는 진심을 담아 말한다.「진심으로 당신을 사랑해.」

그녀는 슬픈 표정으로 잠시 생각에 잠긴다.「내가 당신과 동등한 인간이라고 생각해요?」

「무슨 소리야, 당연하지.」 조라는 고개를 젓는다. 나는 그녀가 무슨 말을 하려는지 깨닫는다. 「하지만 해결할 수 없는 문제들도 있는 거야.」

조라는 여전히 고개를 젓는다. 이제는 기분이 언짢아 보인다. 「나도 고향에서 문제가 있었지만 굴복하지 않았어요.」

그녀가 이렇게 자존심이 강할 줄은 몰랐다. 욕망이 나를 깊은 심연의 가장자리까지 끌고 가는 것이 느껴진다. 나는 가장자리에 발을 담그기까지 했지만 심연에 빠지기 직전에 벗어난다. 사실 온 힘을 다해 겨우 빠져나왔다. 나는 조라의 손을 잡고 손등과 손바닥에 입을 맞춘 다음 그녀의 귓가에 속삭였다. 「당신을 사랑해, 조라!」

호스니 알람의 강인하고 잘생긴 얼굴을 보면 시내에서 늘 보내곤 하는 근사한 밤들이 떠오른다. 하지만 그가 사업을 시작하기 위해 알렉산드리아에 왔다는 이야기를 듣고 나는 그 즉시 태도를 바꾼다. 톨바 마르주끄는 허깨비일 뿐이니 버리는 게 낫다. 하지만 호스니는 일을 하려고, 무언가를 성취하려고 굳게 결심한 사람이다. 내가 해야 할 일은 그의 계획에 끼어드는 것이다. 단순히 일이나 성공의 문제가 아니다. 호스니 알람이 알리 바카르의 파멸적인 계획에서 나를 구해 줄지도 모른다. 아쉬운 것은 호스니는 너무나 변덕스러워 붙잡기가 힘들다는 것이다. 그는 계획 중인 사업에 대해 몇 번 말한 적이 있지만 늘 헛된 꿈을 꾸면서 차를 타고 나가 어이없는 속력으로 달릴 뿐이다. 옆 좌석에는 늘 여자들이 타고 있다.

「세상 물정에 밝은 사람은 빈둥거리기만 하면서 시간을 보내지 않지요.」 나는 그에게 충고한다.

「그러면 어떻게 시간을 보냅니까?」 그가 재미있다는 듯 묻는다.

「글쎄요.」 나는 진지하게 대답한다. 「계획을 꼼꼼히 검토하고 모든 각도에서 살핀 다음 행동에 옮기지요.」

「그렇군요, 하지만 나는 놀면서 검토하고 살피는 게 더 좋습니다. 우리가 사는 이 세상이 곧 종말을 맞이할 테니 말입니다.」 그가 우렁차게 웃는다.

〈오, 신이시여!〉 나는 절망에 빠져서 마음속으로 한탄한다. 〈저는 큰돈을 벌고 싶고, 다른 사람이 큰돈을 버는 것 또한 도와주고 싶습니다. 뭘 어떻게 해야 하나요?〉

끔찍한 싸움이었다. 사폐야가 내게 모욕적인 말을 퍼부어 대자 화가 폭발했다.

「이번 한 번만은 좀 그만할 수 없어? 오늘이 심판의 날이라도 되나?」

모욕적인 말이 오갔고 우리는 서로에게 저주를 퍼부었다. 마무드 아부 알아바스는 깜짝 놀라 아무 말 없이 서 있었다. 그에게 계산법과 장부 정리하는 법을 가르쳐 주기로 한 세 번째 날이라 사폐야의 아파트로 그를 데리고 갔다가 이런 일이 벌어진 것이다. 내가 자리에서 일어나 아파트에서 나가자 그가 따라 나왔다. 건물 입구에 도착해서 나는 마무드에게 이제 두 번 다시 돌아오지 않겠다는 말을 사폐야에게 전해 달라고 부탁했다.

그런 다음 미라마르 펜션으로 돌아갔다. 나는 현관 앞에 다다를 때까지도 사페야가 뒤따라온 것을 알아채지 못했다. 문 앞에 도착했을 때 어떤 손이 내 뒷목에 닿더니 사페야가 고함을 내질렀다. 「당신이 이런 식으로 날 버릴 수 있을 거라 생각해? 내가 뭐라고 생각하는 거야? 어린앤 줄 알아? 아니면 장난감인 줄 알아?」

나는 사페야의 손아귀에서 벗어나려고 몸부림쳤지만 그녀는 이미 문 안으로 들어와 있었다.

「저리 꺼져!」 나는 숨을 쉬려고 애쓰며 식식거렸다. 「다른 사람들에게 폐를 끼치고 있잖아. 모두 자는 중이라고.」

「내 돈을 빼앗고 그렇게 달아날 수 있을 줄 알았어!」 그녀가 소리를 질렀다. 「먹여 주고 입혀 줬더니 이제 와서 도망치는 거야? 이 돼지 같은 자식아!」

내가 사페야를 때리자 그녀도 나를 때렸고 곧 난투극이 벌어졌다. 조라가 우리를 떼어 놓으려 했지만 불가능했다.

「제발 그만하세요.」 그녀가 사페야에게 말했다. 「여기는 품위 있는 곳이에요.」

그래도 소용없었다. 조라는 협박하기에 이르렀다. 「그냥 조용히 가실래요, 아니면 경찰을 부를까요?」

사페야는 깜짝 놀라 한 발 물러서서 조라를 쳐다봤다. 그런 다음 조라와 나를 번갈아 보더니 허리를 펴고 똑바로 서서 말했다. 「하녀 주제에 어디서 감히……?」

사페야가 말을 끝내기도 전에 조라가 그녀의 입을 때렸다.

사페야도 같이 때렸지만 조라의 힘이 더 셌다. 마침내 사페야가 주저앉고 말았다. 펜션 사람들이 모두 잠에서 깼다. 여기저기서 문이 열리더니 복도를 따라 걸어오는 발소리가 들렸다. 호스니 알람이 가장 먼저 도착했다. 그가 사페야의 손을 잡고 그녀를 밖으로 데리고 나갔다.

나는 화를 가라앉히지 못한 채 방으로 들어갔다. 머리끝까지 화가 난 마담이 따라 들어왔다. 내가 사과했지만 마담은 여자가 누군지 알고 싶어 했다. 나는 체면 때문에 거짓말을 해야 했다.

「약혼녀였는데 제가 파혼을 했습니다.」

「저렇게 구는 걸 보니 파혼을 한 게 다행이군요.」 마담이 고개를 절레절레 흔들었다. 「하지만 저 여자랑의 문제는 제발 다른 데서 해결하세요. 난 펜션의 평판으로 먹고 산단 말이에요.」

조라가 내 방으로 들어왔을 때 그녀의 얼굴에는 아직도 싸움의 흔적이 남아 있었다. 나는 그녀에게 고맙다고 말하고, 이런 일을 겪게 해서 미안하다고 사과했다. 우리는 괴로운 표정으로 서로 마주 보았다. 나는 조라에게 설명을 해야 했다.

「당신 때문에 저 여자를 버렸어.」

「어떤 여잔데요?」 조라가 쌀쌀맞게 물었다.

「헤픈 여자지! 오래전에 알았던 여잔데 이제는 정말, 완전히 끝났어. 마담한테는 약혼녀라고 말할 수밖에 없었어.」

나는 고마워하며, 후회하며, 조라의 뺨에 가볍게 입을 맞췄다.

····

 바깥에서 바람이 으르렁거린다. 아직 이른 오후지만 내 방은 벌써 저녁처럼 어둡다. 마음속으로 짙은 구름과 점점 커지는 파도를 그려 본다. 조라가 들어와서 불을 켠다. 어제 이후로 그녀를 보지 못했는데 그녀를 기다리는 것은 고문과도 같았다.

「멀리 떠나자, 조라.」 나는 애원했다. 그녀는 탁자에 찻잔을 놓고 비난이 담긴 매서운 눈빛으로 나를 본다. 「영원히 같이 사는 거야. 영원히.」

「그러면 다른 문제는 없나요?」 조라가 냉소적으로 묻는다.

「내가 말한 문제는 결혼할 때 생기는 거야.」 나는 부끄러울 정도로 솔직하게 대답한다.

「당신과 사랑에 빠진 걸 후회해요.」 그녀가 중얼거린다.

「제발 그런 말 하지 마. 이해하려고 노력해 줘. 당신을 사랑해, 당신 없이는 못 살아. 하지만 가족과 직장 문제가 있으니 결혼은 곤란해. 당신과 결혼하면 내 경력은 엉망이 될 거고, 결국에는 우리가 만든 가정까지 위협당할 거야. 내가 뭘 어떻게 할 수 있겠어?」

 조라가 더욱 화를 낸다. 「내가 당신에게 그렇게 큰 재난을 가져다주는지 몰랐네요.」

「당신 때문이 아니야! 사람들이 멍청한 것뿐이지. 이 엄격한 장벽들, 이 구역질 나는 현실! 내가 뭘 어쩌겠어?」

「정말이지, 당신이 뭘 할 수 있을까요?」 그녀의 눈이 분노로 인해 가늘어진다. 「날 어제 그 여자처럼 만드는 거요?」

「조라!」 나는 애원한다. 「내가 당신을 사랑하는 만큼 당신이 날 사랑한다면 날 이해해 줄 거야.」

「당신을 정말 사랑해요.」 그녀의 말투가 매섭다. 「되돌릴 수 없는 실수죠.」

「사랑은 그 무엇보다도 강해. 그 무엇보다도.」

「당신이 말하는 문제들은 빼고 말이죠.」 그녀가 경멸하는 조로 말한다.

우리는 흥분해서, 절망적으로, 화를 내며, 고집 세게 마주 본다. 두려움이 이렇게 크지 않고 의지가 이렇게 강력하지 않다면 나는 굴복하고 말 것이다. 나는 순간적으로 재빨리 머리를 굴린다. 「조라, 타협하는 방법도 있어. 순수한 전통 방식에 따라 이슬람식 결혼을 올리는 거야.」 그녀의 눈에서 분노가 사라지고 호기심이 드러난다. 나는 이슬람식 결혼에 대해서 잘 모르지만 계속 말한다. 「최초의 이슬람교도들처럼 결혼을 하는 거야.」

「그게 어떤 거죠?」

「내가 신의 계율과 예언자의 가르침에 따라 당신을 아내로 맞이한다고 엄숙하게 선언하는 거야. 단둘이 말이야.」

「증인도 없이요?」

「신이 우리의 증인이야.」

「그럼 다른 사람들은 모두 신의 존재를 믿지 않는 것처럼 행동한다는 거군요.」 그녀는 완고하게 고개를 젓는다. 「싫어요.」

조라는 정말 고집불통이다. 내가 예상했던 것처럼 쉽지가 않다. 그녀를 설득할 수가 없다. 조라가 나와 같이 살겠다고만 한다면 나는 앞으로 결혼을 하겠다는 생각이나 괜찮은 여자를 만나서 출세하겠다는 계획을 포기할 준비가 되어 있다. 그녀를 내 마음에서 지우기 위해 일단 펜션에서 나갈까도 생각해 보지만 그럴 수가 없다. 우리는 더 이상 말다툼을 하지 않는다. 조라는 평소처럼 차를 가져다주고 내가 그녀에게 입을 맞추거나 포옹을 해도 가만히 놔둔다.

어느 날 오후, 나는 조라가 기초 독본 위로 몸을 숙이고 앉아 글자를 읽고 있는 모습을 보고 깜짝 놀란다. 나는 믿지 못하는 표정으로 그녀를 바라본다. 마담은 여느 때처럼 성모상 아래 앉아 있고 아메르 와그디는 안락의자에 앉아 있다.

「공부하는 조라를 좀 봐요, 무슈 사르한.」 마담이 미소를 지으며 말한다. 「이웃 교사한테서 개인 교습을 받기로 했답니다. 어떻게 생각해요?」

놀리는 듯한 마담의 말투에 웃음이 나려 했지만 나는 갑자기 진심으로 감동하고 만다. 「잘됐어, 조라! 정말 잘됐어.」

노인이 흐리멍덩한 눈으로 나를 본다. 이유는 모르겠지만 나는 갑자기 그가 무서워져서 밖으로 나간다.

나는 정말 깊이 감동했다. 내면의 어떤 목소리가 내가 조라의 감정을 너무 가볍게만 여겼다고, 신께서 나를 인자하게 보지 않으실 것이라고 말한다. 하지만 나는 그녀와의 결혼을 받아들일 수가 없다. 사랑은 감정일 뿐이지만, 어떤 식으로든 대처를 해야 하는 것도 사실이다. 그러나 결혼은 내가 일하는 회사와 크게 다를 것 없는 제도이고, 나름대로 용인되는 법과 규칙이 있다. 결혼을 함으로써 사회적 지위가 나아지지 않는다면 그것이 무슨 소용인가? 그리고 신부에게 훌륭한 배경이 없다면 사회적인 면에서든 다른 면에서든 이 치열한 경쟁에서 우리가 어찌 다른 사람들과 겨룰 수 있단 말인가? 내게 닥친 문제는 충분한 배경을 갖지 못한 여자와 사랑에 빠졌다는 것이다. 하지만 그녀가 내 사랑을 아무 조건 없이 받아 준다면 나는 지금까지 결혼에 대해 가져 온 꿈을 전부 포기할 것이다.

나중에 나는 조라를 칭찬한다. 「대단한 의지력이야, 조라. 하지만 스스로를 그렇게 괴롭히면서 돈을 낭비하는 건 유감이네.」

「평생 글도 못 깨친 채로 살지는 않을 거예요.」 그녀가 탁자 반대편에 서서 자랑스럽게 말한다.

「당신한테 글이 무슨 소용이야?」

「직업 교육도 받을 거예요. 더 이상 하녀 일은 안 할 거예요.」

그 말이 내 심장을 찌른다. 나는 자리에 앉은 채 아무 말도 하지 못한다.

「오늘 가족들이 날 고향으로 데려가려고 왔었어요.」 조라의 목소리가 달라졌다.

나는 근심을 숨기려고 미소를 지으며 그녀를 쳐다보지만 그녀는 내 표정을 무시한다. 「그래서 뭐라고 했어?」

「다 해결됐어요. 다음 달에 돌아가기로 했어요.」

나는 엄청난 불안을 느끼며 소리를 지른다. 「진심이야? 그 늙은이한테 돌아간다고?」

「아니에요. 그 사람은 결혼했어요.」 조라가 목소리를 낮춘다. 「다른 사람이 있어요.」

나는 그녀의 손을 잡는다. 「같이 멀리 떠나자. 내일 당장.」 나는 애원한다. 「당신만 좋다면 오늘이라도 —」

「다음 달에 집으로 돌아간다니까요.」

「조라! 날 불쌍히 여겨 줘.」

「말썽 없이 해결하려면 그 수밖에 없어요.」

「하지만 당신은 날 사랑하잖아!」

「사랑과 결혼은 다른 문제예요.」 그녀가 화를 내며 대답한다. 「당신이 그렇게 말하지 않았나요?」

하지만 곧 조라의 입술이 진실을 말해 준다. 그녀의 입가에 엷은 미소가 떠오른 것이다. 「조라, 이 심술궂은 악마 같으니. 거짓말이었군.」 정말로 마음이 놓였다.

마담이 찻잔을 들고 차를 홀짝이며 들어온다. 그녀는 침대에 앉아 조라가 가족과 함께 집으로 돌아가지 않겠다고 거부했다는 이야기를 들려준다.

「조라가 고향으로 돌아가는 편이 낫다고 생각하지 않으세요?」 나는 교활하게 묻는다.

마담은 포주처럼 다 안다는 듯한 미소를 짓는다. 「조라의 진정한 관계는 여기에 있어요, 무슈 사르한.」

나는 마담의 말이 무슨 뜻을 전혀 모르는 척하면서 그녀의 눈을 피하지만, 누군가 우리에 대한 소문을 펜션 안에 퍼뜨렸음을 짐작한다. 마담은 아마도 우리가 하지도 않은 나쁜 짓을 했다고 생각하겠지만, 나는 상상 속에서나마 그녀를 정복했다는 생각에 즐거워진다. 하지만 고집 센 조라는 조금도 양보하지 않을 것이다. 나는 언제쯤 용기를 내서 펜션에서 나갈 수 있을까.

평범한 오후의 풍경이다. 마담은 라디오 옆에 앉아 라디오에 닿을 듯 고개를 숙이고 어떤 외국 노래를 듣고 있고, 아메르 와그디는 조라의 공부를 도와주고 있다. 그때 초인종이 울린다. 조라를 가르치는 교사다.
「이해해 주세요. 저희 집에 손님이 오셨거든요. 괜찮으시면 여기서 수업을 하고 싶어서요.」
무척 예의 바른 여자다. 우리는 괜찮다며 그녀를 환영한다. 그녀는 꽤 예쁘고 차림새도 말쑥하고 직업도 있다. 나는 그녀가 조라를 가르치는 모습을 보면서 어느새 두 사람을 비교하고 있다. 한 명은 단순하고 무지하며 가난하지만 아름답고, 한 명은 교육을 받았고 우아하며 직업을 가지고 있다. 조라가 이 여교사처럼 모든 가능성을 가지고 있다면 얼마나 좋을까.
마담이 수업에 끼어들더니 끝없는 호기심을 충족시키기 위해 질문을 퍼붓는다. 우리는 곧 여교사의 이름과 가족 사항은 물론이고 그녀의 오빠가 사우디아라비아에서 일하고 있다는 사실까지 알게 된다.
「당신 오빠에게 부탁하면 특별한 물건들을 보내 주실 수 있을까요?」 내가 여교사에게 묻자 그녀는 오빠에게 물어보겠다고 한다.

 나는 펜션에서 나와서 알리 바키르를 만나러 카페 드 라 페로 간다.

「전부 신중하게 결정했어. 확실히 성공할 거야.」 그가 자신 있게 말한다. 좋아! 껑충 뛰어서 이 땅에서 잠시 머무는 인생을 가치 있게 만들어 보자고. 「델리스에서 사페야 바라카트를 만났어. 그녀를 버렸다며?」

「지옥에나 가라고 해!」

 그가 약삭빠르게 나를 보며 웃는다. 「하지만 정말로 그녀를 버리고 겨우……?」

「어떻게 그 여자 말을 믿을 수가 있어? 언제부터 그 여자를 그렇게 믿었어?」

 알리가 잠깐 동안 빈틈없는 시선으로 나를 평가하듯 바라보더니 입을 연다. 「우리 계획을 절대로 입 밖에 내선 안 된다는 거, 잘 알고 있지? 아내나 아들이라도 안 돼.」

「신이시여, 이자를 용서하소서! 너 도대체 날 뭘로 보는 거야?」

 대단하다! 어떤 남자라도 우쭐하게 만들어 줄 표정이었다. 그녀는 미소를 짓지도 않았고 전혀 동요하지도 않았다. 다만 순간적으로 조라와 책에서 시선을 떼고 나를 잠깐 바라보았을 뿐이다. 보통 나는 그런 시선을 스무 번쯤 받아도 눈썹 하나 까딱하지 않는다. 하지만 그녀의 시선에는 완벽한 메시지를 전달하는 어떤 불꽃 같은 것이 담겨 있었다.

그래서 나는 미라마르 카페에 앉아 유리창 너머로 구름을 바라보며 기다렸다. 결말이 뚜렷하게 보이거나 따뜻한 감정이 느껴져서 기다린 것은 아니었다. 지루함과 절망에서 비롯된 순전한 호기심, 뭐라도 좋으니 모험을 하고 싶다는 단순한 갈망 때문이었다. 사실 그녀는 나를 사로잡는 유형과는 거리가 멀었지만 그녀가 나에게 보낸 시선은 할 일 없는 주말에 소풍을 가자는 제안을 받았을 때처럼 반가운 것이었다.

그녀가 회색 외투 주머니에 손을 깊숙이 찔러 넣고 카페 앞을 지나간다. 나는 거리를 두고 그녀를 따라가다가 아테네우스에 이르러서 그녀에게 다가간다. 그녀는 간식을 산 다음 그 자리에 서서 어디로 갈지 생각하고 있다. 나는 그녀에게 인사를 한 다음 차를 한잔 마시자고 초대한다. 그녀는 잠시 찻집에 들를 생각이었으니 그것도 좋겠다고 한다. 우리는 차를 마시고 패스트리를 두 조각 먹는다. 대화는 피상적이지만 흥미롭지 않은 것은 아니다. 그녀의 가족과 그녀의 직업에 대한 유용한 정보를 얻을 수 있기 때문이다. 어쨌든 결국 나는 또 만나자고 말한다. 우리는 아미르 극장 카페에서 만나 함께 영화를 본다. 이제부터 어떤 관계가 될지는 나한테 달려 있다.

그녀가 내가 열심히 노력을 기울일 만큼 조건이 좋은 여자는 아니다. 하지만 나는 자기 가족을 만나러 집으로 오라는 그녀의 초대를 받아들인다. 그녀가 남편감을 찾고 있다는 사실을 깨닫고 그녀의 월급이 얼마이고 개인 교습으로 얼마나 벌 수 있는지 냉철하게 계산한다. 조라와의 관계가 점점 더 절망적으로 변해 간다는 생각을 떨칠 수가 없다.

나는 그녀의 가족을 만나 새로운 매력을 발견한다. 그들은 카르무즈에 상당히 큰 공동 주택을 갖고 있다. 어느새 나는 이 여자와의 혼담을 진지하게 받아들이고 있다. 그녀를 사랑하거나 재산이 탐나서가 아니라 ─ 그들의 재산은 그럭저럭 괜찮은 정도에 지나지 않는다 ─ 단순히 오랫동안 꿈꿔 왔던 유리한 결혼에 대한 갈망을 충족시키기 위해서다. 하지만 조라는 어떻게 하지? 사랑하지도 않는 여자와의 결혼에서 조라를 버린 것에 대한 위안을 찾을 수 있을까? 어쩌면 그럴지도 모른다. 하지만 내 마음속에 이토록 깊이 파고들어 단단히 자리 잡아 버린 이 열정을, 정말로 이겨 낼 수 있을까?

신문을 사고 돌아서는데 마무드가 다른 손님을 상대하며 잠시만 기다리라는 손짓을 해 보였다. 그는 일을 마친 다음 나를 향해 돌아섰다.

「저, 조라에게 청혼할 겁니다.」

나는 당황함을 감추려고 빙긋 웃어 보였다. 「축하해요! 그녀와 이야기가 다 됐나요?」

「거의요.」 그는 무척 자신 있어 보였다.

심장이 고통스럽게 뛰었다. 「〈거의〉라니 무슨 뜻인지?」

「조라는 단골이라 거의 매일 오거든요. 구체적으로 청혼을 하지는 않았지만, 난 여자들이 어떤지 잘 압니다.」 나는 그가 싫었다. 「그 여자 성격은 어떻습니까?」

「아주 훌륭해요. 정말입니다.」

「그녀의 가족을 만나기 전에 우선 마담을 통해서 말을 전하려고요.」

나는 그에게 행운을 빌어 준 다음 발길을 돌렸다. 딱 두 걸음 갔을 때 그가 나를 쫓아왔다.

「조라가 무슨 문제로 가족들과 싸웠는지 정확히 아십니까?」

「그 얘긴 누구한테서 들었나요?」

「그 늙은 신사분, 아메르 베이한테서요.」

「난 그녀가 무척 완고하고 자존심이 세다는 것밖에 몰라요.」

「그래요? 뭐, 난 그런 여자를 어떻게 다뤄야 하는지 아니까 괜찮아요.」 그가 으스대며 말하고는 웃었다.

마무드는 조라에게 청혼을 했지만 거절당했다. 기쁘기도 했지만 죄책감과 책임감이 더 커졌다. 사랑과 불안이 나를 괴롭혔다. 알레야의 모습이 멀어지면서 점점 희미해지는 것 같았다. 나는 조라의 두 손을 부드럽게 잡았다.

「조라, 날 구해 줘! 당장 멀리 가자.」 나는 애원했다.

하지만 그녀는 거칠게 손을 뺐다. 「이제 그만해요. 그 말은 듣기 싫어요.」

소용없다. 그녀는 날 사랑하지만 결혼이 아니면 넘어오지 않을 거다. 그리고 난 그녀를 사랑하지만 이런 결합은 받아들일 수 없다. 사랑은 생각과 의지를 모두 무력하게 만들지만, 그녀의 입장도 내 입장도 사랑과는 아무런 관련이 없는 것이다.

나는 알레야의 아버지 알사이드 무함마드에게 점심 초대를 받았다. 주말에는 내가 알레야네 온 가족을 초대해서 파스토루디스 식당에서 저녁을 대접했다. 우리가 식당에 자리를 잡자 날씨가 갑자기 변했다. 바람이 음산하게 불더니 비가 억수같이 쏟아졌다. 나는 알레야가 훌륭한 여자라고, 이 정도면 괜찮은 한 쌍이라고 스스로를 설득하려 했다. 그녀는 예쁘고, 옷도 잘 입고, 교육도 받았고, 월급도 괜찮다. 더 이상 뭘 바라겠는가? 혹시 그녀가 나를 좋아하지 않는다면……. 하지만 난 왜 이렇게 머뭇거리는 걸까? 그녀는 확실히 날 사랑한다. 남편을 원한다면 분명 연인도 원할 것이다. 어쨌든 내가 사랑에서 뭘 얻었던가? 사랑이 약속하는 천국은 환상일 뿐이다.

바깥에서 폭풍우가 도시를 뿌리 뽑을 기세로 사납게 몰아치고 있던 터라 실내가 주는 따뜻함과 안정감이 더욱 크게 느껴졌다. 〈이 어엿한 가족에게 내 소개는 했지만 아직 어떤 확정적인 계획도, 결혼하겠다는 의사도 분명히 표현하지는 않았어. 난 돈이 없으니 이들에게 내 처지와 가족에 대한 내 책임을 알리고 나머지는 이들에게 맡기자.〉 대화는 곧 결혼에 대한 일반적인 이야기로 흘러갔다.

알레야의 아버지가 말했다. 「내가 젊을 때는 다들 일찍 결혼해서 아이들이 성인으로 자라는 것을 지켜보는 기쁨을 누렸지.」

「그건 옛날 일입니다.」 나는 슬프게 고개를 저으며 말했다. 「요즘은 살기가 정말 힘들어서요.」

그가 내 쪽으로 몸을 숙이고 속삭였다. 「훌륭한 남자는 그 자체가 재산이네. 성실한 사람이 그런 남자들을 편하게 살게 해주어야 해.」

마무드의 얼굴이 분노로 일그러졌다. 그는 내가 가판대에서 두 걸음 떨어진 곳까지 다가갔을 때 나를 알아보고는 급격히 표정이 변했다. 마무드는 나를 노려보면서 내가 매일 사는 신문을 주려고 하지도 않고 신랄하게 쏘아붙였다.
「왜 당신 애인이라고 말하지 않았습니까?」
나는 그의 뻔뻔스러운 말에 깜짝 놀랐다. 나는 소리쳤다.
「당신 정신이 나갔군!」
「겁쟁이!」
나는 이성을 잃었다. 내가 손등으로 마무드의 얼굴을 치자 그도 나를 때렸다. 그런 다음 우리는 뒤엉켜 싸우면서 마구잡이로 서로를 때렸다. 지나가던 사람들이 우리를 겨우 떼어놓았다. 우리는 서로를 욕하고 저주했다. 나는 한참 동안 정처 없이 걸으면서 생각했다. 누가 저 멍청이한테 얘기를 흘렸을까?

내가 마무드를 다시 만난 것은 한참 후였다. 가벼운 저녁을 먹으려고 파나요티 식당에 갔을 때, 그가 계산대 뒤쪽 주인 자리에 앉아 있는 것을 보고 도로 나가려고 했지만, 그가 벌떡 일어나더니 나를 끌어안고 머리에 입을 맞추었다. 마무드는 저녁을 대접하겠다고 고집을 부렸고 지난 잘못에 대해서 용서를 구하면서 호스니 알람이 자신에게 거짓말을 했다고 했다.

며칠 후 나는 새벽 1시쯤 호스니가 사페야 바라카트와 함께 제네부아즈에서 나오는 모습을 목격했다. 나는 그가 펜션에 찾아온 사페야를 데리고 나갔던 날을 떠올렸다. 〈저 둘은 같은 부류야, 충동적인 몽상가들. 둘이 사랑과 꿈을 먹으면서 잘 살겠네.〉

나는 알리 바키르와 라파트 아민과 함께 조지의 바에서 술을 마셨다. 청명한 밤이었고 포도주와 날씨에 취한 우리는 해안 도로까지 걸어 나갔다. 라파트 아민은 취했다 하면 와프드 이야기만 계속했다. 나는 알리 바키르가 와프드와 국립 스포츠 클럽도 구분하지 못한다는 사실을 곧 깨달았다. 나는 활발하게 정치 활동을 하기는 하지만 정치에 신경 쓰지는 않는다. 그런 터에 라파트 아민이 술에 잔뜩 취한 목소리로 와프드 이야기를 계속하자 나는 빈정거리며 묻지 않을 수 없었다.

「와프드는 이미 죽어서 땅에 묻혔다는 걸 모르겠어?」

「그래 넌 혁명이나 실컷 찬양해라.」 그가 인적 없는 거리를 울릴 만큼 큰 목소리로 으르렁거렸다. 「나도 혁명의 엄청난 힘을 부인하지는 못하겠어. 하지만 내 생각엔 말이야, 와프드가 죽었을 때 이집트 민중도 같이 죽었어.」

바로 그때 호스니와 사페야가 두 마리 곰처럼 느릿느릿 해안 도로를 향해 걸어가는 게 보였다. 먼 거리에서도 두 사람을 알아본 나는 웃으면서 말했다. 「저게 네가 말하는 와프드 민중이로군. 다 함께 집결해서 준비를 갖추고, 깊은 밤에도 용맹한 투쟁을 이어 나가려 하고 있잖아.」

자리를 뜨려는데 알리 바키르가 내 귀에 속삭였다. 「곧 시작하라는 신호가 있을 거야.」

펜션으로 돌아왔을 때는 모두 잠들어 있었다. 만수르 바히의 방문 틈에서 빛이 새어 나오고 있었다. 나는 그의 방문을 두드린 다음 안으로 들어갔다. 그렇게 늦은 시간에 그를 찾아간 것에 별다른 이유는 없었다. 포도주 탓이었다. 그가 깜짝 놀라 나를 올려다보았다. 나는 만수르가 앉아 있던 안락의자 옆의 의자에 앉았다.

「실례합니다.」 내가 말했다. 「좀 취했습니다.」

「확실히 그런 것 같군요.」

「난 당신과 친구가 되지 못했어요.」 나는 사과하듯 미소를 지었다. 「당신은 정말 내성적이군요.」

「세상에는 다양한 사람이 있는 법이지요.」 그는 예의가 바랐지만 우호적이지는 않았다.

「당신도 나름의 문제를 고민하느라 바쁘겠지요?」

그가 수수께끼 같은 대답을 했다. 「바로 제 생각이 문제입니다.」

「나처럼 머리가 빈 사람들은 축복받은 거지요.」 나는 웃어 젖혔다.

「무슨 소립니까? 당신은 쉼 없는 정신 활동의 중추 아닙니까?」

「그런가요?」

「그럼요. 당신의 정치 생활과 혁명적인 사상을 생각해 보세요. 수많은 정복은 물론이고 말입니다.」

나는 그의 마지막 말에 깜짝 놀랐지만 너무 취해서 진지하게 생각할 수가 없었다. 그래서 그와 악수를 한 다음 방에서 나왔다.

조라가 차 쟁반을 들고 들어오자 나는 모든 계획을 잊고 사랑 앞에 무릎을 꿇는다. 하지만 그녀의 얼굴은 딱딱하고 창백하며 분노가 서려 있다.

「조라, 무슨 일이야?」 나는 걱정스럽게 묻는다.

「모든 일은 신의 지혜로우신 뜻에 따라 일어난다는 사실을 몰랐더라면 전 믿음을 잃었을 거예요.」

「무슨 일이야? 또 문제가 생겼어?」

「당신 두 사람을 내 눈으로 똑똑히 봤어요.」 조라가 경멸스럽다는 듯 내뱉는다.

무슨 말인지 깨닫고 심장이 내려앉지만 나는 필사적으로 묻는다. 「당신 말은……?」

「선생님 말이에요.」 조라가 격렬한 증오를 드러낸다. 「그 창녀, 그 남자 사냥꾼 말이에요.」

나는 웃는다. 웃을 수밖에 없다. 나는 그녀가 아무 근거도 없이 화를 내고 있기라도 하듯 아무렇지도 않은 웃음을 가장한다.

「당신 선생님을 말하는 거라면, 우연히 만나서 예의를 갖춘 것뿐이야.」

「거짓말쟁이.」 그녀가 화를 내며 말을 자른다. 「〈절대로〉 우연이 아니었어요. 그 여자가 오늘 다 말했어요.」

「그럴 리가!」

「그 창녀 같은 여자가 당신을 만나고 있는 걸 인정했다고요. 그 여자 부모님도 전혀 놀라지 않던데요. 오히려 내가 캐묻는 걸 보고 놀랐죠.」

나는 정신이 멍해져서 그녀를 달랠 말을 하나도 찾지 못한다. 조라는 화를 내며 혐오를 담아 소리친다. 「신께서는 왜 당신처럼 비열한 사람을 만드신 거죠?」

나는 패배했고, 산산이 부서졌다. 「조라!」 나는 깊은 절망에 빠져 애원한다. 「이렇게 화낼 필요 없어. 난 그저 절망감 때문에 그녀에게 다가간 거야. 제발 다시 생각해, 조라. 우리는 여기서 빠져나가야 해.」

그녀는 내 말을 전혀 듣지 않는 것 같았다.

「내가 뭘 할 수 있죠? 난 당신에 대해 아무 권리도 없어요. 이 더러운 돼지. 지옥에나 가버려요!」 조라가 내 얼굴에 침을 뱉는다.

부끄러워해야 할 상황이지만, 갑자기 화가 치민다. 내가 소리친다. 「조라!」 그녀가 다시 내게 침을 뱉는다.

「내 눈 앞에서 꺼져, 안 그러면 네 머리통을 부숴 버릴 거야.」

나는 분노로 눈이 먼다. 조라가 내게 달려들더니 믿을 수 없을 만큼 세게 얼굴을 때린다. 나는 화가 나서 의자에서 벌떡 일어나 조라의 손목을 붙잡지만 그녀는 격렬하게 뿌리치고 다시 나를 때린다. 자제력을 완전히 잃은 나는 그녀를 사납게 때리고, 그녀는 생각보다 훨씬 더 강한 힘으로 받아친다. 그때 마담이 달려 들어와 이해할 수 없는 외국어로 뭐라

「알레야, 조라한테는 우리 사이에 대해 말하지 말아요.」

우리는 마무디야 운하 옆의 팔마에 앉아 따뜻한 햇살을 즐기고 있었다. 나는 알레야가 조라와 정기적으로 만나는 것이 걱정되었다. 알레야는 조라가 공부를 하는 진짜 동기에 대해 전혀 몰랐고, 조라는 자기 선생님이 애인을 가로챘다고는 상상도 하지 못했으니까.

「왜요?」 그녀가 의심스럽다는 듯 물었다.

「조라는 엄청난 수다쟁이거든. 우리가 약혼했다는 소문이 벌써 퍼지는 건 좋지 않아요.」

「하지만 언젠가는 알려질 소식이잖아요.」

나는 아무렇지도 않은 척하려 애썼다. 「가끔은 그녀가 나에 대해 특별한 환상을 품고 있다는 생각이 들어.」

알레야가 힘없이 미소를 지었다. 「그럴 만한 이유가 있는 거 아니에요?」

「투숙객들 전부 가끔씩 조라를 놀리는데, 나도 마찬가지였지. 그뿐이야.」

우리의 관계는 상당히 발전했고 알레야는 나를 사랑하게 되었다. 나는 그녀가 나를 믿든 믿지 않든 상관하지 않았다. 그저 알레야가 조라 앞에서 조심하기만을 바랐다. 마침내 이성이 사랑을 이겼다. 이제 약혼 발표는 나에게 달려 있었다. 하지만 나는 여전히 머뭇거리면서 시골에 있는 가족들에게 약혼에 대해 알리고 알렉산드리아로 초대해야 한다는 핑계를 대며 시간을 벌고 있었다.

조라에 대한 감정은 나날이 고통스러울 만큼 강렬해졌다.

그녀에게 수치심을 안겨 주고 실망시킨다는 생각을 하니 견딜 수가 없었다. 배신에 대한 후회로 얼굴이 화끈거렸다. 〈그녀가 나를 받아들이기만 한다면 영원히 그녀에게 충실할 텐데!〉

뭐지? 천둥? 지진? 아니면, 시위? 내 방에 뭔가 떨어졌나? 나는 이불 밖으로 고개를 내밀었다. 사방은 칠흑같이 어두웠고 나는 멀쩡했다. 그래, 이건 내 침대고 여긴 미라마르 펜션의 내 방이다. 하지만 저건 무슨 소리지? 세상에, 조라다! 그녀가 도움을 청하고 있다! 밖으로 달려 나가 보니 조라가 불빛 아래에서 호스니 알람에게 필사적으로 저항하고 있었다.

나는 무슨 소동이 벌어졌는지 직감하고 추문을 퍼뜨리지도 않고 호스니와의 관계를 망치지도 않으면서 조라를 구하려 했다. 나는 호스니의 팔에 가만히 손을 얹었다. 「호스니.」

하지만 그는 내 말을 듣지 않았다. 나는 그의 어깨를 잡고 큰 소리로 말했다. 「호스니, 정신 나갔습니까?」

그가 거칠게 나를 밀어냈지만 나는 그의 양어깨를 잡고 단호하게 말했다. 「욕실에 가서 목구멍에 손가락을 집어넣어요.」

호스니가 내 쪽으로 돌아서더니 이마를 쳤다. 나도 화가 나서 그를 때렸다. 우리는 마담이 나올 때까지 싸웠다. 하지만 마담은 조라에게 달려든 호스니에게 너무 관대했다. 나는 이 늙은 여인이 무슨 생각을 하는지 잘 알았다. 〈마담은 나랑 똑같아. 그 잘난 호스니의 사업에서 뭔가를 얻고 싶은 거다. 내 앞에서 문이 닫혔어. 마담은 호스니 대신 기꺼이 나를 비난할 테지.〉

고 떠들면서 조라를 데리고 나갔다.

「네가 상관할 바 아니야!」 나는 조라의 뒤통수에 대고 소리친다. 「난 누구든 내가 원하는 사람이랑 결혼할 거야. 알레야랑 결혼할 거라고!」

만수르 바히가 들어오더니 나를 자기 방으로 데려간다. 그 뒤에 무슨 대화를 나눴는지는 기억나지 않지만 그의 무례한 태도는 기억이 난다. 또다시 싸움에 휘말린 것도. 난 그의 행동에 정말 깜짝 놀랐다. 그 역시 조라를 사랑할 거라고는 전혀 생각지 못했던 것이다. 그가 나에게 이상하리만치 쌀쌀하게 군 이유를 이제야 알겠다. 마담이 내 방으로 들어왔다. 이 늙은 창녀는 나를 희생양으로 삼기로 결심한다. 그녀는 내가 온 뒤부터 펜션이 평화로울 날이 없었다고, 내가 천박한 싸움과 소동을 벌여서 펜션을 시장 바닥으로 만들었다고 말한다.

「다른 곳을 알아보세요!」 마담이 날카롭게 쏘아붙인다.

이제 여기 머물 이유가 없다. 하지만 나는 완강한 자존심 때문에 미리 돈을 냈으니 내일까지는 나가지 않겠다고 고집을 피운다.

나는 밖으로 나가 비구름 낀 하늘 아래 펼쳐진 거리를 정처 없이 돌아다닌다. 새해 선물이 반짝이는 상점의 진열창을 들여다보고 아무 생각 없이 산타클로스를 빤히 쳐다본다. 그런 다음 페드로 식당으로 가서 알리 바키르를 만난다.

알리가 말한다. 「알리바이는 잘 만들어 놨겠지. 내일 새벽에 시작할 거야.」

나는 아침 일찍 출근하면서 〈새벽이 지났어, 주사위는 던져졌어〉라고 생각한다. 긴장을 늦추지 못하고 초조하게 소식을 기다린다. 공장에 전화를 걸어 알리 바키르를 바꿔 달라고 하지만 아침 순찰 중이라는 대답이 돌아온다. 모든 일이 계획대로 잘되어 평상시처럼 일을 하고 있는 것이다. 너무 흥분해서 일이 손에 잡히지 않는 바람에 나는 일찌감치 사무실을 나온다. 방송국 앞을 지나다 보니 만수르가 어떤 예쁜 여자와 함께 나온다. 도대체 누구지? 약혼녀? 정부? 조라는 다시 버림받는 건가? 조라를 생각하니 우울해진다. 나는 아직도 그녀에 대한 사랑에서 벗어나지 못했다. 조라에 대한 사랑은 내 변덕스러운 심장을 굴복시킨 유일하게 진실한 감정이었다.

알레야 무함마드네 가족을 찾아가지만 그들은 나를 무척 차갑게 맞이한다. 나는 몇 가지 거짓말을 꾸며 낼 생각이었지만 알레야의 아버지가 화를 내며 소리친다. 「그깟 하녀 때문에 우리에게 이런 수치를 주다니!」

점심시간이지만 아무도 식사를 권하지 않아 나는 그냥 나온다. 사태를 바로잡을 수 있다는 희망이라고는 전혀 없다. 그렇다고 내가 정말로 신경을 쓰는 것은 아니다. 몇 시간 뒤면 나는 부자가 되어 있을 거고, 분명 근사한 부인을 찾을 수 있을 거다. 나는 파나요티 식당 — 이제는 아부 알아바스 식당이다 — 에서 점심을 먹은 다음 알리 바키르의 집을 찾아가지만, 그는 집에 없다. 펜션으로 돌아온 나는 일이 어떻게 됐는지 궁금해서 미칠 지경이다. 나는 가방을 싸서 입구 로비로 가져간 다음 알리 바키르에게 전화를 건다. 수화기에서 그의 목소리가 흘러나오자 마음이 탁 놓인다.

「여보세요.」

「사르한이야. 어떻게 됐어?」

「다 잘됐어. 근데 아직 운전사랑 얘기를 못 했어.」

「언제쯤 알 수 있는데?」

「8시에 스완에서 만나자.」

나는 미라마르 펜션에서 나와 에바 펜션에 체크인을 한다. 그러고는 정처 없이 여러 카페를 떠돌면서 계속 술을 마시고 돈을 써댄다. 불안한 생각과 사랑으로 인한 마음의 고통을 술에 빠뜨려 죽이면서, 나는 우리 가족이 아버지가 죽은 후 꿈도 꿔본 적 없는 부를 누리게 해주겠노라고 맹세한다. 스완에 도착해 보니 8시 조금 전이다. 입구에서 톨바 마르주끄를 우연히 만나 귀찮았지만, 나는 반가운 척하며 악수를 나눈다.

「여긴 어쩐 일인가?」 톨바가 묻는다.

「약속이 있습니다.」

「음. 내가 술을 한잔 사지. 일행이 올 때까지 같이 앉아 있도록 하세.」

우리는 겨울용 라운지에 자리를 잡는다.「코냑 마시겠나?」톨바가 묻는다. 그의 힘없는 목소리가 턱 안쪽에서 웅웅거린다. 나는 이미 술에 취했지만 더 마시고 싶다. 우리는 술을 마시고 웃으면서 이야기를 나눈다. 그가 갑자기 내게 묻는다.

「내가 딸을 만나러 쿠웨이트에 가겠다면 정부가 허락해

줄 것 같은가?」

「그러겠죠. 새로 시작하고 싶으십니까?」

「아닐세. 하지만 내 사위가, 아, 내 조카이기도 한데 말이야, 큰 부자가 되었다네.」

「그럼 이민을 생각하고 계실지도 모르겠군요.」

톨바의 눈에 경계심이 비친다. 「아닐세. 그냥 딸이 보고 싶은 것뿐이야.」

나는 그에게 바짝 다가간다. 「마음이 편해질 말을 해드릴까요?」

「그게 뭔가?」

「혁명을 좋아하지 않는 사람들도 있습니다. 하지만 이런 식으로 생각해 보세요. 혁명이 일어나지 않았다면 어떤 체제가 되었을까요? 잘 생각해 보면 공산주의나 무슬림 형제단이라는 답이 나올 겁니다. 둘 중 어느 쪽이 혁명보다 낫다고 생각하십니까?」

「둘 다 싫네.」 그가 그 즉시 대답한다.

나는 승리감에 도취되어 미소를 짓는다. 「바로 그겁니다. 그걸 위안으로 삼으세요.」

약속 시간이 되었지만 알리 바키르는 아직 나타나지 않는다. 나는 계속 걱정하면서 30분을 기다렸다가 그의 아파트로 전화를 건다, 하지만 아무도 받지 않는다. 이리로 오는 중일지도 모른다. 〈뭐 때문에 이렇게 늦는 거야? 이렇게 늦으면 내가 얼마나 걱정할지 모르나?〉

톨바 마르주끄가 시계를 본다. 「이제 난 갈 시간이네.」 그가 나와 악수를 한 다음 떠난다.

나는 도리 없이 계속 술을 마신다. 마침내 웨이터가 전화가 왔다며 나를 부른다. 나는 전화 부스로 달려가 수화기를 집어 든다. 심장이 쿵쾅거린다.

「여보세요! …… 알리, 왜 안 와?」

「잘 들어, 사르한, 일이 완전히 틀어졌어.」

알리의 말과 내 머리를 흐릿하게 하는 술기운이 뒤섞여 내 주변을 빙빙 도는 것만 같다.

「도대체 무슨 소리야?」

「실패라고!」

「뭐? 어떻게 된 건데? 전부 다 말해 봐.」

「그런다고 뭐가 달라져? 운전사가 혼자 먹으려다 붙잡혔어. 다 불 거야. 벌써 다 불었을지도 몰라.」

「우리 이제 어쩌지? 넌 어떻게 할 거야?」 입이 바싹 마른다.

「우린 끝장이야. 난 악마가 시키는 대로 할 거야.」

알리가 전화를 끊는다.

나는 떨고 있다. 몸이 너무 심하게 떨려서 두 발로 서 있기조차 힘들다. 도망갈까 생각도 해보지만 웨이터가 나를 지켜보고 있다. 나는 탁자로 돌아간다. 하지만 앉을 수가 없다. 잔에 남은 술을 마저 마시고 돈을 낸 다음 걸어 나온다. 하지만 공포가, 절망적이고 숨이 막힐 듯한 공포가 나를 죄어 온다. 저항할 수가 없다. 나는 바에 가서 술을 병째로 주문한 다음 미친 듯이 마신다. 깜짝 놀란 바텐더가 나를 지켜보지만 나는 멈추지도 않고, 말도 한마디 하지 않고, 주변을 살펴보지도 않고, 한 잔, 두 잔 연거푸 마신다. 그런 다음 바텐더를 올려다본다.

「면도칼 좀 주시오.」

바텐더가 미소를 짓는다, 하지만 움직이지는 않는다.

나는 다시 말한다.「면도칼 좀 달라고!」

바텐더는 약간 망설이지만 내 표정을 보더니 웨이터를 부른다. 웨이터가 어딘가에서 누가 쓰던 면도칼을 가지고 돌아온다.「고맙소.」 나는 칼을 주머니에 넣은 다음 바에서 등을 돌리고 문을 향해 걸어 나간다. 내가 비틀거리는 것은 술에 취해서가 아니다. 절망에 빠져서다. 서두르자. 나는 길을 건넌다. 달릴 힘이 남아 있으면 좋겠다.

이제 희망이 없다. 아무런 희망도.

아메르 와그디

지켜보았다. 그가 고개를 들었다.

「그렇군요. 죽은 채 — 살해된 채 발견되었군요.」

「앉게나.」 내가 말했다. 「자네 많이 지친 것 같군.」

「괜찮습니다.」 그가 차갑게 대답했다. 어쩌면 자신이 무슨 말을 하고 있는지 잘 모르는 것 같기도 했다.

「보면 알겠지만, 우리는 좀 걱정하고 있었어요.」 마리아나가 말했다.

만수르가 우리를 한 사람씩 훑어보며 물었다.

「왜요?」

「경찰이 올까 봐서요. 정말 기분 나쁜 일이 될 거예요.」

「경찰은 안 올 겁니다.」

「하지만 경찰은 말이야, 자네 모르나? 경찰은 —」 톨바 마르주끄가 말을 꺼냈다.

「제가 사르한 알베헤이리를 죽였습니다.」 만수르가 말했다. 그런 다음, 우리가 무슨 뜻인지 채 깨닫기도 전에, 저벅저벅 걸어가서 문을 열고, 우리를 돌아보았다. 「제가 직접 경찰에 출두할 겁니다.」

그는 밖으로 나간 다음 문을 닫았다. 우리는 깜짝 놀라 서로 마주 보며 한동안 멍하니 앉아 있었다.

「저 사람 미쳤어요.」 마리아나가 공포에 질려 말했다.

「아니, 아픈 겁니다.」 내가 말했다.

「어쩌면 진짜로 사르한을 죽였을지도 모르지.」 잠시 후 톨바 마르주끄가 말했다.

「저 소심하고 몸가짐 바른 젊은이가요?」

「아픈 게 틀림없어요.」 나는 그를 가엾이 여기며 말했다.

「하지만 만수르 씨가 왜 사르한을 죽이겠어요?」 마리아나가 이상하다는 듯 말했다.

「왜 자기 짓이라고 털어놨을까?」 자기 차례가 되자 톨바가 말했다.

「전 그 얼굴을 절대 잊지 못할 거예요.」 마리아나가 말했다. 「머리에 충격을 받은 것이 분명해요.」

톨바는 자기 이론을 계속 펼쳤다. 「만수르가 사르한과 마지막으로 싸운 사람이지.」

나는 모두가 사르한과 싸웠다고 변호했다.

「원인은 저기 있어.」 톨바가 조라의 방을 가리키며 말했다.

나는 화가 나기 시작했다. 「하지만, 만수르는 조라에게 특별한 관심을 보이지 않은 유일한 사람입니다.」

「그것이 꼭 그녀를 사랑하지 않았다거나 경쟁자에게 복수할 생각이 없었다는 뜻은 아니오.」

「톨바 베이, 사르한이 조라를 떠났잖습니까.」

「그렇지, 사르한이 그녀를 버렸지. 하지만 그녀의 마음과 명예를 빼앗은 다음이었지.」

「그만둡시다. 그런 식으로 사람들을 비난하지 말아요.」

「만수르 씨가 정말 경찰서에 출두할까요?」 마리아나가 물었다.

우리는 지칠 때까지 열띤 대화를 나누었고 결국에는 내가 그만두자고 했다. 「이제 됐습니다. 모든 것을 신의 뜻에 맡깁시다.」

펜션에서 일어난 사건들 때문에 나의 평화가 깨졌다. 내가 마리아나의 펜션에 은둔하기로 마음먹은 것은 노년을 조용히 보내기 위해서, 추억을 떠올리며 기자 생활 말년에 느꼈던 참을 수 없을 정도로 잔인한 실망감에 대한 위안을 찾기 위해서였다. 이 미라마르 펜션이 사나운 싸움터로 변해 버리고 결국에는 폭력과 살인으로 끝나리라는 생각은 하지 못했다.

어렵게 약간의 힘을 되찾은 나는 평소처럼 로비에 모여 있던 마리아나와 톨바 마르주끄에게 합류했다. 조라를 보고 싶었지만 마리아나의 히스테리와 톨바의 험악한 표정 때문에 그럴 수가 없었다. 나는 이런 분위기에 그녀를 데려오고 싶지 않았다. 조라의 괴로운 처지 때문에 분위기는 더욱 험악해질 것이고, 또 이런 분위기에서는 사람들이 그녀의 처지를 존중해 주지 않을 것이 분명했다. 호스니 알람은 평소와 같은 시간에 나간 것 같았다. 그는 한동안 끔찍한 소식에 심란해했지만 금세 다 잊은 듯했다. 반면에 만수르 바히는 평소와 달랐고, 아직도 자는 중이었다.

「이렇게 한 해가 비참하게 끝나는군요.」 마리아나가 불평했다. 「새해에는 우리한테 어떤 일이 일어날지 궁금해요.」

「당연히 수많은 문제들이 일어나겠지요!」 톨바가 화를 내듯 말했다.

「우리 잘못이 아닌 이상…….」 내가 중얼거렸다.

「당신은 나이가 많아서 괜찮은 거요.」 톨바가 쏘아붙였다.

만수르의 방문이 열리는 소리가 들렸다. 그는 욕실로 들어가더니 30분 후에 자기 방으로 돌아갔다. 잠시 후 만수르가 칸막이 뒤에서 나왔다. 눈에 그늘이 드리워 있었다. 마담이 아침 식사가 준비되어 있다고 말했지만 그는 말 한마디 없이 고개를 저으며 거절했다. 상태가 엉망인 만수르를 보자 우리 모두 기분이 나빠졌다. 마담이 먼저 입을 열었다.

「여기 좀 앉지 그래요, 무슈 만수르. 괜찮아요?」

「괜찮습니다.」 그가 여전히 선 채로 말했다. 「잠을 너무 많이 잔 것뿐입니다.」

마담이 소파에 펼쳐진 신문을 가리켰다.

「그 소식 못 들었어요?」 그는 관심이 없어 보였다. 「사르한 알베헤이리가 팔마로 가는 길에서 시체로 발견됐대요.」

만수르는 마리아나의 눈을 지그시 바라보았다. 놀라거나 경계하는 기색도 없이, 무슨 말인지 못 들었거나 그 뜻을 이해하지 못하겠다는 듯이, 그저 그녀를 바라보고만 있었다. 어쩌면 그는 우리 생각보다 더 심하게 아픈 건지도 몰랐다. 마리아나가 만수르에게 신문을 건네주었다. 그는 한동안 멍하니 신문을 보더니 말없이 읽어 내려갔다. 우리는 만수르를 아니면 밑이 없는 바닷속 암흑과 같다.

파도가 그 위를 덮고 그 위에는 파도, 또 그 위에는 구름이 덮인다.

암흑이 층층이 겹친다.

손을 내밀어도 그의 손을 볼 수가 없다.

알라께서 빛을 주시지 않은 자는 어디에도 빛이 없다.

하늘과 땅 사이 모든 것, 날개를 펴고 나는 새까지도 알라를 찬미하는 것을 당신은 모르는가?

모두가 예배와 찬미를 알고 있다. 알라께서는 그들이 하는 바를 모두 아신다.

하늘과 땅의 주권은 알라에게 속하며, 모든 것이 갈 곳은 알라의 곁이다.[44]

책을 읽으니 금세 눈이 피로해졌다. 방을 나서는데 시계가 4시를 알렸다. 마리아나가 로비에서 뭔가를 쓰고 있었다.

「이렇게 우울한 새해 전날은 처음이에요.」 그녀가 말했다. 「꼭 장례식 같아요.」

「이제 그런 말은 그만합시다, 제발.」 톨바 마르주끄가 말했다.

「여기는 저주라도 걸린 것 같아요.」 마리아나가 화가 난 듯 말했다. 「조라를 내보내야겠어요. 이제 다른 곳에서 돈을

---

[44] 『코란』 24장 40~42절.

벌어야 할 거예요.」

나는 찌르는 듯한 아픔을 느꼈다.「하지만 마리아나, 그녀가 뭘 잘못했습니까? 그냥 운이 나쁜 것뿐이에요. 조라 잘못이 아닙니다. 그녀는 힘든 상황에서 당신을 찾아왔잖습니까.」

「조라가 불행을 가져온 거예요.」

톨바가 좋은 생각이 났다는 듯 손가락을 딱 튕겼다.「우리 다 같이 새해를 축하할까요?」

「〈우리〉요?」내가 말했다.「정말 어처구니가 없군요!」

톨바가 내 말을 무시하고 마리아나에게 말했다.「준비해요, 마리아나. 계획대로 같이 나갑시다.」

「하지만, 무슈 톨바, 난 그럴 기분이 —」

「그래서 내가 당신을 데리고 나가는 거요.」

톨바의 제안으로 두 사람만은 확 달라졌다.

호스니 알람이 들어오더니 펜션에서 나가겠다고 했다. 우리가 만수르 바히의 이상한 고백을 전하자 호스니는 정말로 깜짝 놀랐다. 그는 한동안 계속 그 얘기만 하다가, 이윽고 떡 벌어진 어깨를 으쓱하고, 가서 짐을 싸고, 작별 인사를 하고는 떠나갔다.

호스니 알람이 떠나는 모습을 보면서 내가 슬프게 말했다.「이제 우리만 남았군요, 처음처럼 말입니다.」

「신께 감사할 일이군!」톨바가 쾌활하게 말했다.

톨바와 마리아나는 갑자기 흥분하며 활기를 되찾았다. 더 이상 고통의 흔적은 없었다. 마리아나는 예전처럼 아름답게 차려입었다. 그녀는 하얀 피부를 돋보이게 해주는 짙은 파란색 야회복과 진짜 모피 깃이 달린 검은 외투를 입고 금빛 구두를 신은 다음 다이아몬드 귀걸이와 진주 목걸이를 했다. 화장으로 나이의 흔적을 가리자 미녀로 이름을 날리던 시절로 돌아간 것 같았다. 마리아나는 연극에서처럼 과장된 포즈를 취하고 로비에 서서 나와 마주 보았다. 그러고는 젊은 아가씨처럼 기뻐하며 웃었다.

「기다릴게요.」 마리아나가 밖으로 나가며 톨바에게 말했다. 「미용실에서요.」

이제는 정말 나 혼자였다. 바람만이 으르렁거릴 뿐, 아무도 없었다. 나는 조라를 불렀다. 세 번이나 부른 다음에야 조라가 칸막이 뒤에서 나타났다. 그녀는 설명할 수 없을 만큼 슬프고도 무너진 모습으로 그곳에 서 있었다. 정말로 등이 굽고 키가 작아진 것 같았다. 내가 소파를 가리키자 조라는 아무 말 없이 방을 가로질러 와서 성모상 아래에 앉았다. 조라가 팔짱을 끼고 바닥을 내려다보았다. 그녀에 대한 동정심과 따뜻한 마음이 가슴 가득 차오르며 눈물이 차올랐다. 하지만 이렇게 늙은 나이에 눈물을 흘리는 것에서 위안을 찾기에는 역부족이었다.

「조라, 왜 친구도 하나 없는 사람처럼 혼자 앉아 있니? 들어 봐라. 난 노인이란다. 네가 보다시피 나이가 정말 많지. 난 한평생 크나큰 좌절을 서너 차례 겪었어. 그때마다 〈이제 다 끝장이야!〉 하고 외치면서 자살이라도 할 수 있으면 좋겠다고 생각했지. 하지만 네가 지금 보고 있는 것처럼 난 드물 정도로 늙은 나이가 되어 여기 앉아 있단다. 그 끔찍했던 좌절은 희미한 기억밖에 남아 있지 않아. 냄새도 맛도 없고, 어느 것 하나 중요하지도 않고 말이지. 꼭 남의 일처럼 느껴져.」

조라는 아무 반응 없이 듣고만 있었다.

「슬픔은 시간에 맡겨 두렴. 시간은 강철과 바위까지 닳게 한단다. 넌 미래를 생각해야 해. 마담은 이제 네가 펜션에 남아 있는 것을 더 이상 바라지 않더구나.」

「상관없어요!」

「앞으로 어떻게 할 계획이니?」

「그냥 똑같이 지낼 거예요.」 조라가 바닥을 내려다보며 말했다. 「제가 원하는 것을 얻을 때까지는요.」

그녀의 굳은 의지가 느껴져서 마음이 놓였다. 「공부를 하고 직업 교육을 받겠다는 계획을 계속 실천하는 건 좋은 생각이다. 하지만 이제 어떻게 살 거니?」

「저한테 일해 달라는 사람은 많아요.」 그녀가 자신 있게, 반항적으로 말했다.

「고향은 어떠니?」 나는 다정하게 말하면서 그녀를 설득하려고 애썼다. 「고향으로 돌아가는 건 생각해 보지 않을 거야?」

「싫어요. 고향 사람들은 절 안 좋게 생각해요.」

「마무드 아부 알아바스는 어떠니?」 나는 거의 애원하고 있었다. 「그 사람에게도 나쁜 점은 있지만, 넌 강하잖니. 너는 분명히 그를 변화시킬 수 있을 거야.」

「그는 고향 사람들보다 나을 게 없어요.」

나는 포기했다. 「난 정말로 네가 행복하게 잘 사는 모습을 보고 싶단다, 조라.」 나는 한숨을 쉬었다. 「난 네가 정말 좋고, 네가 날 좋아하는 것도 알아. 문제가 생기거나 필요한 게 있으면 언제든지 날 찾아오너라.」 조라가 애정과 감사가 담긴 눈빛으로 나를 보았다. 「과거의 경험이 아무리 고통스럽더라도 인생은 똑같을 거야. 널 행복하게 해줄 수 있는 남자를 찾을 수 있을 거다.」 조라가 고개를 숙이고 한숨을 쉬었다. 「네게 어울리는 남자를 찾을 거야. 그런 남자가 지금도 어딘가에 있어. 어쩌면 널 만날 적당하고 행복한 순간을 기다리고 있을지도 몰라.」

조라가 무슨 말인가 중얼거렸다. 나는 그 말을 알아듣지 못했지만 옳은 말이라는 느낌이 들었다.

「그래도 인생은 좋은 거란다. 언제나 그럴 거야.」

우리는 조화와 침묵 속에서 한동안 함께 앉아 있었다. 한참 후에 조라가 나에게 인사를 하고 방으로 돌아갔다.

의자에 앉은 채 잠들었다가 문이 열리는 소리에 잠이 깼다. 마리아나와 톨바가 노래하며 들어왔다. 두 사람은 술에 취해 있었다. 톨바가 소리쳤다. 「아니, 이렇게 늦은 시간까지 뭘 하고 계슈?」

「몇 십니까?」 나는 톨바에게 물었다, 깜짝 놀라서, 하품을 하면서.

「새해가 두 시간 지났어요.」 마리아나가 술에 취해, 불분명한 목소리로 말했다. 톨바는 마리아나에게 입을 맞추며 그녀를 자기 방으로 끌고 들어갔고, 마리아나는 짐짓 거부하는 척하면서 따라 들어갔다. 두 사람의 뒤에서 문이 닫혔다. 나는 꿈을 꾸는 것처럼 그 모습을 바라보며 앉아 있었다.

 조라가 톨바와 나에게 아침 식사를 차려 주고 나갈 때까지도 마리아나는 나타나지 않았다. 톨바는 숙취에 시달리고 있었다.
「사랑스러운 아침이군요.」 그의 다리를 잡아당기며 내가 말했다. 「그리고, 축하합니다.」
 그는 한동안 나를 무시하더니 이렇게 중얼거렸다. 「정말 짓궂구먼!」 하지만 곧 웃음을 터뜨렸다. 「정말 형편없는, 완전한 대실패였소. 웃기면서도 굴욕적이었지.」
 나는 무슨 말인지 못 알아들은 척했다.
「무슨 뜻인지 알잖소, 늙은 여우 양반!」
「마리아나요?」
 톨바가 다시 웃음을 터뜨렸다. 「우리는 상상할 수 있는 것을 전부 시도했지만 소용없었소. 마리아나는 옷을 벗겨 놓으니 밀랍으로 만든 미라 같더구먼. 〈도대체 우리가 얼마나 늙은 거야?〉 하고 생각했다오.」
「제정신이 아니었겠습니다그려.」
「그런 다음 마리아나의 신장이 문제를 일으켰소. 그녀가 울기 시작했지. 상상이 가시오? 내가 자기를 죽이려 한다고 그러지 뭐요!」
 아침 식사를 마친 후에 톨바가 내 방으로 따라 들어오더니 나와 마주 보고 앉았다.
「곧 쿠웨이트로 갈 것 같소. 세상을 떠난 친구가 그렇게 될 거라고 예언했었지.」

「세상을 떠난 친구라니요?」

「사르한 알베헤이리 말이오.」 그가 짧게 웃었다. 「그는 아주 흥미로운 주장을 펼치면서 내가 혁명을 받아들이게 만들려고 했소. 혁명을 대신할 수 있는 것은 공산주의나 무슬림 형제단밖에 없다면서 말이오. 그러고는 내가 설득당했다고 생각했겠지!」

사르한이 톨바를 설득하지 못했다는 걸 알 수 있었다. 「하지만 그게 진실이잖습니까.」

「사실은 또 다른 대안이 있소.」 톨바가 비웃듯 말했다.

「그게 뭡니까?」

「미국.」

「그럼, 미국이 이집트를 통치하길 바랍니까?」

「온건한 우파를 통해서.」 톨바가 생각에 잠겼다. 「안 될 건 또 뭐요?」

톨바의 꿈이 이제는 지겹다.

「쿠웨이트로 가시오, 정신이 완전히 나가기 전에!」

온갖 신문이 살인 사건에 대해 여러 소식을 전했다. 이상하고 모순적이었다. 만수르 바히는 살인을 저질렀다고 자백했지만 누구도 그의 동기를 납득하지 못했다. 그는 사르한이 벌을 받아야 한다고 생각했기 때문에 죽였다고 말했다. 왜 벌을 받아야 하는가? 좋지 않은 성품과 행동 때문이겠지만, 사르한만 그런 것은 아니다. 그러면 왜 사르한을 택했는가?

순전히 우연이다. 다른 사람을 택할 수도 있었다. 이것이 그의 대답이었다. 이런 말을 듣고 누가 납득하겠는가? 만수르는 정말 정신이 나간 걸까, 아니면 그런 척하는 걸까?

검시 보고서는 절단된 왼쪽 손목 동맥이 사인이며, 살인을 저질렀다는 만수르의 주장처럼 신발을 신은 발로 구타하여 죽은 것이 아니라고 밝혔다. 자살일 가능성이 가장 높아 보였다. 그 후 피해자가 한 트럭분의 실 절도 사건에 연루되어 있음이 밝혀지면서 자살이라는 가설이 입증되었다.

우리는 만수르가 어떤 형을 받을지 궁금해한다. 어쩌면 금세 풀려나서 새로운 인생을 시작할지도 모른다. 하지만 무슨 마음으로, 또 어떤 생각으로 살아갈 수 있을까? 〈만수르는 뛰어난 젊은이지.〉 나는 슬피 생각했다. 〈하지만 치료가 필요한 남모를 병을 앓고 있어.〉

그리고 약간의 슬픈 기색을 빼면 처음 만났을 때와 똑같아 보이는 조라가 있다. 그녀는 미라마르에 오기 전까지의 여러 해보다 최근 몇 달 동안 더욱 성숙해졌다. 나는 늙은이의 무거운 마음을 미소로 감추며 그녀에게서 커피 잔을 받아 든다.

조라가 아무렇지도 않게 말한다. 「저 내일 아침에 떠나요.」 나는 마담에게 조라를 그대로 데리고 있으라고 설득했지만 거절당했다. 조라는 지난 일들이 있으니 마담이 생각을 바꾸더라도 나가겠다고 했었다. 「더 좋은 곳으로 가게 되었어요.」 그녀는 그렇게 말하며 그 말을 믿고 있다.

「신의 축복이 함께하기를!」

조라가 부드럽게 미소 짓는다.「살아 있는 한 어르신을 잊지 않을 거예요.」

나는 얼굴을 가까이 가져오라고 손짓한 다음 그녀의 양 볼에 입을 맞춘다.「고맙구나, 조라.」

그런 다음 나는 그녀의 귀에 대고 속삭인다.「네가 여기 와서 시간을 낭비한 게 아니라는 사실을 기억하렴. 너에게 무엇이 나쁜 건지 알게 되었잖니. 그러면 그 모든 일이 너에게 진정으로 좋은 것이 무엇인지 발견하는 신비로운 과정이었다고 생각할 수도 있겠지.」

나는 마음이 벅차오를 때면 종종 그러듯이 자비의 장을 펼쳐 낭독한다.

자비로우신 그분은
이 코란을 가르쳐 주셨다.
그분은 인간을 창조하셨다.
그분은 인간에게 설명할 수 있는 재주를 가르쳐 주셨다.
태양과 달은 정해진 계산에 의해 운행된다.
별과 수목은 엎드려 절한다.
하늘을 높이 들어 올려 저울을 설치한 것은,
너희가 과대한 계량을 하는 일이 없도록,
또 과소한 계량을 하는 일이 없도록 하기 위함이다.
또한 모든 생물을 위해 대지를 창조하셨다,
거기에는 과실이 있고 껍질을 쓴 채 열매가 달리는 대추야자 나무가 있으며,

시든 잎줄기에 열리는 곡식과 향기를 뿜는 향초가 있다.
너희는 주께서 베푸시는 은혜 가운데 그 어느 것을 거짓이라 말하는가?[45]

---

45 『코란』 55장 1~13절. 『코란』의 55장은 〈라흐만 Al-Rahman〉 장으로, 〈가장 자비로우신 자의 장〉이라고도 한다. *Rahman*은 아랍어로 〈사랑〉, 〈자비〉라는 뜻이다.

우중충한 은빛 바다를 석양이 붉게 물들였고, 나는 두 번째로 잔을 높이 들어 건배하려고 했다. 그런데 바로 그 때 옆 발코니에서 여자의 목소리가 들려왔다. 그녀는 쿠르트 바일의 노래를 아주 나지막한 톤으로 부르고 있었지만 베를린 억양은 숨길 수 없었다.

「수라바야 조니, 정말 끝인가요*Surabaya Johnny, warum bist du so roh*……?」

우리는 화분들로 뒤덮인 작은 담을 사이에 두고 있었으며, 나는 그녀를 보기 위해 두 걸음 이상을 내딛을 필요가 없었다. 그녀는 하얀 마 옷을 입고 등받이가 긴 의자에 앉아 있었다. 나는 마가 여자가 입기에는 제일 고상한 천이라고 늘 생각했었다. 그녀는 발 받침대 위에 맨발을 올려놓고 있었다.

「그 조니가 꽤 끔찍했겠군요*Du bist kein Mensch, Johnny*.」

나는 병과 잔 두 개를 보여 주며 인사를 건넸다.

「나는 당신을 정말 사랑합니다*Und ich liebe dich so*.」

그녀가 발 받침대를 가리키며 노래했다.

「베를린분?」

내가 잔을 건네며 물었다.

그녀는 대답하기에 앞서 자기 잔을 내 잔과 부딪히고 한 모금을 들이킨 후 작은 탁자 위에 내려놓았다. 그러고는 어깨까지 내려오는 숱이 많은 금발을 황금빛 물결이 요동치듯 양손으로 어루만지며 뒤로 넘겼다. 그녀는 그리스 여자였지만 몇 년 동안 베를린에서 살았다. 알렉산드리아에 남아 있는 마지막 그리스 여자들 중 한 명이라며 그리움이 묻은 목소리로 말했다.

침묵을 공유할 줄 알기에 함께 있으면 침묵하게 만드는 여자들이 있으며, 그건 그렇게 힘들지도 않고 너그러울 필요도 없다. 우리는 천천히 샴페인을 마시며 바다를 바라보았다. 아주 가까이, 저 아래 어딘가에 콜로소 동상 역시 침묵 속에서 잠겨 있었다. 그리고 훼손되어 연안 전체에 흩뿌려진 위대한 알렉산드리아 도서관의 침묵한 책들은 어쩌면 바닷가 야자수들이 자라고 있는 곳의 비옥한 거름이 되었을 수도 있다.

그렇게 해는 서쪽으로 기울고 있었고, 그림자들은 지중해 위로 장막을 드리우고 있었다. 나는 그녀가 틀림없이 훌륭한 와인을 마실 수 있는 레스토랑을 알고 있을 거라고 덧붙이면서 그녀를 저녁 식사에 초대했다.

「오늘은 안 돼요. 하지만 내일 7시에 미라마르 카페에서 기다리고 있을게요.」

그녀는 팔짱을 껴 맨어깨 위로 양손을 얹어 추운 내색을 보이며 몸을 일으키면서 말했다.

다음 날 나는 해야 할 일들을 했다. 도서관을 다시 방문했고, 세르반테스 인스티튜트13에서 강연회를 가진 후 이집트 학생들과 달착지근한 커피를 마셨고, 오후 6시경에는 호텔 프런트에서 미라마르 카페의 위치를 물었다.

「확실합니까? 미라마르 카페는 없는데요. 옛날 그리스인들이 살던 시절에는 있었습니다. 하지만 오래전 문을 닫았지요.」

프런트 직원이 잘라 말했다.

나는 카페 이름이 미라마르라면 바닷가에 있을 거라 생각

부록
미라마르 카페[*]
루이스 세풀베다/권미선 옮김

나기브 마푸즈를 기리며

해 질 녘 사막의 모래바람이 멈추고, 소금기를 머금은 옛 지중해의 향취가 은은한 목련 향에 실려 왔다. 가난한 만큼 품위 있는 카바피스의 박물관에서 나와 호텔로 돌아 가기 전, 알렉산드리아 골목길들을 거닐기에 최고의 순간이었다.

공기에 취해 갈증이 났으며, 마드리드 공항에서 사온 샴페인 한 병이 내 방의 미니바에서 나를 기다리고 있다는 사실이 떠올랐다. 나는 발걸음을 재촉할 훌륭한 이유가 떠올랐고, 얼른 들어오라며 간절하게 유혹하는 테라스가 달린 여러 바들을 그냥 지나쳤다. 나는 이집트인들이 마시는 달착지근한 커피나 알코올이 없는 혐오스러운 맥주를 마시고 싶은 마음은 없었다. 알코올 없는 맥주란 그것을 강요하는 종교 원칙만큼이나 밋밋한 맥주이다.

나는 호텔에 도착하자마자 맨 먼저 샴페인 병이 있는지부

[*] 루이스 세풀베다, 『알라디노의 램프』(서울: 열린책들, 2010)에서 재인용.

터 확인했다. 병은 그곳에, 옆으로 차갑게 뉘어져 있었다. 보아하니 객실 청소부의 눈에 띈 것 같았다. 친절하게도 세속적인 익명의 손길이 콘솔 위에 샴페인 잔 두 개를 가져다 놓은 것이다.

「누가 됐든지 그대에게 축복을 내리리.」

나는 발코니의 문을 열면서 중얼거렸다. 알렉산드리아 도서관의 방문을 축하하기 위해 구입한 샴페인이었다. 도서관은 노르웨이 건축가가 지은 초현대식 건물이지만 바다가 그 건물을 거부해 실망이 컸다. 그래서 나는 시인 콘스탄티노 카바피스를 위해 축배를 들며 발코니로 나갔다.

오, 옛 친구여, 나는 당신의 집에 가 보았습니다. 서글퍼 보이는 졸린 남자가 나에게 이집트 파운드 몇 푼을 요구하더니, 나갈 때 알파로 만든 매트 아래에 열쇠를 넣어 두고 가라면서 잠시 후 문 열쇠를 건네주었습니다. 〈시인의 집에서는 아무도 훔쳐가지 않습니다.〉 그가 당혹스러운 내 표정을 보자 그렇게 중얼거렸던 것 같습니다. 그러고는 그는 알렉산드리아 음절로 뼈들이 투덜거리는 해묵은 피로를 질질 끌며 나갔습니다. 나는 당신의 의자에 앉아 책상 위에 있던 호메로스와 카잔차키스의 언어로 적힌 책 몇 권을 열어 보았습니다. 다시 말해 나는 야만인처럼 굴었고, 그렇게 당신의 침대에도 누워 보았습니다. 나는 두 눈을 감고 그 누구의 눈에도 띄지 않는 야만인으로서의 나의 행운을 안타까워했습니다. 옛 친구여, 건배.

하고 몇 군데 바에 들러 물었다. 바에는 물파이프 담배를 피우고 백개먼 게임을 하면서 향긋한 연기를 한입 가득히 내뿜는 사람들이 잔뜩 있었다. 그 카페가 어디에 있는지 아는 사람은 아무도 없었다.

나는 자정이 되어 호텔로 돌아갔다. 프런트 직원이 있던 곳에 나이가 많은 야간 경비원이 있어, 옆방에 투숙한 여자 손님은 이미 들어왔는지 물었다. 노인이 이상한 듯 나를 바라보더니 상당히 거친 영어로 그건 불가능하다고, 그 방에는 아무도 투숙하지 않는다고 말했다. 그 방에는 호텔의 전 주인이었던 독일 여자의 가구들이 보관되어 있다고 했다……

「그리스 여자이지요.」

내가 그의 말을 끊었다.

「알렉산드리아에 남아 있는 마지막 그리스 여자들 중 한 명이요.」

「맞아요. 그리스 여자였지요.」

그가 수긍했다. 그는 나에게 이야기를 들려주고 싶어 했지만 나는 손사래를 치며 가로막았다.

나는 나의 유령들과 더불어 살며 그들을 받아들이고 불러낸다. 어쩌면 카바피스의 시들이 다른 생에 있는 잊을 수 없는 유령과 함께 샴페인을 마시게 했는지도 모르겠다. 어쩌면 사막이 바닷가 옆에서 그 아름다운 파타 모르가나를, 구원이나 체념의 영역을 나에게 선물했는지도 모르겠다.

역자 해설
이집트인의 가슴을 밝힌 큰 별

1. 평생 이집트를 떠나지 않았던 작가

 2006년 7월, 이집트 작가 나기브 마푸즈Naguib Mahfouz는 넘어지면서 머리에 심한 부상을 입었다. 카이로 병원에 입원하여 치료를 받았지만 8월 30일, 결국 세상을 떠났다. 8월 31일, 카이로 나스르Nasr 시에서 군 의장대가 참석하는 국장이 치러졌다. 전 세계 4백여 개 언론들이 그의 부음을 전하고 애도 기사를 보도했다. 가난한 사람들을 포함해 이집트 모든 계층 사람들이 모이는 장례식을 꿈꿨던 마푸즈였지만, 그의 장례식은 무바라크 정부의 엄격한 출입 제한으로 애도하는 시민의 항의 속에서 치러졌다. 카이로 시내의 거의 모든 상점이 문을 닫았고 수십만의 시민들이 밖으로 나왔다. 그들 손에 들린 팻말에는 이렇게 쓰여 있었다. 〈마푸즈는 우리들 사람〉.

 나기브 마푸즈는 1911년 12월 11일 이집트 카이로 가말리야Gamaliya 지역의 중산층 이슬람 가정에서, 그의 표현대로라면 〈예스러운〉 공무원 아버지 슬하의 7남매 중 막내로 태어났다. 형제자매가 많았음에도 불구하고 바로 위의 형과도 열 살 차이가 났기 때문에 외아들처럼 자랐다. 마푸즈는 형제자매와의 평범한 유대감을 느끼지 못하며 자란 것을 슬퍼했고, 이러한 감정은 그의 작품 대부분에서 그려지는 형제 간의 관계에 잘 드러나 있다. 하지만 그의 어린 시절은 행복했다. 가정은 안정적이었고 사랑이 넘쳤으며, 그의 부모는 종교를 무척 중요하게 여겼다. 마푸즈의 유년기에 대한 애정은 여러 작품에 걸쳐 잘 드러나 있다. 어머니는 마푸즈를 자주 박물관에 데리고 다녔고, 이집트의 역사는 그의 작품의 주제가 되었다.

그는 가말리야 지역에서 10년 가까이 살았는데, 이 지역은 『미다끄 골목*Zuqaq al-Midaq*』(1947), 『카이로 삼부작*al-Thulatiya*』(1956~1957)과 같은 초기 사실주의 작품에서 중요한 역할을 하며, 『우리 동네 아이들*Awlad Haratina*』(『게발라위의 아이들』, 1959), 『하라피시*Malhamat al-Harafish*』(1977)와 같은 후기 소설에서도 상징적으로 등장한다. 마푸즈 작품에 등장하는 그가 어린 시절을 보내기도 한 골목은 이집트 사회를 축소해 놓은 소우주와도 같다. 1924년 마푸즈 가족은 새로운 교외 구역인 알압바시야al-Abbasiya로 이사를 했는데, 이곳 역시 가말리야와 마찬가지로 그의 작품에 자주 등장한다.

1919년 반영(反英)운동이 전국적으로 번지면서 일어난 혁명은 어린 마푸즈에게도 깊은 인상을 남겼다. 마푸즈는 이때 진정한 민족주의를 처음으로 느꼈고, 이것은 그의 작품에 큰

037 **우리들** 예브게니 자먀찐 장편소설 | 석영중 옮김 | 320면
038 **뉴욕 3부작** 폴 오스터 장편소설 | 황보석 옮김 | 480면
039 **닥터 지바고** 보리스 파스테르나크 장편소설 | 홍대화 옮김 | 전2권 | 각 480, 592면
041 **고리오 영감** 오노레 드 발자크 장편소설 | 임희근 옮김 | 456면
042 **뿌리** 알렉스 헤일리 장편소설 | 안정효 옮김 | 전2권 | 각 400, 448면
044 **백년보다 긴 하루** 친기즈 아이뜨마또프 장편소설 | 황보석 옮김 | 560면
045 **최후의 세계** 크리스토프 란스마이어 장편소설 | 장희권 옮김 | 264면
046 **추운 나라에서 돌아온 스파이** 존 르카레 장편소설 | 김석희 옮김 | 368면
047 **산도칸 – 몸프라쳄의 호랑이** 에밀리오 살가리 장편소설 | 유향란 옮김 | 428면
048 **기적의 시대** 보리슬라프 페키치 장편소설 | 이윤기 옮김 | 560면
049 **그리고 죽음** 짐 크레이스 장편소설 | 김석희 옮김 | 224면
050 **세설** 다니자키 준이치로 장편소설 | 송태욱 옮김 | 전2권 | 각 480면
052 **세상이 끝날 때까지 아직 10억 년** 스뜨루가츠끼 형제 장편소설 | 석영중 옮김 | 224면
053 **동물 농장** 조지 오웰 장편소설 | 박경서 옮김 | 208면
054 **캉디드 혹은 낙관주의** 볼테르 장편소설 | 이봉지 옮김 | 232면
055 **도적 떼** 프리드리히 폰 실러 희곡 | 김인순 옮김 | 264면
056 **플로베르의 앵무새** 줄리언 반스 장편소설 | 신재실 옮김 | 320면
057 **악령** 표도르 도스또예프스끼 장편소설 | 박혜경 옮김 | 전3권 | 각 328, 408, 528면
060 **의심스러운 싸움** 존 스타인벡 장편소설 | 윤희기 옮김 | 340면
061 **몽유병자들** 헤르만 브로흐 장편소설 | 김경연 옮김 | 전2권 | 각 568, 544면
063 **몰타의 매** 대실 해밋 장편소설 | 고정아 옮김 | 304면
064 **마야꼬프스끼 선집** 블라지미르 마야꼬프스끼 선집 | 석영중 옮김 | 384면
065 **드라큘라** 브램 스토커 장편소설 | 이세욱 옮김 | 전2권 | 각 340, 344면
067 **서부 전선 이상 없다** 에리히 마리아 레마르크 장편소설 | 홍성광 옮김 | 336면
068 **적과 흑** 스탕달 장편소설 | 임미경 옮김 | 전2권 | 각 432, 368면
070 **지상에서 영원으로** 제임스 존스 장편소설 | 이종인 옮김 | 전3권 | 각 396, 380, 496면
073 **파우스트** 요한 볼프강 폰 괴테 희곡 | 김인순 옮김 | 568면
074 **쾌걸 조로** 존스턴 매컬리 장편소설 | 김훈 옮김 | 316면
075 **거장과 마르가리따** 미하일 불가꼬프 장편소설 | 홍대화 옮김 | 전2권 | 각 364, 328면
077 **순수의 시대** 이디스 워튼 장편소설 | 고정아 옮김 | 448면
078 **검의 대가** 아르투로 페레스 레베르테 장편소설 | 김수진 옮김 | 384면

079 **예브게니 오네긴** 알렉산드르 뿌쉬낀 운문소설 | 석영중 옮김 | 328면
080 **장미의 이름** 움베르토 에코 장편소설 | 이윤기 옮김 | 전2권 | 각 440, 448면
082 **향수** 파트리크 쥐스킨트 장편소설 | 강명순 옮김 | 384면
083 **여자를 안다는 것** 아모스 오즈 장편소설 | 최창모 옮김 | 280면
084 **나는 고양이로소이다** 나쓰메 소세키 장편소설 | 김난주 옮김 | 544면
085 **웃는 남자** 빅토르 위고 장편소설 | 이형식 옮김 | 전2권 | 각 472, 496면
087 **아웃 오브 아프리카** 카렌 블릭센 장편소설 | 민승남 옮김 | 480면
088 **무엇을 할 것인가** 니꼴라이 체르니셰프스끼 장편소설 | 서정록 옮김 | 전2권 | 각 360, 404면
090 **도나 플로르와 그녀의 두 남편** 조르지 아마두 장편소설 | 오숙은 옮김 | 전2권 | 각 408, 308면
092 **미사고의 숲** 로버트 홀드스톡 장편소설 | 김상훈 옮김 | 424면
093 **신곡** 단테 알리기에리 장편서사시 | 김운찬 옮김 | 전3권 | 각 292, 296, 328면
096 **교수** 샬럿 브론테 장편소설 | 배미영 옮김 | 368면
097 **노름꾼** 표도르 도스또예프스끼 장편소설 | 이재필 옮김 | 320면
098 **하워즈 엔드** E. M. 포스터 장편소설 | 고정아 옮김 | 512면
099 **최후의 유혹** 니코스 카잔차키스 장편소설 | 안정효 옮김 | 전2권 | 각 408면
101 **키리냐가** 마이크 레스닉 장편소설 | 최용준 옮김 | 464면
102 **바스커빌가의 개** 아서 코넌 도일 장편소설 | 조영학 옮김 | 264면
103 **버마 시절** 조지 오웰 장편소설 | 박경서 옮김 | 408면
104 **10 1/2장으로 쓴 세계 역사** 줄리언 반스 장편소설 | 신재실 옮김 | 464면
105 **죽음의 집의 기록** 표도르 도스또예프스끼 장편소설 | 이덕형 옮김 | 528면
106 **소유** 앤토니어 수전 바이어트 장편소설 | 윤희기 옮김 | 전2권 | 각 440, 488면
108 **미성년** 표도르 도스또예프스끼 장편소설 | 이상룡 옮김 | 전2권 | 각 512, 544면
110 **성 앙투안느의 유혹** 귀스타브 플로베르 희곡소설 | 김용은 옮김 | 584면
111 **밤으로의 긴 여로** 유진 오닐 희곡 | 강유나 옮김 | 240면
112 **마법사** 존 파울즈 장편소설 | 정영문 옮김 | 전2권 | 각 512, 552면
114 **스쩨빤치꼬보 마을 사람들** 표도르 도스또예프스끼 장편소설 | 변현태 옮김 | 416면
115 **플랑드르 거장의 그림** 아르투로 페레스 레베르테 장편소설 | 정창 옮김 | 512면
116 **분신** 표도르 도스또예프스끼 장편소설 | 석영중 옮김 | 288면
117 **가난한 사람들** 표도르 도스또예프스끼 장편소설 | 석영중 옮김 | 256면
118 **인형의 집** 헨리크 입센 희곡 | 김창화 옮김 | 272면
119 **영원한 남편** 표도르 도스또예프스끼 장편소설 | 정명자 외 옮김 | 448면

영향을 주었다. 1952년에 일어난 가말 압델 나세르Gamal Abdel Nasser가 이끈 자유장교단 혁명에 대한 환상에서 깨어났을 때에도 그가 문제를 제기한 것은 실천의 방법이었지 혁명이라는 신념 자체는 아니었다. 『미라마르Miramar』(1967)를 비롯하여 1960년대에 집필한 여러 작품에서 마푸즈는 혁명 세력에 대한 비판의 목소리를 분명하게 냈지만, 그 시대의 다른 많은 지식인들을 체포했던 나세르는 그만은 체포하지 않았다.

마푸즈는 초등학교 시절 탐정 소설, 역사 소설, 모험 소설을 탐독했고, 그 무렵부터 글을 쓰기 시작했다. 중·고등학교 시절에는 타하 후세인,[1] 무함마드 후사인 하이칼,[2] 이브라힘 알마지니[3]와 같은 혁신적인 아랍 소설가들의 작품을 읽기 시작했고, 이들의 작품은 마푸즈 단편소설의 모델이 되었다.

마푸즈는 글쓰기를 무척 좋아하고 수학과 과학에 뛰어났지만, 1930년 푸아드 1세 대학(카이로 대학의 전신)에서는 철학을 전공했다. 중·고등학교 때부터 대학 시절까지 다양한 잡지와 신문에 40편 이상의 글을 발표했는데, 대부분은 철학이나 정신 분석과 관련된 글이었고 프랑스의 철학자 앙리 베르그송Henri Louis Bergson에게서 많은 영향을 받았다.

---

[1] Taha Hussein(1889~1973). 이집트의 소설가이자 사상가. 카이로 대학 교수로 아랍 고전 문학을 연구했다. 대표작으로 자서전 『나날들al-Ayyam』이 있다.

[2] Muhammad Husayn Haykal(1888~1956). 이집트의 작가, 언론인, 정치가. 작품으로 소설 『자이나브Zaynab』가 있다.

[3] Ibrahim al-Mazini(1890~1949). 이집트의 시인, 소설가, 언론인. 아랍의 초기 낭만주의 시인 집단인 〈디완 그룹〉의 일원이었다.

마푸즈는 1939년에 공무원이 되어 1972년에 은퇴할 때까지 다양한 정부 부서에서 일했다. 1953년까지는 이슬람부에서 일했는데 1945년에 자신이 태어난 동네 가말리야 근처의 구리Ghuri 도서관으로 전직을 요청하여 그곳에서 가난한 사람들을 위한 무이자 대출 프로그램을 운영했다. 마푸즈에게는 무척 행복한 시절이었다. 지역 사람들의 생활을 관찰할 기회가 무척 많았고 서양 문학 작품도 마음껏 읽을 수 있었다. 마푸즈는 특히 윌리엄 셰익스피어, 조셉 콘래드, 허먼 멜빌, 귀스타브 플로베르, 스탕달, 똘스또이, 마르셀 프루스트, 유진 오닐, 조지 버나드 쇼, 헨리크 입센, 아우구스트 스트린드베리를 좋아했다. 1950년대 중반부터는 영화 검열부, 영화 지원 재단, 영화 산업 기구, 문화부에서 근무했다.

미혼으로 살던 마푸즈는 1954년 마흔세 살의 나이로 아티야 알라 이브라힘Attiya Allah Ibrahim과 결혼했다. 그가 늦게까지 결혼을 하지 않은 것은 결혼 생활의 여러 가지 제약이 글쓰기를 방해할 것이라는 생각 때문이었다. 마푸즈 부부는 카이로의 나일 강과 접한 지역인 아구자Agouza의 아파트에 살면서 두 딸을 키웠다. 그는 거의 평생 동안 이집트를 떠나지 않았고, 노벨 문학상을 수상했을 때에도 딸들을 대신 보냈다.

1939년 첫 장편소설 『운명의 조롱Abath al-Aqdar』(『쿠푸의 지혜』)을 발표한 이후 마푸즈는 45편 이상의 소설과 단편집을 펴냈다. 또한 1940년대부터 1980년대 초까지 각본도 25편 썼다. 그의 소설을 바탕으로 만들어진 영화 역시 30편이 넘었지만 그는 자신의 작품을 각색하는 일에는 큰 관심이 없었다고 한다. 1971년부터 세상을 떠날 때까지 명예 작가로서 일간지 「알아람Al-Ahram」에 매주 칼럼을 발표했다.

그는 현실에서도 논란을 피하지 않았던 작가였다. 1978년 안와르 사다트⁴ 대통령이 이스라엘과 평화 협정을 맺자 이를 공개적으로 지지했고, 그로 인해 대부분의 아랍 국가에서 그의 작품이 금지되었다. 이란의 최고 지도자 호메이니 Ayatollah Ruhollah Khomeini가 살만 루슈디Ahmad Salman Rushdie의 『악마의 시*The Satanic Verses*』에 대해 이슬람교 모독죄를 적용하여 처형 명령을 내리자 이를 비판하기도 했다. 마푸즈는 개인적으로 『악마의 시』가 이슬람교를 모독한다고 생각했지만 표현의 자유는 존중해야 한다고 믿었다. 그리고 루슈디와 출판업자에 대해 처형 명령을 내린 호메이니를 〈테러리스트〉라고 칭했다. 마푸즈를 비롯한 지식인 80명은 〈작가를 살인하라고 명령하는 것만큼 이슬람과 이슬람교도들을 해치는 신성 모독은 없다〉는 내용의 선언문을 발표했고, 이로 인해 마푸즈는 여러 이집트 작가 및 지식인과 함께 이슬람 원리주의자⁵들의 〈암살 대상 목록〉에 올랐다.

〈악마의 시〉 사태로 마푸즈의 『우리 동네 아이들』을 둘러싼 논란이 다시 고개를 들면서 마푸즈에 대한 암살 위협이 뒤따랐다. 루슈디와 마찬가지로 마푸즈도 경찰의 경호를 받았지만, 1994년에 이슬람 원리주의자들이 카이로에 있는 마

4 Anwar Sadat(1918~1981). 이집트의 3대 대통령. 1952년 나세르와 함께 혁명을 주도한 후, 1970년에 나세르가 사망하자 대통령에 취임했다.
5 서구의 근대화를 배척하고 코란의 이념에 입각한 공동체의 건설을 지향하는 〈이슬람 원리주의〉를 따르는 사람들을 말한다.

푸즈의 집 근처에서 칼로 그의 목을 찔러 암살에 성공할 뻔했다. 마푸즈는 목숨을 건졌지만 오른손에 영구적인 신경 손상을 입으면서 하루에 30분 이상 글을 쓸 수 없게 되어 결국 발표되는 작품이 점차 줄어들었다. 말년에는 눈도 거의 보이지 않았고, 매일 커피 가게에서 친구들을 만나던 습관도 버려야만 했다.

마푸즈는 1988년 노벨 문학상을 받았다. 이집트 내에서는 물론이고 아랍어로 글을 쓰는 작가로서도 최초의 수상이었다. 〈뉘앙스가 풍부한 — 때로는 명석하고 현실적이며, 때로는 지난날을 모호하게 회상하는 — 작품들을 통해 인류 전체가 공감할 수 있는 아랍식 이야기를 만들어 내왔다.〉 심사위원단은 나기브 마푸즈의 작품 세계를 그렇게 평했다.

2. 현대 이집트의 목소리

마푸즈의 초기 작품들 대부분은 가말리야를 무대로 한다. 『운명의 조롱』(1939), 『라도비스*Radobis*』(1943), 『테베의 투쟁*Kifah Tibah*』(1944)은 원래 30편으로 계획된 역사 소설이었다. 마푸즈는 월터 스콧Walter Scott 경의 영향을 받아 이집트의 전(全) 역사를 책으로 펴내려고 했다. 그러나 3권을 마친 후 마푸즈의 관심은 역사가 아닌 현재로, 사회적 변화가 평범한 사람들에게 어떠한 정신적 영향을 미치는지의 문제로 옮겨 갔다.

1950년대의 대표작은 1천5백 페이지에 달하는 기념비적인 작품 『카이로 삼부작』이었다. 〈궁전 길Bayn al-Qasrayn〉, 〈욕망의 궁전Qasr al-Shawq〉, 〈설탕로al-Sukariyya〉의 세 편으로 구성된 이 작품은 카이로의 마푸즈가 자란 지역을 배경으로 한, 제1차 세계 대전부터 파루크Faruk 1세가 퇴위된 1950년대까지, 사이드 아흐마드 압드 알자와드 가족의 삼대에 걸친 이야기이다. 무척이나 다양한 인물과 인물에 대한 심리적 이해는 발자크나 디킨스, 똘스또이를 떠올리게 한다. 마푸즈는 삼부작을 끝낸 후 몇 년 동안 글을 쓰지 않았지만 1952년에 혁명을 일으킨 나세르 정권에 실망하여 1959년부터 다시 글을 발표하기 시작했고 이후 소설과 단편소설, 에세이, 각본 등을 왕성하게 집필했다.

나세르 시절 이집트 사회의 부패를 비판한 『나일 강을 떠다니며 Thartharah fawq al-Nil』(1966)는 가장 인기가 많은 작품들 중 하나로, 1971년에 영화화되기도 했다. 그러나 발표 당시에는 나세르 전 대통령을 여전히 지지하는 이집트인들의 반발을 피하기 위해서 안와르 사다트 대통령에 의해 금서로 지정되었다. 마푸즈의 작품은 사회주의, 동성애, 종교를 포함한 다양한 주제를 다루었는데, 그중 일부는 이집트에서 금지된 주제이기도 했다.

마푸즈의 가장 유명한 작품 중 하나인 『우리 동네 아이들』 역시 신과 유대주의, 기독교, 이슬람 등 단일신 신앙을 우화적으로 그려 내 신성을 모독했다는 이유로 금서 조치를 받았고, 이집트뿐만 아니라 레바논을 제외한 전 아랍 국가들에서 금서로 지목되었다가 2006년이 되어서야 풀렸다. 마푸즈는 한 인터뷰에서 이 작품에 대해 〈나는 이 책에서 새로운 종교와 마찬가지로 과학 역시 이 사회에 필요하다는 것을, 과학이 반드시 종교적 가치와 충돌을 일으키지는 않는다는 것을 보여 주고 싶었다〉고 말했다.

1960년대와 1970년대에 걸쳐 마푸즈는 작품을 더욱 자유롭게 구성하면서 내적 독백을 많이 이용했다. 『아라비아의 밤과 낮Layali Alf Laylah』(1981), 『이븐 파투마의 여행Rihlat Ibn Fattumah』(1983)에서는 아랍의 전통적인 이야기를 서브텍스트로 활용하기도 했다.

마푸즈는 혼란스러운 20세기 이집트의 사회적, 정치적, 종교적 삶을 현실적으로 그렸다. 화려하고 고전적인 아랍어로 쓴 그의 작품들은 거의 모두 복잡한 카이로 도시 지역을 무대로 하며 주로 평범한 주인공들이 서구적인 가치관의 유혹과 현대화에 대처하는 모습을 그린다. 또한 마푸즈의 작품 대부분은 정치를 주요 주제로 다룬다. 그는 많은 작품에서 이집트 민족주의를 강력하게 지지했으며, 세계 대전 이후 시절에는 와프드당에 대한 공감을 표시했다. 젊은 시절에는 사회주의와 민주주의 사상에도 매료되었다. 사회주의 사상의 영향은 특히 그의 초기 소설 『새로운 카이로al-Qahirah al-Jadidah』(1945)와 『한 알할릴리Khan al-Khalili』(1946)에 잘 나타나 있다. 하지만 사회주의를 굳게 믿었음에도 불구하고 마푸즈는 어떤 의미에서도 마르크스주의자는 아니었다. 마푸즈는 사회주의와 민주주의에 공감하는 만큼 무슬림 형제단으로 대표되는 이슬람 원리주의에 반감을 가지고 있었다. 그는 여러 작품에서 극단적인 이슬람주의를 강하게 비판했고, 초기 소설에서는 사회주의의 장점과 이슬람 원리주의의 단점을 대조적으로 보여 주었다.

3. 『미라마르』라는 희망

나기브 마푸즈의 대표작 중 하나인 『미라마르』는 1967년 작품으로, 1952년 자유장교단 혁명 이후 불안했던 이집트의 모습을 담고 있다. 1919년 반영 혁명과 1952년 나세르가 이끄는 자유장교단 혁명은 현대 이집트를 살아가는 사람들을 각기 다른 이상으로 갈라놓았다. 소설 『미라마르』는 세대, 출신 배경, 이념, 직업이 각기 다른 다섯 남자가 알렉산드리아의 〈미라마르 펜션〉에 모이면서 벌어지는 이야기다. 기자 출신의 민족주의자 아메르 와그디가 그리스인 여주인이 운영하는 추억의 〈미라마르 펜션〉을 찾아오면서 이야기는 시작된다. 그 후 대지주이자 정부 고위 관료였으나 혁명으로 재산을 몰수당한 톨바 마르주끄, 혁명 이후의 세상에 적응하지 못하는 지방 유지 호스니 알람, 사회주의 단체 소속이었지만 고위 경찰인 형의 만류로 탈퇴한 만수르 바히, 새로운 정권에서 여러 가지 정치 활동을 하며 한몫을 노리는 기회주의자 사르한 알베헤이리가 차례로 펜션에 들어온다. 이들이 펜션이라는 좁은 공간에서 겨울 한 철을 보내며 이집트 현대

사의 그늘을 재현하는 모습은 흡사 정교하게 짜인 연극을 보는 듯하다.

각 인물이 가진 과거의 회한과 상처는 〈조라〉라는 시골 출신 여급을 둘러싼 긴장과 다툼을 매개로 전개되어 살인 사건까지 치닫는다. 각 인물이 펜션에 들어와 살인 사건이 일어나기까지의 짧은 이야기가 네 명의 화자들의 시점과 목소리로 계속 되풀이되면서 숨겨져 있던 사건의 진실이 점차 드러나는 구조가 작품에 깊이를 더한다. 또한 각각의 화자들의 진술도 그들 각자의 기억과 맞물리는데, 이로써 독자는 주인공들의 내면의 상처는 물론, 이집트 전체의 문제(세대와 계층 간의 어긋남)를 깊이 있게 바라볼 수 있다. 또한 인간의 본성과 심리를 그려 내는 예리하고도 정직한 필치는 시대와 지역을 뛰어넘는 매력으로 다가온다. 스산한 겨울, 변덕스러운 알렉산드리아의 날씨를 배경으로 추억과 회한만이 남은 노인들, 무력하거나 좌절한 젊은이들을 화자로 내세운 이 소설은 혁명 이후 혼란스러운 이집트의 모습을 여실히 투영하고 있지만, 어느 인터뷰에서 밝힌 바 있듯 작가는 〈조라〉라는 매력적인 여인을 통해 미래에 대한 희망의 끈 역시 놓지 않고 있다. 자신에게 주어진 제약을 적극적으로 극복하려 노력하면서 사랑이라는 이름의 유혹에도 굴복하지 않는 꿋꿋한 모습이야말로 작가가 이집트의 국민들에게서 발견한 희망이었을 것이다.

허진

나기브 마푸즈 연보

1911년 출생 12월 11일 이집트 카이로 가말리야Gamaliya의 이슬람 중산층 가정에서 7남매 중 막내로 태어남. 종교를 중시하는 부모 밑에서 행복한 어린 시절을 보냄. 바로 위의 형과도 열 살 차이가 난 까닭에 외롭게 지냈지만 어머니와 함께 박물관에 자주 다니며 이집트 역사에 관심을 갖게 됨.

1919년 8세 반영(反英)운동이 이집트 전국, 전 계층으로 확산되어 가던 중 1919년 혁명이 발발함. 마푸즈는 아직 어린 나이였지만 영국 군인들이 시위자에게 발포하는 모습을 자주 보았고 큰 영향을 받음. 이는 이후의 회고에서도 잘 드러남. 〈내 어린 시절의 안정감을 가장 강력하게 뒤흔든 단 한 가지를 꼽으라면 1919년 혁명일 것이다.〉

1922년 11세 영국이 이집트의 독립을 선언함. 이듬해에 헌법이 공포되고 총선거가 실시되었으며, 1919년 혁명으로 수감되었다가 석방된 사드 자글룰Saad Zaghlul이 와프드Wafd당을 결성해 압도적 승리를 거둔 후 이집트 총리로 취임함.

1924년 13세 카이로 교외 지역 알압바시야al-Abbasiya로 이사함. 이곳은 10년 가까이 살았던 가말리야와 함께 마푸즈 소설의 배경으로 자주 등장함.

1925년 14세 후사이니야Husayniyya 초등학교를 졸업하고 푸아드 1세

고등학교에 입학함.

1930년 19세 푸아드 1세 대학(카이로 대학의 전신)에 입학하여 철학을 공부함.

1932년 21세 제임스 바이키James Baikie의 역사서 『고대 이집트*Ancient Egypt*』를 번역, 살라마 무사Salama Mussa의 도움으로 출간(아랍어 제목은 ⟨Misr al-Quadima⟩).

1934년 23세 푸아드 1세 대학 철학과를 졸업하고 석사 과정을 시작함.

1936년 25세 석사 과정 졸업을 1년 앞두고 전업 작가가 되기로 결심함. 1939년까지 대학의 비서로 일하면서 「알리살라Al-Risala」 신문에서 기자로 활동, 「알힐랄Al-Hilal」과 「알아람Al-Ahram」 등의 신문에도 글을 씀. 이 무렵 당대 이집트에서 사회주의를 주창하며 이름을 날렸던 살라마 무사에게 편지를 써서 존경의 마음을 표하고 그가 창간한 잡지 『알가디다*Al-Gadida*』에 참여 의사를 밝힘. 무사는 마푸즈에게 사상적으로 절대적인 영향을 미쳤을 뿐 아니라, 마푸즈가 잡지를 통해 글을 발표할 수 있도록 도움을 줌(마푸즈는 본격적으로 소설을 쓰기 전 80편에 가까운 단편소설과 에세이를 잡지를 통해 발표함). 둘의 관계는 무사가 죽기까지 계속되었으며, 마푸즈는 무사의 의견을 자신의 소설에 적극적으로 반영함.

1938년 27세 28편의 단편이 수록된 단편집 『광기의 속삭임*Hams al-Junun*』 출간.

1939년 28세 공무원이 되어 1953년까지 이슬람부에서 근무함. 이후 35년간 공무원 생활과 작품 활동을 병행함. 첫 장편소설 『운명의 조롱 *Abath al-Aqdar*』(『쿠푸의 지혜』) 출간. 마푸즈는 월터 스콧 경의 영향을 받아 이집트의 전(全) 역사를 책으로 펴내기로 하고 30편의 역사 소설을 계획하였는데, 이 책이 그 첫 권임.

1943년 32세 두 번째 역사 소설 『라도비스*Radobis*』 출간.

1944년 33세 세 번째 역사 소설 『테베의 투쟁*Kifah Tibah*』 출간.

1945년 34세 소설 『새로운 카이로*al-Qahira al-Jadida*』 출간. 1933년 겨울부터 이듬해 가을까지 이집트 푸아드 1세 대학을 배경으로 한 각자 다른 신념을 지닌 네 명의 대학생들의 이야기임.

1946년 35세 『한 알할릴리*Khan al-Khalili*』 출간. 제목은 카이로의 거리 이름에서 따온 것으로, 한 여자를 사랑하는 형제의 이야기를 통해 카이로 사람들의 삶을 생생하게 그려 낸 작품임.

1947년 36세 2차 세계 대전의 영향으로 도덕성이 붕괴된 이집트 사회를 그린 소설 『미다끄 골목*Zuqaq al-Midaq*』 출간. 가난에 찌든 골목을 벗어나 새로운 삶을 찾고 싶어 하는 스무 살 하미다가 영국 군인들에게 몸을 파는 길을 택하고, 그녀를 사랑하는 이발사 압바스 알훌루는 영국 군인들에 의해 죽게 된다는 이야기. 삶의 어두운 이면을 조명한 회의주의 성향의 작품으로 마프즈의 작품 중 가장 많이 번역된 작품임(15개국 언어, 30개 이상의 판본).

1948년 37세 팔레스타인 전쟁(제1차 아랍-이스라엘 전쟁) 발발. 시온주의자들이 팔레스타인 지역에 살던 아랍인들을 몰아내고 이스라엘을 건국함. 실존 인물을 모델로 하여 오이디푸스 콤플렉스를 탐구한 소설 『신기루*al-Sarab*』 출간.

1949년 38세 소설 『시작과 끝*Bidaya wa Nihaya*』 출간. 가장의 죽음으로 위기에 처한 중하층 가정의 이야기로, 1960년 이집트 출신 유명 배우 오마 샤리프Omar Sharif 주연으로 영화화됨.

1952년 41세 민족주의 장교인 가말 압델 나세르Gamal Abdel Nasser가 이끄는 자유장교단 혁명(7월 혁명) 발발. 친영 성향의 이집트 왕을 퇴위시키고 이듬해에 왕정제 자체를 폐지함. 영국군을 몰아내고 지주의 토지를 압수하여 토지가 없는 농민에게 분배함.

1953~1960년 42~49세 예술부 검열 위원으로 일함.

1954년 43세 아티야 알라 이브라힘Attiya Allah Ibrahim과 결혼함. 가족과 함께 살던 알압바시야의 집에서 나일 강이 내려다 보이는 카이로 아구자Agouza의 아파트로 이사함.

1956년 45세 나세르가 수에즈 운하를 국유화하자 영국, 프랑스, 이스라엘이 이에 반발하여 이집트를 침략, 수에즈 전쟁(제2차 아랍-이스라엘 전쟁) 발발. 이집트에서 민중 항쟁이 벌어지고 영국군은 후퇴함. 『카이로 삼부작al-Thulatiya』의 1부에 해당하는 『궁전 길Bayn al-Qasrayn』 출간. 『카이로 삼부작』은 양차 세계 대전 사이, 1919년 혁명에서 파루크Faruk 1세 시대까지 영국의 식민 통치하에서 고통받는 이집트인들의 삶을 알자와드 가족의 삼대를 통해 조명한 작품임.

1957년 46세 『욕망의 궁전Qasr al-Shawq』, 『설탕로al-Sukariyya』를 출간하여 『카이로 삼부작』을 완성함.

1959년 48세 「알아람」지에 연재했던 소설 『우리 동네 아이들Awlad Haratina』(『게발라위의 아이들』) 출간. 총 다섯 개의 장으로 각 장에서 아담과 이브, 모세, 예수, 마호메트의 삶을 재현한 인물과, 현대의 과학을 상징하는 아라파를 등장시켜 종교, 사회, 정치, 과학의 문제를 파고든 독특한 알레고리 소설. 1994년 10월까지 이집트에서 금서로 지정되었고 그 기간 동안 아랍권에서는 1967년 레바논의 베이루트에서 출간된 것이 유일함.

1960~1970년 49~59세 이집트 영화 지원 재단 이사장으로 일함.

1961년 50세 누명을 쓰고 복역한 강도의 복수담을 그린 소설 『도적과 개들al-Liss wa al-Kilab』 출간. 이전의 소설이 사회의 다양한 모습을 사실적으로 묘사한 작품이었다면, 이 시기부터는 사회적 환경과 상호 작용을 하는 개인의 내면의 작동에 주목하기 시작함.

1962년 51세 1952년 나세르 혁명 이후의 이른바 개혁들에 대해 사실적으로 탐구한 소설 『메추라기와 가을al-Summan wa al-Kharif』 출간. 이집트 국가상 수상.

1963년 52세 이슬람 법정 변호사, 서점 직원, 캘리그래퍼, 작곡가, 지주 등 다양한 인물을 등장시킨 단편 「자발라위Zaabalawi」가 수록된 대표 단편집 『신의 세계*Dunya Allah*』 출간.

1964년 53세 자신의 근원, 믿음, 국가적 전통, 정치적 정체성을 찾는 남자의 이야기를 다룬 소설 『수색*al-Tariq*』 출간.

1965년 54세 1950년대 카이로를 배경으로 혁명가 오마르의 고뇌를 그린 소설 『거지*al-Shahhadh*』 출간.

1966년 55세 나세르 시절 이집트 사회의 부패를 비판한 소설 『나일 강을 떠다니며*Thartharah fawq al-Nil*』 출간. 마푸즈의 작품 중 가장 인기 있는 작품 중 하나로, 1971년 영화화됨. 출간 당시 나세르 전 대통령을 여전히 지지하는 이집트인들의 반발을 피하기 위해 안와르 사다트 Anwar Sadat 대통령이 금서로 지정함.

1967년 56세 6일 전쟁(제3차 아랍-이스라엘 전쟁) 발발. 이스라엘이 이집트를 포함한 중동의 민족주의 정부들을 상대로 벌인 이 전쟁에서 승리를 거두고 이집트의 시나이 반도와 팔레스타인 가자 지구 등을 차지함. 그 결과 이집트 내에서 나세르주의 쇠퇴. 소설 『미라마르*Miramar*』 출간.

1968년 57세 두 번째 이집트 국가상 수상.

1969년 58세 문화부 영화과의 고문이 됨. 단편집 『검은 고양이 술집*Khammarat al-Qitt al-Aswad*』, 『버스 정류장에서*That al-Mazalla*』 출간.

1970년 59세 나세르 사망.

1971년 60세 단편집 『시작도 끝도 없는 이야기*Hikaya Bia Bidaya Wala Nihaya*』, 『신혼여행*Shahr al-Asal*』 출간.

1972년 61세 공무원직에서 은퇴함. 55편의 자전적 스케치를 담은 독특한 소설 『거울들*al-Maraya*』 출간.

1973년 62세 10월 전쟁(제4차 아랍-이스라엘 전쟁) 발발. 나세르의 후계자인 안와르 사다트가 시리아와 손잡고 이스라엘과 전쟁을 벌이다 미국의 중재로 휴전함. 1967년의 제3차 아랍-이스라엘 전쟁이 이집트 젊은이들에게 미친 영향을 그린 소설 『빗속의 사랑al-Hubb al-Matar』 출간.

1975년 64세 정부 관료를 풍자한 소설 『존경받는 선생님Hadrat al-Muhtaram』, 1920년대 카이로의 좁은 골목을 배경으로 이집트 서민들의 삶을 그린 소설 『우물과 무덤Hikayat Haratna』 출간.

1977년 66세 이집트 도시 일족인 〈하라피시〉의 이야기를 다룬 소설 『하라피시Malhamat al-Harafish』 출간.

1978년 67세 사다트 대통령이 이스라엘을 전격 방문하고 캠프 데이비드에서 이스라엘과 평화 협정을 맺음. 이스라엘을 하나의 국가로 인정하여 아랍 국가들의 반발을 삼. 마푸즈는 평화 협정을 공개적으로 지지했고, 이로 인해 아랍의 여러 국가에서 마푸즈의 책이 금서로 지정됨. 소설 『미라마르』가 영어로 번역 출간됨. 마푸즈의 작품 중 영어로 번역된 첫 작품이었음.

1981년 70세 사다트 대통령이 암살됨. 『천일야화』를 모티프로 한 소설 『아라비아의 밤과 낮Layali Alf Laylah』, 카이로의 연극 가문을 둘러싼 이야기를 담은 소설 『결혼 축가Afrah al-Qubbah』 출간.

1983년 72세 인간 구원에 대한 문제 의식을 보여 준 소설 『이븐 파투마의 여행Rihlat Ibn Fattumah』, 『왕위 이전Amam al-'Arsh』 출간.

1985년 74세 실존 파라오의 이야기를 다룬 소설 『아케나텐al-Aish Fi al-Haqiqah』, 전작 『카이로 삼부작』의 형식을 빌려 1980년대 사다트 대통령 정권 시기의 카이로 시민 계급의 이야기를 풀어 낸 소설 『지도자가 죽임을 당한 날Yawm Maqtal al-Zaim』 출간.

1988년 77세 노벨 문학상 수상. 이집트 내에서는 물론이고 아랍어로 글을 쓰는 작가로서도 최초의 수상이었음. 심사 위원단은 〈뉘앙스가 풍부한 — 때로는 명석하고 현실적이며, 때로는 지난날을 모호하게 회상하는 — 작품들을 통해 인류 전체가 공감할 수 있는 아랍식 이야기를 만들어 내 왔다〉고 평함.

1989년 78세　이란의 지도자 호메이니Ayatollah Ruhollah Khomeini가 살만 루슈디Ahmad Salman Rushdie의 『악마의 시The Satanic Verses』에 대해 이슬람교 모독죄를 적용하여 처형 명령을 내리자 이를 비판함. 이로 인해 마푸즈는 이슬람 원리주의자들의 〈암살 대상 목록〉에 오름.

1992년 81세　미국 예술 문예 아카데미의 명예 회원이 됨.

1994년 83세　10월 집 근처에서 이슬람 원리주의자 테러리스트의 공격을 받아 칼로 목을 찔림. 이 공격으로 오른손에 영구적인 신경 손상을 입어 작품 활동에 큰 타격을 입음.

1995년 84세　프랑스 예술·문학상 수상. 카이로 아메리칸 대학으로부터 명예 박사 학위를 받음.

1996년 85세　12월 11일 여든다섯 번째 생일을 기념하여 회고록 『자서전의 흔적들Asdaa al-Sira al-Dhatiyya』 출간. 〈나기브 마푸즈 문학 메달〉 신설. 이후 매년 12월 11일에 주목할 만한 아랍어권 문학에 이 상이 수여됨.

2001년 90세　12월 11일 아흔 번째 생일을 기념하여 1994년부터 쓴 칼럼을 모은 칼럼집 『시디 가베르의 나기브 마푸즈Naguib Mahfouz at Sidi Gaber』 출간. 카이로 아메리칸 대학 출판부에서 20권으로 구성된 「나기브 마푸즈 전집」을 출판함(2006년에 25권으로 완성됨). 카이로 아메리칸 대학에서 아랍 문학 번역 기금인 〈나기브 마푸즈 기금〉 설립.

2002년 91세　미국 예술 과학원의 회원이 됨.

2004년 93세　매일 꿈을 꾼 내용을 테이프레코더에 녹음하거나 친구에게 구술한 내용을 모아 단편집 『재활 기간의 꿈들Ahlam Fatrat al-Naqaha』 출간.

2005년 94세　1973년부터 1999년까지 쓴 내세에 대한 단편들을 모아 영어로 번역한 단편집 『일곱 번째 천국The Seventh Heaven』 출간.

2006년 95세　8월 30일 카이로 병원에서 세상을 떠남. 8월 31일 국장이 치러짐. 12월 노벨 문학상 수상자 나딘 고디머Nadine Gordimer가 카이로 아메리칸 대학에서 나기브 마푸즈 추모 강연을 함. 이 강연은 매년 나기브 마푸즈를 기리며 계속되고 있음.

열린책들 세계문학 173 미라마르

옮긴이 허진 서강대학교 영어영문학과와 이화여자대학교 통번역대학원 번역학과를 졸업했다. 옮긴 책으로는 할레드 알하미시의 『택시』, 존 리 앤더슨의 『체 게바라, 혁명적 인간』(공역), 테레사의 『마더 데레사, 나의 빛이 되어라』, 앙투아네트 메이의 『빌라도의 아내』, 아모스 오즈의 『지하실의 검은 표범』, 수잔 브릴랜드의 『델프트 이야기』, 오드리 설킬드의 『레니 리펜슈탈, 금지된 열정』, 트레이시 슈발리에의 『여인과 일각수』 등이 있다.

지은이 나기브 마푸즈 옮긴이 허진 발행인 홍예빈·홍유진
발행처 주식회사 열린책들 **주소** 경기도 파주시 문발로 253 파주출판도시
전화 031-955-4000 **팩스** 031-955-4004 **홈페이지** www.openbooks.co.kr
Copyright (C) 주식회사 열린책들, 2011, Printed in Korea.
ISBN 978-89-329-1173-1 03890 **발행일** 2011년 5월 25일 세계문학판 1쇄 2022년 8월 10일 세계문학판 3쇄

이 도서의 국립중앙도서관 출판예정도서목록(CIP)은 서지정보유통지원시스템 홈페이지(http://seoji.nl.go.kr)와 가자료공동목록시스템(http://www.nl.go.kr/kolisnet)에서 이용하실 수 있습니다.(CIP제어번호:CIP2011001954)

열린책들 세계문학
Open Books World Literature

001 **죄와 벌** 표도르 도스또예프스끼 장편소설 | 홍대화 옮김 | 전2권 | 각 408, 512면

003 **최초의 인간** 알베르 카뮈 장편소설 | 김화영 옮김 | 392면

004 **소설** 제임스 미치너 장편소설 | 윤희기 옮김 | 전2권 | 각 280, 368면

006 **개를 데리고 다니는 부인** 안똔 체호프 소설선집 | 오종우 옮김 | 368면

007 **우주 만화** 이탈로 칼비노 단편집 | 김운찬 옮김 | 416면

008 **댈러웨이 부인** 버지니아 울프 장편소설 | 최애리 옮김 | 296면

009 **어머니** 막심 고리끼 장편소설 | 최윤락 옮김 | 544면

010 **변신** 프란츠 카프카 중단편집 | 홍성광 옮김 | 464면

011 **전도서에 바치는 장미** 로저 젤라즈니 중단편집 | 김상훈 옮김 | 432면

012 **대위의 딸** 알렉산드르 뿌쉬낀 장편소설 | 석영중 옮김 | 240면

013 **바다의 침묵** 베르코르 소설선집 | 이상해 옮김 | 256면

014 **원수들, 사랑 이야기** 아이작 싱어 장편소설 | 김진준 옮김 | 320면

015 **백치** 표도르 도스또예프스끼 장편소설 | 김근식 옮김 | 전2권 | 각 504, 528면

017 **1984년** 조지 오웰 장편소설 | 박경서 옮김 | 392면

019 **이상한 나라의 앨리스** 루이스 캐럴 환상동화 | 머빈 피크 그림 | 최용준 옮김 | 336면

020 **베네치아에서의 죽음** 토마스 만 중단편집 | 홍성광 옮김 | 432면

021 **그리스인 조르바** 니코스 카잔차키스 장편소설 | 이윤기 옮김 | 488면

022 **벚꽃 동산** 안똔 체호프 희곡선집 | 오종우 옮김 | 336면

023 **연애 소설 읽는 노인** 루이스 세풀베다 장편소설 | 정창 옮김 | 192면

024 **젊은 사자들** 어윈 쇼 장편소설 | 정영문 옮김 | 전2권 | 각 416, 408면

026 **젊은 베르테르의 슬픔** 요한 볼프강 폰 괴테 장편소설 | 김인순 옮김 | 240면

027 **시라노** 에드몽 로스탕 희곡 | 이상해 옮김 | 256면

028 **전망 좋은 방** E. M. 포스터 장편소설 | 고정아 옮김 | 352면

029 **까라마조프 씨네 형제들** 표도르 도스또예프스끼 장편소설 | 이대우 옮김 | 전3권 | 각 496, 496, 460면

032 **프랑스 중위의 여자** 존 파울즈 장편소설 | 김석희 옮김 | 전2권 | 각 344면

034 **소립자** 미셸 우엘벡 장편소설 | 이세욱 옮김 | 448면

035 **영혼의 자서전** 니코스 카잔차키스 자서전 | 안정효 옮김 | 전2권 | 각 352, 408면

120 **알코올** 기욤 아폴리네르 시집 | 황현산 옮김 | 352면
121 **지하로부터의 수기** 표도르 도스또예프스끼 장편소설 | 계동준 옮김 | 256면
122 **어느 작가의 오후** 페터 한트케 중편소설 | 홍성광 옮김 | 160면
123 **아저씨의 꿈** 표도르 도스또예프스끼 장편소설 | 박종소 옮김 | 312면
124 **네또츠까 네즈바노바** 표도르 도스또예프스끼 장편소설 | 박재만 옮김 | 316면
125 **곤두박질** 마이클 프레인 장편소설 | 최용준 옮김 | 528면
126 **백야 외** 표도르 도스또예프스끼 소설선집 | 석영중 외 옮김 | 408면
127 **살라미나의 병사들** 하비에르 세르카스 장편소설 | 김창민 옮김 | 304면
128 **뻬쩨르부르그 연대기 외** 표도르 도스또예프스끼 소설선집 | 이항재 옮김 | 296면
129 **상처받은 사람들** 표도르 도스또예프스끼 장편소설 | 윤우섭 옮김 | 전2권 | 각 296, 392면
131 **악어 외** 표도르 도스또예프스끼 소설선집 | 박혜경 외 옮김 | 312면
132 **허클베리 핀의 모험** 마크 트웨인 장편소설 | 윤교찬 옮김 | 416면
133 **부활** 레프 똘스또이 장편소설 | 이대우 옮김 | 전2권 | 각 308, 416면
135 **보물섬** 로버트 루이스 스티븐슨 장편소설 | 머빈 피크 그림 | 최용준 옮김 | 360면
136 **천일야화** 앙투안 갈랑 엮음 | 임호경 옮김 | 전6권 | 각 336, 328, 372, 392, 344, 320면
142 **아버지와 아들** 이반 뚜르게네프 장편소설 | 이상원 옮김 | 328면
143 **오만과 편견** 제인 오스틴 장편소설 | 원유경 옮김 | 480면
144 **천로 역정** 존 버니언 우화소설 | 이동일 옮김 | 432면
145 **대주교에게 죽음이 오다** 윌라 캐더 장편소설 | 윤명옥 옮김 | 352면
146 **권력과 영광** 그레이엄 그린 장편소설 | 김연수 옮김 | 384면
147 **80일간의 세계 일주** 쥘 베른 장편소설 | 고정아 옮김 | 352면
148 **바람과 함께 사라지다** 마거릿 미첼 장편소설 | 안정효 옮김 | 전3권 | 각 616, 640, 640면
151 **기탄잘리** 라빈드라나트 타고르 시집 | 장경렬 옮김 | 224면
152 **도리언 그레이의 초상** 오스카 와일드 장편소설 | 윤희기 옮김 | 384면
153 **레우코와의 대화** 체사레 파베세 희곡소설 | 김운찬 옮김 | 280면
154 **햄릿** 윌리엄 셰익스피어 희곡 | 박우수 옮김 | 256면
155 **맥베스** 윌리엄 셰익스피어 희곡 | 권오숙 옮김 | 176면
156 **아들과 연인** 데이비드 허버트 로런스 장편소설 | 최희섭 옮김 | 전2권 | 각 464, 432면
158 **그리고 아무 말도 하지 않았다** 하인리히 뵐 장편소설 | 홍성광 옮김 | 272면
159 **미덕의 불운** 싸드 장편소설 | 이형식 옮김 | 248면
160 **프랑켄슈타인** 메리 W. 셸리 장편소설 | 오숙은 옮김 | 320면

161 **위대한 개츠비** 프랜시스 스콧 피츠제럴드 장편소설 | 한애경 옮김 | 280면
162 **아Q정전** 루쉰 중단편집 | 김태성 옮김 | 320면
163 **로빈슨 크루소** 대니얼 디포 장편소설 | 류경희 옮김 | 456면
164 **타임머신** 허버트 조지 웰스 소설선집 | 김석희 옮김 | 304면
165 **제인 에어** 샬럿 브론테 장편소설 | 이미선 옮김 | 전2권 | 각 392, 384면
167 **풀잎** 월트 휘트먼 시집 | 허현숙 옮김 | 280면
168 **표류자들의 집** 기예르모 로살레스 장편소설 | 최유정 옮김 | 216면
169 **배빗** 싱클레어 루이스 장편소설 | 이종인 옮김 | 520면
170 **이토록 긴 편지** 마리아마 바 장편소설 | 백선희 옮김 | 192면
171 **느릅나무 아래 욕망** 유진 오닐 희곡 | 손동호 옮김 | 168면
172 **이방인** 알베르 카뮈 장편소설 | 김예령 옮김 | 208면
173 **미라마르** 나기브 마푸즈 장편소설 | 허진 옮김 | 288면
174 **지킬 박사와 하이드 씨** 로버트 루이스 스티븐슨 소설선집 | 조영학 옮김 | 320면
175 **루진** 이반 뚜르게네프 장편소설 | 이항재 옮김 | 264면
176 **피그말리온** 조지 버나드 쇼 희곡 | 김소임 옮김 | 256면
177 **목로주점** 에밀 졸라 장편소설 | 유기환 옮김 | 전2권 | 각 336면
179 **엠마** 제인 오스틴 장편소설 | 이미애 옮김 | 전2권 | 각 336, 360면
181 **비숍 살인 사건** S. S. 밴 다인 장편소설 | 최인자 옮김 | 464면
182 **우신예찬** 에라스무스 풍자문 | 김남우 옮김 | 296면
183 **하자르 사전** 밀로라드 파비치 장편소설 | 신현철 옮김 | 488면
184 **테스** 토머스 하디 장편소설 | 김문숙 옮김 | 전2권 | 각 392, 336면
186 **투명 인간** 허버트 조지 웰스 장편소설 | 김석희 옮김 | 288면
187 **93년** 빅토르 위고 장편소설 | 이형식 옮김 | 전2권 | 각 288, 360면
189 **젊은 예술가의 초상** 제임스 조이스 장편소설 | 성은애 옮김 | 384면
190 **소네트집** 윌리엄 셰익스피어 연작시집 | 박우수 옮김 | 200면
191 **메뚜기의 날** 너새니얼 웨스트 장편소설 | 김진준 옮김 | 280면
192 **나사의 회전** 헨리 제임스 중편소설 | 이승은 옮김 | 256면
193 **오셀로** 윌리엄 셰익스피어 희곡 | 권오숙 옮김 | 216면
194 **소송** 프란츠 카프카 장편소설 | 김재혁 옮김 | 376면
195 **나의 안토니아** 윌라 캐더 장편소설 | 전경자 옮김 | 368면
196 **자성록** 마르쿠스 아우렐리우스 명상록 | 박민수 옮김 | 240면

197 **오레스테이아** 아이스킬로스 비극 | 두행숙 옮김 | 336면
198 **노인과 바다** 어니스트 헤밍웨이 소설선집 | 이종인 옮김 | 320면
199 **무기여 잘 있거라** 어니스트 헤밍웨이 장편소설 | 이종인 옮김 | 464면
200 **서푼짜리 오페라** 베르톨트 브레히트 희곡선집 | 이은희 옮김 | 320면
201 **리어 왕** 윌리엄 셰익스피어 희곡 | 박우수 옮김 | 224면
202 **주홍 글자** 너새니얼 호손 장편소설 | 곽영미 옮김 | 360면
203 **모히칸족의 최후** 제임스 페니모어 쿠퍼 장편소설 | 이나경 옮김 | 512면
204 **곤충 극장** 카렐 차페크 희곡선집 | 김선형 옮김 | 360면
205 **누구를 위하여 종은 울리나** 어니스트 헤밍웨이 장편소설 | 이종인 옮김 | 전2권 | 각 416, 400면
207 **타르튀프** 몰리에르 희곡선집 | 신은영 옮김 | 416면
208 **유토피아** 토머스 모어 소설 | 전경자 옮김 | 288면
209 **인간과 초인** 조지 버나드 쇼 희곡 | 이후지 옮김 | 320면
210 **페드르와 이폴리트** 장 라신 희곡 | 신정아 옮김 | 200면
211 **말테의 수기** 라이너 마리아 릴케 장편소설 | 안문영 옮김 | 320면
212 **등대로** 버지니아 울프 장편소설 | 최애리 옮김 | 328면
213 **개의 심장** 미하일 불가꼬프 중편소설집 | 정연호 옮김 | 352면
214 **모비 딕** 허먼 멜빌 장편소설 | 강수정 옮김 | 전2권 | 각 464, 488면
216 **더블린 사람들** 제임스 조이스 단편소설집 | 이강훈 옮김 | 336면
217 **마의 산** 토마스 만 장편소설 | 윤순식 옮김 | 전3권 | 각 496, 488, 512면
220 **비극의 탄생** 프리드리히 니체 | 김남우 옮김 | 320면
221 **위대한 유산** 찰스 디킨스 장편소설 | 류경희 옮김 | 전2권 | 각 432, 448면
223 **사람은 무엇으로 사는가** 레프 똘스또이 소설선집 | 윤새라 옮김 | 464면
224 **자살 클럽** 로버트 루이스 스티븐슨 소설선집 | 임종기 옮김 | 272면
225 **채털리 부인의 연인** 데이비드 허버트 로런스 장편소설 | 이미선 옮김 | 전2권 | 각 336, 328면
227 **데미안** 헤르만 헤세 장편소설 | 김인순 옮김 | 264면
228 **두이노의 비가** 라이너 마리아 릴케 시 선집 | 손재준 옮김 | 504면
229 **페스트** 알베르 카뮈 장편소설 | 최윤주 옮김 | 432면
230 **여인의 초상** 헨리 제임스 장편소설 | 정상준 옮김 | 전2권 | 각 520, 544면
232 **성** 프란츠 카프카 장편소설 | 이재황 옮김 | 560면
233 **차라투스트라는 이렇게 말했다** 프리드리히 니체 산문시 | 김인순 옮김 | 464면
234 **노래의 책** 하인리히 하이네 시집 | 이재영 옮김 | 384면

235 **변신 이야기** 오비디우스 서사시 | 이종인 옮김 | 632면

236 **안나 까레니나** 레프 똘스또이 장편소설 | 이명현 옮김 | 전2권 | 각 800, 736면

238 **이반 일리치의 죽음·광인의 수기** 레프 똘스또이 중단편집 | 석영중·정지원 옮김 | 232면

239 **수레바퀴 아래서** 헤르만 헤세 장편소설 | 강명순 옮김 | 272면

240 **피터 팬** J. M. 배리 장편소설 | 최용준 옮김 | 272면

241 **정글 북** 러디어드 키플링 중단편집 | 오숙은 옮김 | 272면

242 **한여름 밤의 꿈** 윌리엄 셰익스피어 희곡 | 박우수 옮김 | 160면

243 **좁은 문** 앙드레 지드 장편소설 | 김화영 옮김 | 264면

244 **모리스** E. M. 포스터 장편소설 | 고정아 옮김 | 408면

245 **브라운 신부의 순진** 길버트 키스 체스터턴 단편집 | 이상원 옮김 | 336면

246 **각성** 케이트 쇼팽 장편소설 | 한애경 옮김 | 272면

247 **뷔히너 전집** 게오르크 뷔히너 지음 | 박종대 옮김 | 400면

248 **디미트리오스의 가면** 에릭 앰블러 장편소설 | 최용준 옮김 | 424면

249 **베르가모의 페스트 외** 옌스 페테르 야콥센 중단편 전집 | 박종대 옮김 | 208면

250 **폭풍우** 윌리엄 셰익스피어 희곡 | 박우수 옮김 | 176면

251 **어센든, 영국 정보부 요원** 서머싯 몸 연작 소설집 | 이민아 옮김 | 416면

252 **기나긴 이별** 레이먼드 챈들러 장편소설 | 김진준 옮김 | 600면

253 **인도로 가는 길** E. M. 포스터 장편소설 | 민승남 옮김 | 552면

254 **올랜도** 버지니아 울프 장편소설 | 이미애 옮김 | 376면

255 **시지프 신화** 알베르 카뮈 지음 | 박언주 옮김 | 264면

256 **조지 오웰 산문선** 조지 오웰 지음 | 허진 옮김 | 424면

257 **로미오와 줄리엣** 윌리엄 셰익스피어 희곡 | 도해자 옮김 | 200면

258 **수용소군도** 알렉산드르 솔제니찐 기록문학 | 김학수 옮김 | 전6권 | 각 460면 내외

264 **스웨덴 기사** 레오 페루츠 장편소설 | 강명순 옮김 | 336면

265 **유리 열쇠** 대실 해밋 장편소설 | 홍성영 옮김 | 328면

266 **로드 짐** 조지프 콘래드 장편소설 | 최용준 옮김 | 608면

267 **푸코의 진자** 움베르토 에코 장편소설 | 이윤기 옮김 | 전3권 | 각 392, 384, 416면

270 **공포로의 여행** 에릭 앰블러 장편소설 | 최용준 옮김 | 376면

271 **심판의 날의 거장** 레오 페루츠 장편소설 | 신동화 옮김 | 264면

272 **에드거 앨런 포 단편선** 에드거 앨런 포 지음 | 김석희 옮김 | 392면

273 **수전노 외** 몰리에르 희곡선집 | 신정아 옮김 | 424면

MIRAMAR
by NAGUIB MAHFOUZ (1967)

Copyright (c) 1967 by Naguib Mahfouz
First published in Arabic in 1967 as *Miramar*
Korean translation copyright (c) 2011 The Open Books Co.
Translated into Korean by arrangement with the American University in
Cairo Press through Amo Agency Korea.
All rights reserved.

Text *Café Miramar* copyright (c) 2008, Luis Sepúlveda.

이 책의 한국어판 저작권은 아모 에이전시를 통한 저작권자와의 독점 계약으로 열린책들에 있습니다.
저작권법에 의하여 한국 내에서 보호를 받는 저작물이므로 무단 전재와 복제를 금합니다.

미라마르
Miramar

나기브 마흐푸즈 장편소설 허진 옮김

일러두기

1. 번역 대본으로는 Fatma Mussa Mahmoud가 번역한 영문판 *Miramar*(New York: Anchor Books, 1978)를 사용하였고, Fawzia Al Ashmawi Abouzeid가 번역한 프랑스어판 *Miramar*(Manchecourt: folio, 1987)를 참고하였다.
2. 「코란」 인용 부분은 김용선 번역의 「코란(꾸란)」(시동(가림), 명문당, 2002)을 참고하였다.

에필로그 하그니 ... 7

혹시 일병 ... 79

만수르 마을 ... 125

사르왈 양배배이지리 ... 183

에필로그 하그니 ... 239

부록 미리마르드 가게 슈스 세웨내다/정미진 옹긴 ... 255

역자 해설 이질적인의 가능을 향한 통찰 옹긴 ... 261

내가 마주프 양적 ... 271

274 **모파상 단편선** 기 드 모파상 지음 | 임미경 옮김 | 400면
275 **평범한 인생** 카렐 차페크 장편소설 | 송순섭 옮김 | 280면
276 **마음** 나쓰메 소세키 장편소설 | 양윤옥 옮김 | 344면
277 **인간 실격·사양** 다자이 오사무 소설집 | 김난주 옮김 | 336면
278 **작은 아씨들** 루이자 메이 올컷 장편소설 | 허진 옮김 | 전2권 | 각 408, 464면
280 **고함과 분노** 윌리엄 포크너 장편소설 | 윤교찬 옮김 | 520면

각 권 8,800~19,800원